MICHAEL KOGLIN

Der Mädchenmacher

GOLDMANN
Lesen erleben

Buch

Lina Andersen wird zu einem Tatort gerufen: Auf einer gedeckten Tafel liegt die mit Kräutern garnierte zerstückelte Leiche von Karen Kreft. Wie Lina bald herausfindet, war Karen Kreft Mitglied einer militanten Tierschutzorganisation. Liegt hier das Motiv für die Tat? Hat sich ein Tierzüchter, der von der Gruppe überfallen wurde, brutal gerächt? Lina ermittelt undercover und schleust sich in die Tierschutzorganisation ein. Als eine zweite Frauenleiche gefunden wird, die ebenfalls zerstückelt auf einem Esstisch liegt, scheint sich Linas Verdacht zu erhärten. Dann tauchen jedoch weitere übel zugerichtete und auf Tafeln drapierte Frauenleichen auf, und Lina glaubt nicht mehr an eine Rachetat. Vielmehr verdichten sich die Anzeichen, dass sie es mit einem höchst perversen Serienkiller zu tun hat, der sich in einen wahren Blutrausch gemordet hat. Und dann gerät Lina selbst in den Fokus des Täters …

Informationen zu Michael Koglin und weiteren Titeln des Autors finden Sie am Ende des Buches.

Michael Koglin

Der Mädchenmacher

Thriller

GOLDMANN

Dieses Buch ist auch als E-Book erhältlich.

MIX
Papier aus verantwortungsvollen Quellen
FSC® C014496

Verlagsgruppe Random House FSC® N001967
Das FSC®-zertifizierte Papier *Pamo House* für dieses Buch
liefert Arctic Paper, Mochenwangen GmbH.

1. Auflage
Originalausgabe Oktober 2014

Gestaltung des Umschlags: UNO Werbeagentur, München
Umschlagfoto: Christie Goodwin / Arcangel Images;
FinePic®, München
Redaktion: Karin Ballauff
BH · Herstellung: Str.
Satz: IBV Satz- u. Datentechnik GmbH, Berlin
Druck und Bindung: GGP Media GmbH, Pößneck
Printed in Germany
ISBN: 978-3-442-48042-5
www.goldmann-verlag.de

Es könnte die Hölle sein, denkt sie. Schattenreich, Fegefeuer, Hades, Reich der Finsternis, Verdammnis. Es gibt so viele Namen. Doch Namen bedeuten nichts. Es ist das unsagbare Grauen. Ausweglos. Ohne Ende. Sie stürzt einem schwarzen Abgrund entgegen. Spürt den Wind auf ihrem Gesicht. Die Hände greifen ins Leere. Sie wartet auf den Aufprall.

So fühlt es sich an.

Sie fährt mit der Hand über ihren Kopf und betrachtet das Büschel Haare, das zwischen ihren Fingern hängen bleibt. Nun also auch noch die Haare. Einen Zahn hat sie vor Tagen verloren, andere werden folgen. Sie widersteht dem Impuls, mit der Zunge zu prüfen, ob sie bereits wackeln. Das beschleunigt nur ihr Fallen. Und sie will es nicht wissen.

Sie betastet den Verband, der ihren Oberkörper einschnürt und ihr die Luft nimmt. Darunter ist etwas, das sticht, wenn sie sich bewegt.

Die Schmerzen sind immer da. Sie hat sich an sie gewöhnt. Woran sie sich nicht gewöhnen will, das sind die braunen Flecken, die sich auf ihrer Haut ausbreiten. Und die Geschwüre auf ihren Oberschenkeln und auf den Armen. Sie hat die Wunden mit Speichel bedeckt und sogar mit Urin beträufelt, weil sie mal gehört hat, Urin desinfiziere Wunden. Es hat geholfen. Und das Brennen war angenehm.

Unmöglich zu sagen, wie lange sie schon in dieser Zelle sitzt. Eine Woche? Einen Monat?

Sie mustert die Terrazzowand gegenüber ihrer Pritsche. 12354 weiße Steine und 10892 schwarze. Das hat ihre neueste Zählung ergeben. Und die stimmt nicht mit ihrer vorletzten Zählung überein. Sie war gründlich gewesen. Hat jeden abgeschliffenen Kiesel mit den Fingerspitzen berührt. Wollte sichergehen. Nichts doppelt zählen. Fehler werden nicht verziehen.

Der Gedanke, nicht zu wissen, wie viele Steine es genau sind, hämmert in ihrem Kopf. Sie muss die gezählten Steine mit Blutflecken markieren. Nicht in der Reihe verrutschen. Keinen auslassen, keinen mehrfach zählen. Gründlich sein. Nur das ist ihr geblieben. Gründlich sein. Die Dinge nicht schleifen zu lassen.

Gleich nach dem Essen beginnt sie von vorn. Die Zeit nutzen, solange das Licht noch eingeschaltet ist. Von vorn beginnen, konzentrieren. Jeden schwarzen und jeden weißen Stein berühren. Ihre Kälte aufnehmen.

Als es aus der Ferne schnarrt, drückt sie sich von ihrer Pritsche hoch. Musik erklingt, ein Schlager. Gute Nacht Freunde. Sie hört SEINE Stimme: »Guten Morgen, Mädchen. Es ist ein schöner Tag. Habt ihr gut geschlafen?«

1

Sein Atem rasselte. Er drückte sich gegen die Wand und tastete nach der Pistole in seinem Hosenbund. Durch das Glasdach sah er die vorbeitreibenden Wolken, die für Sekunden den Mond freigaben. Das Licht um ihn herum war unwirklich. Einzelne Staubpartikel tanzten in der Luft. Weiter weg zwischen den alten Traktoren hörte er sie verzweifelt japsen. Das war gut. Er drängte sie in eine Ecke, ließ sie spüren, dass es keinen Ausweg gab. Sie würde sich wehren. Kämpfen bis zum Schluss. Gut.

Vor ihm lag die Achse eines Autos, an der zwei abgefahrene Räder befestigt waren. Sie sah in diesem Licht aus wie die Hantel eines Riesen. Der Größe nach zu urteilen, gehörte sie zu dem Transporter. Um ihn herum lag allerhand Zeug auf dem Boden, über das er fallen konnte. Er war zu alt, um schnell genug wieder auf die Beine zu kommen.

Er hob den Kopf aus dem Schatten und lauschte.

An der gegenüberliegenden Wand standen deckenhohe Regale mit Lichtmaschinen, Lenkrädern, Scheinwerfern und Armaturen. Wie die Mechaniker wohl wiederfanden, was sie in den Regalen abgelegt hatten? Die Bastler, die an ihren Autos schraubten oder fremde Fahrzeuge reparierten, mussten ein System haben. Zumindest eines davon verstand er: Die Teile, die mit Elektrizität zu tun hatten, waren zusammensortiert. Selbst Kabelbäume hatte man aus Fahrzeugen ausgebaut und gelagert.

Er duckte sich und kroch im Schatten des hydraulischen Wagenhebers langsam auf die gegenüberliegende Wand zu. Mit einem Zipfel seines Anoraks blieb er an dem Werkstattwagen hängen, der scheppernd ein paar Meter weiterrollte.

Er blieb stehen, lauschte. Sie musste es gehört haben. Hielt sie ihn für einen Tölpel? Unsinn. Er konnte förmlich spüren, wie die Angst in ihr hochkroch. Schweißperlen tropften von ihrer Stirn. Er griff zu einem schweren Schraubenschlüssel und klopfte sachte gegen eine Motorhaube.

Es war sein Spiel. Und er war am Zug.

»Na, wo steckst du?«, fragte er. Seine Stimme klang brüchig. Der Tonfall müsste schneidender sein, fand er, bedrohlicher.

Er spürte sie nicht mehr. Weiter hinten gab es noch einen Raum mit Traktoren. In der Mitte dieser Halle stand ein Lanz Bulldog, der den Geruch nach Diesel ausströmte. Bei dem schwachen Licht hieß es vorsichtig sein. Bei seiner ersten Inspektion der Werkstatt hatte er zwei Gruben ausfindig gemacht, die nicht abgedeckt waren.

Er würde sie in die Ecke treiben, wusste, dass es von dort nur noch einen Weg gab, bis zu einer Tür, hinter der sich neben einer Toilette eine Abstellkammer verbarg.

Auf dem Boden stand ein Druckluftgerät. Konnte er ihr damit Schmerzen zufügen? Er drückte auf einen der beiden Knöpfe. Zischend entwich die Pressluft.

»Das ist das Geräusch, das du mit hinübernimmst«, flüsterte er.

Die Knie taten ihm weh. Und sein Kreuz schmerzte. Er war das Laufen in gebückter Haltung nicht mehr gewöhnt. Er lauschte wieder.

Hatte sie sich in einer der beiden Gruben versteckt?

Er schlich in den Nebenraum und spähte unter dem Lanz Bulldog hindurch. Nichts. Dann näherte er sich dem Rand der Grube und sah, dass die auf dem Boden liegende Plane vibrierte.

Zu spät. Das hättest du dir früher überlegen müssen, dachte er.

Er wollte ihr in die Augen sehen. Ihr nah sein.

Behutsam stieg er die seitlich hinunterführenden Stufen hinab und richtete die Waffe auf die Ausbuchtung unter der Plane.

Oder sollte er besser das Messer nehmen? Dann würde er die Sache länger auskosten können, ihr Röcheln hören, in ihre flehenden Augen blicken. Mit einem Satz war er bei ihr und hockte sich mit den Knien auf sie. Sie zitterte. Er bildete sich ein, das Heben und Senken ihres Brustkorbs zu spüren, riss die Plane zur Seite und sah ihren grellroten Plastikmund. Sie starrte ihn aus weit aufgerissenen, toten Augen an.

Es war wie beim letzten Mal.

»Da bist du ja«, sagte er. »Endlich bist du da.«

2

Der Anleger schaukelte auf den heranrollenden Wellen, und ein kalter Wind schnitt in Linas Gesicht. Sie zog an ihrem Uniformkragen und sah hinaus auf einen vorbeiziehenden Kahn. Die Seitenwände ragten nur eine Armlänge über die Wasseroberfläche hinaus. Aus dem Frachtraum quoll ein Berg von Geröll, den man vom Grund der Elbe heraufgebaggert haben musste.

»Da hinten«, sagte ihr Kollege Alex. Er wies auf eine Gruppe von Leuten, die um einen Tisch herumstanden.

Ein Rothaariger in grauem Anorak drehte sich abrupt zu ihnen um. Seine Augäpfel traten hervor, als er sagte: »Das wurde aber auch Zeit. Ihr habt doch noch die Autos mit den Blaulichtern? Oder?«

Wie Lina solche Typen hasste! Eine Spezies, die in jedem Menschenauflauf auftauchte und ihnen vorhielt, wie viel Zeit sie gebraucht hatten, die keine Gelegenheit ausließ, sich als moralische Hüter von Recht und Ordnung aufzuspielen. Die immer diesen vorwurfsvollen Unterton in der Stimme hatte, der meinte: »Da ihr ja nichts tut, muss ich mich darum kümmern.«

Lina und Alex schoben sich durch die Schaulustigen, die im Kreis um einen Tisch standen, an dem ein Junge saß, der nicht älter als 16 Jahre sein konnte. Seine Arme waren auf dem Rücken gefesselt, er hielt den Kopf gesenkt. Neben ihm stand ein Mann, der sich als »Wirt der Fischbude gleich dahinten« vorstellte. Er schnaufte aufgeregt.

»Und was soll das Ganze?«, fragte Lina und deutete auf das Paketband, das man dem Jungen um die Handgelenke gewickelt hatte.

»Der haut sonst ab«, sagte der Imbisswirt.

Der Rothaarige feuerte die Menge mit einem »Wir werden uns doch wohl noch wehren dürfen« an. Lina konnte ihn nicht sehen. Er war in einer der hinteren Reihen untergetaucht. Auch das kannte sie schon.

Vorsichtig durchtrennte Alex mit seinem Taschenmesser die Fesseln. Der Junge ließ es über sich ergehen, ohne den Kopf zu heben. Wie in Zeitlupe sanken seine Arme seitlich herunter.

»Der greift blitzschnell in die Auslage. Das hätten Sie sehen sollen. Das war professionell, wenn Sie mich fragen«, sagte der Wirt.

»Ich frage Sie aber nicht«, sagte Lina.

Der Wirt schob sein puterrotes Gesicht nach vorn, öffnete den Mund, schloss ihn wieder.

Lina sah auf die Fischbrötchen in der Glasvitrine. Sie verspürte eine unbändige Lust, ihrerseits dem Wirt Handschellen anzulegen.

Als hätte er ihre Gedanken gelesen, warf Alex ihr einen flehenden Blick zu. Vermutlich hatte er recht. Außerdem war sie jetzt am Ende der Nachtschicht viel zu müde, um das hier auf die Spitze zu treiben. Abgesehen davon, dass sie die »Notmaßnahme« anschließend in einem ellenlangen Bericht würde begründen müssen.

Sie sah den Wirt an. Seine Stimme war nun deutlich leiser, als Lina ihn nach seinem Namen und dem Tathergang fragte. Der Junge saß noch immer auf dem Stuhl und hielt seinen Blick auf den Tisch gerichtet.

»Schaden?«, fragte Lina den Wirt.

»Schaden?«

»Um welchen Schaden handelt es sich?«, wiederholte Lina.

»Na ja, was so ein Brötchen eben kostet.«

Als er Linas Gesicht sah, fügte er hinzu: »Und der Verdienstausfall.«

Lina atmete aus, klappte bedächtig ihr Notizbuch zu und schob es in ihre Uniformtasche.

»Kommen Sie bitte mit«, sagte Lina zu dem Jungen und tippte ihm auf die Schulter. Sie durfte ihn um Himmels willen nicht duzen, weil sie damit anerkannte, dass er unter 18 war.

Er stand auf, ohne den Kopf zu heben, und trat zwischen

die beiden Polizisten. Er wirkte verloren in seinem hoch aufgeschossenen Körper, vermied jeden Blickkontakt mit den Polizisten und vermittelte den Eindruck, dass er alles willenlos akzeptieren würde, was auf ihn zukam.

Auf den Boden geheftete Augen, unsichere Schritte. Er hatte Angst. Möglich, dass er befürchtete, in ein Heim gesteckt zu werden. Aus seiner verschmutzten Kleidung schloss Lina, dass er irgendwo abgehauen war und sich nun in Hamburg durchschlug.

Sie dirigierten ihn auf den Anleger. Außer Hörweite der Menschengruppe sagte Lina: »Sie dachten, das ist ein Selbstbedienungsladen, stimmt's?«

Der Junge hob leicht den Kopf, konnte sich aber weiterhin nicht durchringen, Lina anzusehen.

»Siehst du, es war ein Missverständnis«, sagte Lina zu Alex. »Ist schön, wenn die Dinge geklärt sind. Nichts als heiße Luft.«

Als sie hinter einem Souvenirladen außer Sichtweite des Wirts und der vor seinem Imbiss noch immer debattierenden Menschengruppe angelangt waren, blieb Lina stehen. Auch der Junge stoppte.

»Einen schönen Tag«, sagte sie.

Der Junge begriff nicht. Lina berührte ihn leicht am Oberarm, zeigte die Promenade entlang und schlug ihm vor, in diese Richtung zu verschwinden.

»Halt, warte.«

Der Junge erstarrte.

Lina griff in die Brusttasche ihrer Uniform und drückte ihm einen 20-Euro-Schein in die Hand.

»Viel Glück!«, sagte sie.

»Das kannst du nicht machen«, sagte Alex.

»Was schlägst du vor? Ihn mit auf die Wache zu nehmen

und so lange einzusperren, bis wir seine Personalien herausgefunden haben? Wegen eines Fischbrötchens?«

Lina schob Alex in Richtung ihres Wagens und ließ den noch immer verwirrt dreinblickenden Jungen stehen.

Der spähte die Promenade entlang, machte ein paar zögerliche Schritte, die immer schneller wurden, drehte sich noch einmal zu Lina und Alex um und verschwand dann in einer Gruppe von Touristen.

Alex hob resigniert die Schultern.

»Und der Bericht?«

»Ein Missverständnis, das wir gleich vor Ort geklärt haben. Nun stell dich nicht so an.«

Heute Abend beichtet er es seiner Frau, dachte Lina.

Sie öffnete die Tür des Streifenwagens und schob sich hinter das Steuer. Schließlich war sie Polizistin und gab den ihr zugestandenen Ermessensspielraum unter keinen Umständen preis. Nicht freiwillig. Wenn das dem Revierleiter oder der Internen Ermittlung nicht passte, sollten sie die Kündigung unterschreiben. Schon bei ihrem letzten »Zwangsurlaub« war sie kurz davor gewesen, die Uniform an den Nagel zu hängen. Wenn man ihr die Entscheidung abnahm, schön.

Damals hatte sich ein Schuss aus ihrer Waffe gelöst. Verletzt worden war niemand. Und dann diese ermordeten Frauen. Und die fieberhafte Suche, bei der sie zur Gejagten geworden war. Sie wollte nicht mehr daran denken. Und das gelang ihr gut. Zumindest stundenweise.

Lina startete den Wagen, als ihr Handy klingelte.

»Kannst du vorbeikommen?«

Sven Emmerts Stimme vibrierte. Ungewöhnlich für den coolen Hauptkommissar der Mordkommission, ihren ehemaligen Geliebten.

»Lina? Könntest du vorbeikommen?«

»Jetzt? Nein.«

»Es geht nicht um eine Essenseinladung. Leider nicht, obwohl eine Essenseinladung …«

»Was willst du? Mir von Therapieerfolgen in deiner Männergewaltgruppe erzählen? Kein Interesse.«

Emmert schwieg ein paar Sekunden. Er atmete schwer. Im Hintergrund hörte Lina Männerstimmen und das Klacken einer Spiegelreflexkamera.

»Es ist dienstlich, Lina. Wir brauchen dich hier.«

»Mich?«

Alex hörte stirnrunzelnd zu und notierte nach einem auffordernden Blick von Lina die Adresse, die sie laut wiederholte.

»Krahnenkamp 14. Vierter Stock.«

»Nicht mal unser Revier«, sagte Alex. »Was will die Mordkommission von dir?«

*

»Das bekommst du nicht alle Tage zu sehen«, sagte Sven Emmert statt einer Begrüßung. Er stand neben einem Spiegel und deutete mit einem Nicken in den Flur.

Die Situation erinnerte sie an den Fall der ermordeten Carolin. Auch damals hatte sie in einer Wohnung gestanden und ihren Augen nicht trauen können.

Das Gesicht des Hauptkommissars war blasser als gewöhnlich, und er spielte nervös mit einem Paar Gummihandschuhen. Auch die uniformierten Kollegen, denen sie vor dem Haus und im Treppenhaus begegnet war, zeigten angespannte Gesichter.

Was immer sich hinter der Tür verbarg, es brachte den kaltschnäuzigen Sven dazu, um Fassung zu ringen.

Lina nickte stumm, öffnete die Tür und blieb stehen.

Zugezogene Vorhänge und eine gedeckte Tafel mit heruntergebrannten Kerzen. Zwei Teller, Stoffservietten, Bestecke, Weingläser. In der Tischmitte etwas, das sie wegen des fahlen Lichts nicht sofort zuordnen konnte. Sie trat näher heran und erkannte einen von Salatblättern bedeckten Körper. Der Kopf war mit Rosmarinzweigen und Petersilienbüscheln garniert und lag auf einer silbernen Platte. Die Bauchdecke hatte der Täter mit einem Herz aus Hälften von Cherrytomaten belegt. Durch das Grün der Kräuter starrten die Augen einer Frau aus einem verkohlten Gesicht gegen die Decke. Die Haut an Händen und Füßen war ebenfalls schwarz verbrannt.

Lina stürzte würgend aus dem Zimmer.

Sie brauchte ein paar Minuten, bis sie sich einigermaßen erholt hatte, doch das flaue Gefühl im Magen blieb. In der Küche sah sie die Schilder mit Ziffern, die die Kriminaltechniker vor die Spurenträger gestellt hatten.

Sie sah in den in einen Barockrahmen eingefassten Spiegel. Ihr dunkles Haar hatte sie zu einem Pferdeschwanz gebunden, die dezente Augenschminke war verwischt und ihre grüngrauen Augen leicht geschwollen. Die Wangenknochen traten überdeutlich hervor. Regelmäßiges Essen und weniger Wein würden sicher nicht schaden. Und sie sollte sich in die Sonne setzen. Wenn Zeit blieb.

»Du benimmst dich scheißunprofessionell«, murmelte sie ihrem Spiegelbild zu.

Dann setzte sie sich auf eine Küchenbank und versuchte, ihre Gedanken unter Kontrolle zu bringen. Sven Emmert betrat die Küche und nahm ihr gegenüber Platz.

»Tut mir leid, Lina.«

Sie nickte und zupfte ein Haar von ihrer Uniformhose.

»Keine Ahnung, ob das eine gute Idee war, aber Hanisch …«

»Hanisch?«, fragte Lina.

»Sören Hanisch, Dezernatsleiter Raub und Erpressung.«

»Und? Was soll ich hier?«, fragte Lina.

Sven Emmert deutete auf die Wand neben dem Küchenschrank, an der mehrere Tierschutzposter hingen: abgemagerte Hunde in Käfigen, gehäutete Nerze und Bilder aus Schlachtereien. Aufrufe zu Demonstrationen und zu veganer Ernährung.

»Sie war besorgt um das Wohl der Tiere«, sagte Lina. »Und was hat das mit mir zu tun?«

»Du bist Polizistin.«

»Ich fahre Streife, nehme Verkehrsunfälle auf und beruhige Betrunkene, die karierte Elefanten in ihrer Wohnung entdecken. Und manchmal befreie ich kleine Vögelchen und lasse sie fliegen.«

»Lina, die Frau ist übel zugerichtet.«

Lina nickte und verspürte den Drang nach einer Zigarette.

»So, wie der Täter sie uns präsentiert, deutet das auf einen Zusammenhang mit der Tierschützerszene hin.«

»Ja?«

»Solche Bilder und Plakate hängen überall in der Wohnung. Und diese Leiche, die als Mahlzeit …«

»Hast du uns in der Polizeischule nicht eingebläut, dass es bei Mord meistens um Beziehungstaten geht. Oder um Raub?«

Sven Emmert lächelte sie an.

»Wenn es einen rachedurstigen Liebhaber gibt, erfährst du es als Erste«, sagte er. »Wir brauchen jetzt Hintergrundinformationen. Und zwar schnell, bevor die Presse davon Wind bekommt, dass ein Mörder die große Oper gibt. Die schreiben sich eins, zwei, drei einen Serienkiller zusammen. Du als junge Frau fällst in der Szene nicht auf. Hör dich einfach mal um. Gibt's da Auseinandersetzungen, vielleicht Gerüchte ... Nur umhören, weiter nichts.«

»Wie stellst du dir das vor? Ich geh zu den Tierschützern und ...«

»Du tauchst für ein paar Tage undercover in die Szene ein«, sagte Sven Emmert, »und siehst dich um.«

»Umsehen.«

»Muss nicht perfekt sein. Du wandelst auf Karen Krefts Spuren.«

»So heißt das Opfer?«

Emmert nickte.

»Karen Kreft hatte einen Job in einem Supermarkt. Das Arbeitsamt schickt dich zwecks beruflicher Eingliederung in ebendiesen Supermarkt, und du arbeitest da für ein paar Tage. So fangen wir an.«

»Ich organisiere das«, sagte ein etwa 50-jähriger Mann, der in der Tür stand. Er war groß und breitschultrig, das angegraute Haar dicht und länger als üblich. Seine energische Nase verlieh ihm ein wenig das Aussehen eines Raubvogels. In den Händen hielt er eine Videokamera.

»Sören Hanisch«, sagte er, zog den rechten Gummihandschuh ab und reichte Lina die Hand.

»Wir kümmern uns um alles. Auch um Ihre Freistellung vom normalen Dienst, Frau Andersen. Wir brauchen Sie hier.«

Lina war so überrascht, dass sie unwillkürlich ihre Hand ausstreckte.

»Großartig«, sagte Hanisch, der das als Einverständnis deutete.

Sven Emmert gab ihr einen Zettel, auf dem, eingerahmt von Prozentzeichen, das Wort »SonneMondundTiere« stand.

»Das Passwort für Karen Krefts Computer. Nimm dir Zeit und sieh dich auf ihrer Festplatte um. Vielleicht findest du mehr als wir.«

»Sie sind im selben Alter, wissen Sie?«, ergänzte Hanisch mit einem jovialen Lächeln.

Lina bat um Bedenkzeit, doch Hanisch schüttelte den Kopf.

»Wenn sich das erst in dieser Szene rumspricht, machen die dicht. Darum müssen wir sofort loslegen.«

»Und wenn es einen anderen Hintergrund gibt?«, fragte Lina. »Tierschützer als Mörder, das passt doch gar nicht.«

Hanisch beugte sich über den Küchentisch. Seine Mundpartie zuckte.

»Sollte es andere Motive geben, na schön. Jede Menge Menschen im europäischen Ausland wurden ernsthaft verletzt, als militante Tierschützer Legebatterien und Mastbetriebe überfallen haben. Diese Gruppen weisen terroristische Strukturen auf. Und konspirative. Und sie setzen Sprengstoff ein.«

Sören Hanischs Augen funkelten, als er hinzufügte: »Außerdem, Frau Andersen, sieht das für Sie etwa wie ein normaler Mord aus?«

»Was halten Sie von der Fleischindustrie?«, fragte Lina spöttisch.

»Ist mir auch recht. Ich will den oder die Täter. Wenn ich mir die Folgen ausmale, sobald die Öffentlichkeit etwas davon erfährt … Das hier ist vertraulich. Im Übrigen nehme ich mir jeden Polizisten vor, der die Sauerei da drinnen gesehen hat. Wer quatscht, fliegt.«

Sven Emmerts Gesichtsausdruck signalisierte, dass Hanischs Vorgehensweise ihm missfiel.

»Lina, es ist nur eine Bitte«, sagte er. »Niemand hier kann dich …«

»Ist gut«, sagte Lina. »Für ein paar Tage.«

»Super«, sagte Sören Hanisch und verschwand in den Flur. »Vielen, vielen Dank.«

»Ich bin deine Kontaktperson, Lina«, sagte Emmert. »Du erreichst mich jederzeit unter meiner Handynummer. Ruf mich an, wenn du mich brauchst oder Informationen hast. Und du wirst deine Waffe tragen. Keine Risiken. Nur umhören. Nicht mehr.«

»Supermarktregale einräumen mit einer Waffe im Hosenbund?«, fragte Lina.

»Dir wird schon was einfallen.«

Während die Kriminaltechniker weiter die Spuren sicherten, zog Lina Schuhüberzieher an. Sören Hanisch nickte ihr anerkennend zu.

Sie versuchte, sich Karen Kreft in ihrer Wohnung vorzustellen. Wie hatte sie sich bewegt, was trug sie an den Füßen, wo war ihr Lieblingsplatz?

Die Frau hatte offensichtlich eine romantische Ader. Neben Tierbildern und Plakaten hatte sie in der Wohnung flächendeckend Nippes verteilt: Porzellankätzchen im Regal, Stoffdinos neben dem Bett, Deckchen auf den Fensterbrettern, Duftkerzen und Traumfänger im Schlafzimmer. In ihrer spärlichen CD-Sammlung fielen Lina die beiden neueren Alben von David Bowie und Nick Cave auf. Auch das Mark-Knopfler-Album »Privateering« war etwas Besonderes zwischen den veralteten Allerweltsaufnahmen. Ob ein Freund ihr diese CDs geschenkt hatte?

Was, wenn es hier um Eifersucht ging? Um einen Beziehungsstreit? Allerdings fand Lina es nicht sonderlich wahrscheinlich, dass ein Liebhaber, sofern er kein Psychopath war, in der Lage gewesen wäre, seine Freundin derart zu verstümmeln. Oder täuschte sie sich da etwa?

Wie mochte diese Karen Kreft gelebt haben? Was für Beziehungen hatte sie geführt? War sie noch unterwegs oder bereits angekommen in ihrem Leben?

Sie, Lina, hatte sich ihr Leben auf der Zwischenstation eingerichtet. In einer mit dem Allernotwendigsten eingerichteten Wohnung, an einer verkehrsreichen Straße. Sie brauchte das Gefühl der Bewegungsfreiheit, immer darauf bedacht, schnell verschwinden zu können. Brauchte das Alleinsein. Die Affäre mit Sven Emmert, der in der Polizeischule ihr Dozent gewesen war, war ein Fehler. Nie hätte sie sich darauf einlassen dürfen. Dabei war ihr die Rolle der Geliebten zunächst verlockend erschienen. Kein gemeinsamer Alltag, keine lästigen Verpflichtungen, keine Gespräche über Geld oder Ernährung oder nervende Nachbarn. Einander treffen, zusammen essen, unverbindlicher Sex. Und morgens allein aufwachen.

Doch dann wollte Sven seine Frau verlassen und mit Lina zusammenziehen. Es folgten Streitereien und Emmerts Gewaltausbrüche. Angeblich hatte er inzwischen ein Antiaggressionstraining absolviert. Was Lina allerdings längst nicht mehr interessierte. Dieser Mann würde nie wieder den von ihr gezogenen Kreis betreten. Es war ein für alle Mal vorbei. Sie war also nicht gerade glücklich, dass er ihre Kontaktperson im Präsidium sein sollte.

»Das Notebook können Sie mitnehmen«, sagte ein Kriminaltechniker und reichte ihr das Gerät herüber. »Ich habe eine Kopie der Festplatte gezogen.«

»Gibt es irgendetwas Besonderes in der Wohnung?«, fragte sie, doch der Mann zuckte nur mit den Achseln.

»Viele Schuhe. Romane und Ratgeber im Regal. Erkennbare Neigung zu häuslicher Idylle. Normal eben.«

»Irgendwelche Haustiere? Die Frau war Tierschützerin.«

Nein, Tierhaare hätten sie nicht gefunden. Weiteres könne er erst nach der Analyse der Fusseln und des Staubs sagen, die sie vom Boden und den Möbeln gesaugt hätten.

Lina hatte die beiden Leichenwagenfahrer in schwarzen Anzügen nicht kommen sehen. Sie bugsierten Karen Krefts in einen Kunststoffsack verpackte Leichenteile aus dem Wohnzimmer hinaus. Wegen der Enge im Treppenhaus kam ein Sarg nicht infrage.

Mit den ersten Ergebnissen der Gerichtsmediziner sei am nächsten Tag zu rechnen, sagte Sven Emmert.

»Sehr glatte Schnitte.«

»Und der Todeszeitpunkt?«

»Dazu kann der Rechtsmediziner wegen der Verbrennungen noch nichts sagen. Nicht mal ungefähr.«

Lina ging ins Badezimmer und untersuchte Make-up-Utensilien und Parfumfläschchen der Toten. Alle Produkte stammten von einer Drogeriekette, die damit warb, dass auf Tierversuche verzichtet würde.

Die Tote hatte den Tierschutz ernst genommen. Nur bei den Schuhen hatte sie nicht widerstehen können. Bis auf zwei Paar waren sie aus Leder gefertigt.

Deutlich sichtbar war, dass Karen Kreft auf penible Sauberkeit geachtet hatte. Selbst in den Ecken oder auf den Schränken gab es keine Staubspuren oder andere Verunreinigungen.

»Hast dir Mühe gegeben«, sagte Lina leise, als sie einen

Hauch von Jasminduft wahrnahm. Selbst das Handtuch duftete danach.

Da die Kriminaltechniker auch mit dem Badezimmer fertig waren, schloss sie die Tür und setzte sich auf den Wannenrand.

»Lina Andersen, du bist bescheuert«, sagte sie. »Vollkommen bescheuert.«

Nachdem sie ihr Psychologiestudium trotz guter Noten geschmissen hatte, gab es nur ein Ziel: die Polizeiarbeit auf der Straße. Jeden Versuch seitens der Personalabteilung, sie in den höheren oder gehobenen Dienst hineinzubefördern, hatte Lina abgewehrt. Sie wollte in den Streifendienst. Auch die Polizeischule änderte daran nichts. Mit Menschen zu tun haben und helfen, wenn es möglich war. Eine überschaubare Verantwortung. Und schnell wieder weg sein. Im Notfall den Dienst quittieren, um etwas anderes zu machen.

Trotz des Papierkrams und gewöhnungsbedürftiger Kollegen war sie gern auf Streife. Betrunkene von der Straße auflesen, Schlägereien schlichten und demente Alte beruhigen, das gehörte nun mal dazu.

Sie hatte die Routine gewollt, und jetzt stand sie in einer Undercoverermittlung. Warum sie? Im Präsidium gab es jede Menge andere Frauen ihres Alters. War das einer von Sven Emmerts Tricks, sie über Umwege in den Kriminaldienst zu locken? War es tatsächlich denkbar, dass im Geheimen operierende Tierschützerzellen hinter diesem Mord steckten? Wenn ja, würde sie sich auf höchst gefährlichem Terrain bewegen. Und was war mit Sören Hanisch, dem Dezernatsleiter? Konnte sie sich auf ihn verlassen, wenn es darauf ankam?

Er gab die Anweisungen, also musste er in der Hierarchie über Emmert stehen. Dabei hatten sie beide den Rang eines Hauptkommissars. Möglich, dass so etwas nach Dienstjahren entschieden wurde. Und durch Netzwerkerei im Apparat.

Nein, sie würde besser die Finger davon lassen. Zurück auf die Straße. Zu Blechschäden, gestohlenen Fahrrädern, betrunkenen Jugendlichen und Lärmbelästigungen aus der Nachbarwohnung.

Lina strich über die Stapel mit Frottiertüchern. Kante auf Kante. Für ihre eigenen vier Handtücher lohnte die Mühe nicht. Zwei waren in der Wäsche, zwei in Gebrauch.

Lina schob die Hand in den Stapel. Nichts. Sie tastete unter das Waschbecken und drehte den Hahn auf. Verwundert stellte sie fest, dass sich im Becken Wasser sammelte. Ein verstopftes Rohr? Das passte nicht ins Bild.

Lina fingerte an dem Pfropfen herum und schob ihren Kopf unter das Becken. Das Abflussknie ließ sich mit der Hand lockern. Sie nahm einen Zahnputzbecher und stellte ihn darunter. Vorsichtig öffnete sie den Verschluss. Gurgelnd plätscherte Wasser in den Becher, bis schließlich ein Klumpen Haare aus dem Rohr schwappte.

Lina nahm ihn auf und steckte ihn in ein Plastiktütchen, das sie aus ihrer Uniformjacke gezogen hatte. Dann verließ sie das Badezimmer und reichte ihren Fund einem verdutzten Kriminaltechniker. Er warf einen Blick in das Badezimmer, sah auf den abgeschraubten Abfluss und nickte anerkennend.

»Gibt es wirklich keine Vermutung, wie lange die Frau schon tot ist?«, fragte Lina ihn.

»Nichts zu machen«, antwortete er. In diesem Fall lasse sich das weder unter Berücksichtigung der Raumtemperatur noch anhand der Verwesungsmerkmale bestimmen. Die Rechtsmediziner müssten erst feststellen, was der Täter mit dem Körper der Frau angestellt hatte.

»War sie schon tot, als er ihr die Verstümmelungen zugefügt hat?«

»Keine Ahnung.«

Linas Handy klingelte. Sven! Sie hatte gar nicht bemerkt, dass er den Tatort schon verlassen hatte.

Sie nahm das Gespräch an.

»Lina, ich konnte das vorhin nicht sagen, aber lass die Finger davon, hörst du? Ein Scheiß auf die Umfeldermittlungen.«

»Aber …«

»Hanisch hat seine eigenen Methoden, du solltest …«

»Ich denk drüber nach«, sagte sie und beendete das Gespräch.

Sie dreht sich von der Terrazzosteinwand weg und sieht ihm direkt ins Gesicht. Wie ein Geist steht er plötzlich da.

»Was wollen Sie von mir?«

Er legt den Zeigefinger über die Mundaussparung seiner Wollmaske.

Wenn er sein Gesicht verbirgt, habe ich eine Chance, schießt es ihr durch den Kopf. Ja, ganz sicher. Möglich, dass sie hier herauskommt. Aber da sind die Wunden an ihrem Körper. Daran kann man sterben. Blutvergiftung. Sie hat keine Ahnung, wie schwer die Verletzungen sind. Sie könnte nicht einmal sagen, ob ihre Schmerzen stark sind. Es gibt keine Vergleiche mehr.

Er drückt sie auf die Pritsche und entfernt die Binde.

»Das wird schon«, sagt er.

Sie riecht das Desinfektionsmittel und die neue Binde. Wie ein frisch gewaschenes Laken, denkt sie. Und wie seltsam es doch ist, was man alles riecht, wenn man sich in einem dunklen Raum befindet. Geräusche dringen nicht herein. Die Wände müssen dick sein.

»Wir brauchen unser Mädchen doch«, murmelt er. Ihr Oberkörper ist jetzt frei. Sie fröstelt. Feuchte Kälte. Es muss ein Keller sein. Die Luft riecht abgestanden und schimmelig. Seine Fingerkuppen berühren sie unterhalb der Brust. Es fühlt sich an, als würde in seinen Händen Strom pulsieren. Er tastet sie ab. Eine Stelle ist bereits verschorft. Plötzlich explodiert der Schmerz in ihrem Körper.

Nicht die Besinnung verlieren, denkt sie. Du darfst nicht weinen und auf keinen Fall bewusstlos werden.

3

Der Mann sah von der Karlsbrücke hinunter auf die Moldau. Ein Spielzeugboot wackelte über die Wellen und nahm langsam Fahrt auf.

»Gute Reise«, sagte er, während ihm die ersten Takte von Smetanas Sinfonie durch den Kopf wehten. Zuerst quirlte und sprudelte das Wasser wie ein übermütiger Welpe aus dem Boden. Die Quelle. Der Neuanfang, aus dem ein immer breiter werdender Fluss wurde. Genauso hatte er begonnen. Und nun floss alles ruhig dahin. Trat nicht über die Ufer. Er musste es nur unter Kontrolle behalten.

Neben ihm boten Händler Militäruhren, Uniformteile und angebliche Ausrüstungsstücke aus U-Booten und Kampfjets an. Auf einigen prangte der Rote Stern.

Eine unbekannte Macht hatte den Touristenströmen auf

der Karlsbrücke Rechtsverkehr verordnet. Vor einzelnen Gruppen marschierten Fremdenführer, die farbige Regenschirme oder Fähnchen in die Luft hielten, damit ihre Gefolgschaft nicht auseinanderdriftete.

Der Andere hielt sich irgendwo in Prag auf. Uninteressant. Entscheidend war nur, dass er eingereist war. Der Andere hatte keinen Grund, vorsichtig zu sein. Er würde sich in irgendeinem drittklassigen Hotel einmieten, mit seiner Kreditkarte bezahlen, ein paar Highlights des Prager Touristenprogramms abhaken und in einem der vielen Biergärten Pils trinken. Das Übliche eben.

Das Spielzeugboot verschwand als schaukelnder Punkt in der Ferne.

»Und irgendwo weint eine Kinderseele«, sagte er. Doch es konnte auch sein, dass der Junge, dem das Boot gehört hatte, seinem Spielzeug die Freiheit gegönnt hatte. Auch er selber hatte als Kind davon geträumt, wegzufahren und nie mehr zurückzukommen. Aber es wäre niemand zurückgeblieben. Keiner hätte die Strafe gespürt, die sein Verschwinden sein sollte. Nun, er war ja noch nicht zu alt dafür.

Für ihn hatte das Reisen auf andere Kontinente nur einen Sinn: Fluchtwege zu erproben. Möglich, dass bald der Zeitpunkt gekommen war, dass man ihn auch in Australien, Amerika oder Asien kennenlernen würde. Nicht zu vergessen, dass es dort viel zu lernen und den Geschmack zu verfeinern galt.

»Von Ponorka, verstehen? Gut U-Boot-Uhr. Leuchten wenn dunkel«, sagte der Verkäufer, der neben ihm auf einem Schemel sitzend ein Touristenpärchen ansprach. Diese Händler waren marktgegerbte Profis. Mit einem Blick wussten sie, woher ihre potenziellen Kunden stammten.

Und dass das Anpreisen der Ware allein nicht mehr ausreichte, um gegen die Konkurrenz zu bestehen.

»Ich gekämpft Afghanistan«, sagte er und nannte eine militärische Einheit. Dass sein Alter ganz offensichtlich dieser Aussage widersprach, schien ihn nicht zu stören. Er zeigte den näher tretenden Touristen eine Narbe auf seinem Unterarm.

»Nahkampf«, sagte er und nickte bekräftigend. Dann griff er zur Uhr und deckte sie mit der Handfläche ab.

»Keine brauchen Strom, leuchten 10 000 Jahr.«

Er lachte und entblößte ein verfaulendes Gebiss. Mit einer blitzartigen Bewegung drückte er dem Mann die Uhr in die Hand, tippte auf das Ziffernblatt und sagte: »U-Boot-Symbol, Russisch.«

Aus der Innentasche seines Jacketts kramte er einen Anstecker, der ein Bild von Stalin zeigte.

»Brosche«, sagte der Händler zu der Frau und grinste, bevor er den Anstecker wieder in seinem Jackett verschwinden ließ.

Es war nicht gut, wenn die Kunden das Gefühl bekamen, dass sie alles mit ein paar wenigen Scheinen erwerben konnten. Das wusste der Straßenhändler aus Erfahrung.

Er sah noch einmal auf die Moldau. Dann hob er die Tüte mit dem Emblem des Kaufhauses Kotva vor sein Gesicht. Mit einem Blick prüfte er, ob die Tupperdose gut verschlossen war.

»Bald wird es ruhiger, Carla«, sagte er. »Jenny, ich suche dir ein feines Plätzchen, an dem du ruhen wirst. Hoffentlich für immer.«

Er schlenderte durch das jüdische Viertel in die Goldmachergasse, wo Franz Kafka zwischen 1916 und 1917 gelebt hatte.

Hier half kein Rechtsverkehr mehr. Die Straße war verstopft. Wie eine in sich selbst verknotete Schlange reihten sich die Besucher vor dem unscheinbaren Haus Nummer 22. Es wurde fotografiert, Familienväter verteilten Wasserflaschen an ihre Sprösslinge, Teenager standen gelangweilt daneben oder beschäftigten sich mit ihren Smartphones.

Er genoss es, sich herumschieben zu lassen. Es war ein besonderer Kitzel, wenn er daran dachte, dass er in der Plastiktüte die Überreste eines Menschen bei sich trug. Und es gab ihm ein Gefühl der Überlegenheit, mitten unter ihnen zu sein. Ein lächelndes Monster, das Menschen zuzwinkerte, jungen Frauen begehrliche Blicke zuwarf und einem Knaben über den Kopf strich, als der tollend gegen sein Bein rannte.

Wen würde ich wählen?, dachte er und musterte eine junge Frau, die in ihrer Handtasche herumwühlte. Oder doch die Mutter, die sich in diesem Moment zu ihrem Sohn hinunterbeugte?

Er konnte diejenigen, die hier zusammenströmten, schon bald in einer Papiertüte durch jede Stadt dieser Welt tragen. Es war ganz einfach. Ihr Schicksal in seinen Händen. Ein gutes Gefühl.

4

Und Sie schaffen es morgens rechtzeitig aus dem Bett?«, fragte Klaus Bader. In seinem fleckigen Kittel stand er mit aufgesetztem Hundeblick in seinem Büro. »Mir ist klar, dass Sie diese Berufsintegration nicht freiwillig machen.«

Der Teufel mochte wissen, was für eine Geschichte Hanisch erfunden hatte, um sie anstelle von Karen Kreft in dem Supermarkt unterzubringen.

Klaus Bader sah auf den Brief, auf dem Lina das Logo des Arbeitsamtes erkannte.

»Wir verlassen uns auf Sie. Wenn jemand ausfällt, müssen alle anderen rotieren. Das gibt dann böses Blut.«

Lina verzichtete auf eine bissige Bemerkung. Sie war mit »mal umsehen« einverstanden gewesen, und nun musste sie eben die Rolle einer vom Arbeitsamt Abkommandierten spielen.

Kein Zweifel, es hatte durchaus auch seinen Reiz, in die Fußstapfen eines anderen Menschen zu treten. Es bewegte sich etwas. Und es machte etwas im eigenen Kopf.

Der Filialleiter wies sie in die Pausenregelung ein. Wenn sie Raucherin sei, finde sie bei der Warenannahme eine Ecke mit einem Aschenbecher. Bei der Pausenaufteilung sei zu beachten, dass die Kunden nicht allein im Laden stehen. Ein Pausenraum sei auch vorgehalten.

»Und wann fange ich an? Um neun?«

Der Filialleiter verschärfte den Hundeblick.

»Haben Sie Kinder, die Sie morgens in die Schule bringen müssen?«

Lina schüttelte den Kopf.

»Gut«, sagte Bader. »Wir brauchen jemanden, der die Frischetheke vorbereitet. Salate anrichten, Obst schnippeln und so was.«

»Und das heißt?«

»Schichtbeginn um sieben«, sagte der Filialleiter. »Dafür ist zwei Stunden früher Feierabend.«

Er warf einen Blick auf die Überwachungsmonitore. Eine Faxnachricht ratterte aus dem angejahrten Gerät, in der Ecke dudelte leise Radiomusik.

Lina nickte und bekam eine Verschwiegenheitserklärung bezüglich aller betrieblichen Belange in die Hand gedrückt, die sie zu unterschreiben hatte. Der Wisch informierte sie über ihren Stundenlohn von acht Euro, die ihr zustehenden 20 Tage Jahresurlaub und darüber, dass wegen der Öffnungszeiten anfallende Überstunden mit freien Tagen abgegolten würden. Weitere Regelungen würden nach der Probezeit von drei Monaten folgen.

Lina überflog das Papier, trug ihre Kontonummer ein und unterschrieb, während der Filialleiter an einem ebenso angejahrten Computer Platz nahm und Bestelllisten durchging.

»Keine Sorge, Sie sind in der Früh nicht allein. Einer der Fleischverkäufer brät um sieben die Frikadellen ab«, sagte er, ohne sie anzusehen.

»Und jetzt?«, fragte Lina.

»Gehen Sie ins Lager, schnappen sich einen Einkaufswagen und fragen, welche Regale aufzufüllen sind. Schweres Zeug wie Bierkästen oder Blumenerde machen die Männer«, sagte er. »Viel Spaß.«

Er war der Typ, der sich nach etlichen verlorenen Kämpfen klaglos in sein Schicksal gefügt hatte und nun der Schläge harrte, die der Himmel für ihn vorgesehen hatte.

In einem weiten Firmenkittel verließ Lina das Büro.

Die Kassen gaben elektronische Pieptöne von sich, während Lina sich an Regalen mit Körperpflegeartikeln vorbeischlängelte in Richtung Milchprodukte und Tiefkühltruhen mit Fleisch und Fertiggerichten. Am Leergutautomaten versuchte eine Frau zu ergründen, warum ihre leere Flasche nicht angenommen wurde, mit der sie das Gerät gefüttert hatte.

Lina huschte in den Lagerraum.

Hanna Lasche, die ihr außer ihrem Namen auch den Kittel anvertraut und einen Spind zugewiesen hatte, grinste sie an.

»Na? Einschulung gut überstanden?«

Sie schob einen Einkaufswagen voller Milchtüten samt einem Auszeichnungsgerät auf Lina zu.

»Preis ist eingestellt, drauftackern und dann rein damit ins Kühlregal.«

Von der Seite wurde sie von einem vielleicht 40-jährigen Mann beobachtet, der mit einer Liste in der Hand vor den Gemüsekonserven stand.

Lina verbrachte die nächsten Stunden damit, die Haltbarkeitsdaten der Tiefkühlprodukte zu überprüfen, abgepackte Wurstwaren einzuräumen und Konserven aus Kartons in Fächer zu sortieren.

»Das ist alles Gewöhnungssache«, sagte eine rothaarige Kollegin, die sich als Katja Sandig vorstellte. Sie stand neben der Warenannahme und zog an ihrer Zigarette.

»Nur die Hände, Schätzchen, auf die musst du achten.«

»Hände?«

»Handcreme. Hast du so was schon mal gemacht?«

»Im Supermarkt gearbeitet?«, fragte Lina und steckte sich die zweite Zigarette an.

Katja Sandig nickte.

Lina überlegte, wie sie der Frage ausweichen konnte. Sie wusste, dass man ihr die Anfängerin anmerkte. Andererseits hatte Hanisch sie in dem fingierten Schreiben des Arbeitsamtes als »Verkäuferin mit Erfahrung« vermitteln lassen.

»Ist schon eine ganze Weile her, der Laden war viel kleiner«, sagte sie. »Und auf dem Land.«

Katja Sandig schwieg und sah hinüber zu den drei Männern mit Seesäcken auf dem Rücken, die in einiger Entfernung standen und miteinander scherzten.

»Dann wirst du die noch nicht kennen«, meinte sie dann. »Unsere Entsorgungsspezialisten. Kurz bevor wir schließen, durchwühlen sie die Müllcontainer nach brauchbarer Ware.«

»Und der Filialleiter hat nichts dagegen?«

»Unser schöner Klaus«, sagte sie. »Solange unsere Müllverwerter keine Sauerei veranstalten und Dreck auf dem Boden rumliegen lassen, ist ihm das egal.«

Plötzlich dachte Lina an Che. Sie musste ihn noch heute einweihen. Sollte sie im Zweifelsfalle eine verlässliche Absicherung brauchen – auf ihn war Verlass.

Der Chinese lebte als Hausmeister und Mädchen für alles in einem Altenstift und studierte angeblich Japanologie. Und er hatte eine Karriere als Kleinkrimineller hinter sich. Hatte Schlüssel von leer stehenden Villen und Luxuswohnungen angefertigt und sich als Makler ausgegeben. Während der Besichtigungen kassierte er Bestechungsgelder, für die er versprach, ein gutes Wort bei den Besitzern einzulegen. Nur dass die nichts von einem Verkauf wussten.

Sein gewandtes Auftreten hatte diesen »Job« erleichtert. Alles in allem ein fast todsicheres System, denn wer gibt schon eine Bestechung zu? Zumal die paar Tausender die Betrogenen kaum schmerzten. Aber sein »Geschäftsmodell« war aufgeflogen. Wenigstens hat Che mit seinen Gaunereien die Richtigen erwischt, dachte Lina.

Che war ein netter Kerl, und zu ihrer eigenen Überraschung schaffte sie es, mit ihm mehrere Stunden in einem Raum zu verbringen. Auch weil er wusste, wann er sie in Ruhe lassen musste.

Für seine Arbeit bei den älteren Damen, für die er Glühbirnen einschraubte, Einkäufe erledigte und denen er gelegentlich beim Ausfüllen von Formularen half, durfte er im Gegenzug die Dachwohnung nutzen. Und so manches Trinkgeld fiel für ihn auch ab.

Katja Sandig taxierte sie mit spöttischem Gesichtsausdruck.

»Träumst du?«

Weil ihr nichts anderes einfiel, sagte Lina: »Dann wollen wir mal wieder.«

»Kannst du mir eins verraten, Frau Andersen?«

»Was denn?«

»Wie ist das so, wenn man für die Polizei arbeitet?«

*

Sören Hanisch trommelte mit den Fingerkuppen auf der Schreibtischplatte herum und starrte auf den Monitor. Das Satellitenbild von Google zeigte den Flachbau des Supermarktes. Die Aufnahme war von August. Er erkannte Autos auf dem Parkplatz hinter dem Markt und einen Lkw, der vor der Warenannahme parkte.

Warum dort? Was an diesem verfluchten Supermarkt war so interessant? Was machte ausgerechnet diesen Laden zu einem Angriffsziel? Er hatte erwogen, eigene Kameras zu installieren, doch das wäre mit dem Ausfüllen eines Stapels von Papieren verbunden gewesen. Gut, er konnte es einen seiner V-Leute machen lassen, doch was genau sollten sie überwachen? Außerdem blieb das ohne Mikrofone alles wertlos.

Er griff zum Telefon und wählte Emmerts Nummer.

»War das eine gute Idee, die Kollegin Andersen hinzuzuziehen?«, fragte er. »Die Frau hat keine Erfahrung mit solchen Einsätzen.«

»Und sie wurde nicht dafür ausgebildet«, sagte Emmert.

»Nein.«

»Abziehen?«, fragte Emmert.

Hanisch schwieg ein paar Sekunden und starrte erneut auf das Satellitenbild. Er hatte vermutet, dass Emmert mit diesem Undercovereinsatz nicht gerade glücklich war. Auch wenn er der Frau was zutraute, auf eine solche Aufgabe musste man vorbereitet werden. Andererseits, was schadete es schon, wenn sie als Polizistin erkannt wurde? Na schön, die Tierschützer würden ihren Spaß haben, wenn sie mitbekamen, wie dilettantisch die Polizei vorging. So gesehen gab sie eine gute Deckung für die anderen ab, die er in dieses Spiel eingeschleust hatte.

»Was ist mit unseren technischen Mitteln?«, fragte Emmert. »Telefonüberwachung? Observation mit der Kamera aus einem Wagen heraus? Sie sagten doch, es geht um terroristische Aktivitäten.«

»Streichen Sie das T-Wort aus Ihrem Wortschatz«, sagte Hanisch. »Sonst haben wir ganz schnell meine ehemaligen Kollegen vom BKA am Hals.«

»Genau genommen sind die ja auch zuständig«, sagte Emmert.

»Lina Andersen soll sich ein wenig austoben, später ziehen wir sie ab. Halten Sie so lange die Füße still.«

»Ich weiß nicht«, sagte Emmert. »Sollten wir sie nicht einweihen? Ich meine in … alles?«

»Das bringt nichts«, sagte Hanisch. »Sie sieht doch gleich eine Weltverschwörung, und übermotiviert, wie sie ist …«

Hanisch beendete das Gespräch und öffnete eine passwortgeschützte Datei.

Die Idee ließe sich ausbauen. Flog Lina Andersen auf, blieb zumindest seine Quelle geschützt. Die Andersen brachte Bewegung ins Spiel.

Er hatte schnelle Ergebnisse versprochen. Auch wenn diese Gruppen bestens organisiert waren und hochkonspirativ vorgingen, irgendwann machten sie Fehler. Und je eher das passierte, desto besser.

Hanisch taxierte die Einrichtung seines Büros. Die Möbel waren verschlissen, der Computer veraltet, und der Drucker spuckte jede Menge leere Seiten aus, bevor er in die Gänge kam. Die Armlehnen seines Schreibtischstuhls waren durchgescheuert, und die Wände hatten einen Graustich angenommen, der sicher erst verschwand, wenn die ganze Bude abgerissen wurde.

Wenn alles glatt lief, gehörte das bald der Vergangenheit an. Er musste Ergebnisse liefern. Und dabei unter Beweis stellen, dass er ein fähiger Vorgesetzter war. Ein Kopf, der nicht davor zurückschreckte, sich die Finger schmutzig zu machen. Bürohengste und Weicheier brauchte niemand. Ihn würde entschlossenes Vorgehen in ein Büro mit Sekretärin, Besprechungsecke und deutlich besserem Gehalt führen. Mal abgesehen von der Verantwortung. Er musste seine Karten nur richtig ausspielen.

Sein Telefon klingelte. Er hob ab.

»Und?«, fragte der Mann am anderen Ende der Leitung. »Fortschritte?«

»Wir lassen die Würfel rollen«, sagte Hanisch. »Sehen wir uns an, was da so hochkocht.«

5

Das vor ihm liegende Gemäuer hatten die Erbauer vor Hunderten von Jahren einer Burg nachempfunden. Turm, Fensterschlitze, Giebel und Schießscharten.

Das Gebäude bewachte den Schlaf der Prager Juden. Ein begehrter Flecken Erde, in der die Verblichenen an manchen Stellen übereinandergeschichtet lagen und nach jüdischem Ritus ewiges Liegerecht hatten. Umbettung ausgeschlossen. Für ihn der perfekte Ort.

Ein Uniformierter schloss die massive Holztür, und doch musste er noch eine Stunde warten, bis die Friedhofswächter das Gebäude verließen.

Da wirst du es gut haben, Jenny.

Er umrundete das Areal, fand eine spärlich beleuchtete Stelle und holte die ausfahrbare Haushaltsleiter aus dem Gebüsch, in dem er sie vorher versteckt hatte. Sicherheitshalber stellte er ein handgeschriebenes Schild daneben: »Achtung, Filmaufnahmen!«

Wer ihn beobachtete, würde ihn für einen etwas sonderbaren Regisseur halten. Für jemanden, der die weltberühmte Kulisse im Abendlicht und von oben betrachten wollte.

Von der Mauerkrone aus entdeckte er eine Stelle mit herausragenden Steinen. Er robbte zwei Meter weiter und kletterte auf der anderen Seite hinunter. Ein Fenster des mittelalterlichen Friedhofsgebäudes war erleuchtet. Er bückte sich und schlich zwischen den Grabsteinen hindurch.

Er tastete den Boden ab. Neben der Skulptur eines lachenden Löwen wurde er fündig. Er zog eine Klappschaufel aus seiner Umhängetasche und begann, ein Loch in die Erde zu graben. Plötzlich stieß er auf Widerstand. Er glaubte, auf einen Knochen getroffen zu sein, doch das längliche Ding entpuppte sich als abgestorbene Wurzel.

Nach einer Weile erschien ihm die Mulde tief genug. Er gab die Tupperdose hinein und füllte die Mulde mit Erde wieder auf.

Was für eine Aktion! Wahrscheinlich war er übervorsichtig. Höchstens ein Friedhofsgärtner würde sich wundern. Kein Beinbruch. Es gab genügend alte Juden, die ihre letzte Ruhestätte gern in der Nähe des legendären Rabbis Löw gehabt hätten. Knochen in einer Tupperdose würden der Presse nicht mal eine Randnotiz wert sein.

Jetzt musste er diese Spur nur noch »scharf« machen.

Minuten später entsorgte er die Leiter in einem nahegelegenen Park und lud seine Walther durch. Es war höchste Zeit für die Suche.

Die Sechsmillimeterwaffe war ideal für die Nahdistanz. Machte selbst ohne Schalldämpfer keinen Höllenlärm wie das Neunmillimeterkaliber. Wenn ein Kopfschuss nötig war, riss sie nicht gleich den halben Schädel weg. Ein Anblick, der ihm auf den Magen schlug. Ein Neunmillimeterkaliber nahm dem Tod die Würde.

Er spazierte durch die Gassen der Altstadt. Immer wieder torkelten Betrunkene an ihm vorbei. Einige waren auf dem Weg in die nächste Kneipe, andere suchten ihre Unterkunft.

Ein Mann urinierte in einen Hauseingang, während seine Gefährtin sich an der Hauswand abstützte.

Nach einer knappen Stunde fand er, was er suchte. Einen Polizisten auf Streife.

Er torkelte auf den Polizisten zu und rempelte ihn an. Der Uniformierte, ein Mittzwanziger und athletisch gebaut, sagte:

»Hey, English, German?«

»Hassu … hassu Kinder?«

»Papiere. You understand? Passport!«

»Hassu Kinder? Children?«

»Nein. Die Papiere.« Er griff an seinen Gürtel und löste ein Paar Handschellen. Sein angewiderter Gesichtsausdruck ließ darauf schließen, dass er keine Lust dazu hatte, den besoffenen Touristen in die Arrestzelle zu schaffen, wo der sich auskotzen würde.

»Keine Kinder?«, wiederholte er und zog die Walther heraus. Der Polizist hielt immer noch die Handschellen in der Hand, als er auf dessen Herz zielte und zweimal abdrückte.

6

Bist du verrückt, Lina?«

Che starrte sie wütend an.

»Du bist darauf überhaupt nicht vorbereitet, hast keine Absicherung, keine Legende. Verdeckte Ermittlungen sind 'ne verdammt gefährliche Angelegenheit. Du weißt nicht, in welches Wespennest du stichst.«

»Ich sehe es mir nur von außen an«, sagte Lina.

»Aber du wirst ja schon nach einer halben Stunde als Polizistin enttarnt!«

»Ich hab ja nichts drauf geantwortet.«

Che stellte die Espressotasse auf den Tisch.

»Vielleicht hat sie nur zwei und zwei zusammengezählt. Eine tote Kollegin …«

»Davon weiß niemand im Supermarkt«, sagte Lina. »Die Polizei hat keinerlei Informationen rausgegeben. Auch die Presse hat nichts gemeldet.«

»Das sagt noch gar nichts«, erwiderte Che. »Wenn in der Nachbarschaft Heerscharen von Polizisten auftauchen und Blaulichter die Straße ausleuchten, wird das bei Facebook gepostet. Jeder weiß, dass was Schlimmes passiert ist. Außerdem ist der Leichenwagen vorgefahren. So was spricht sich rum!«

Lina schlürfte ihren Kaffee und sah sich um. Es gefiel ihr, wie Che sich in seiner Dachwohnung eingerichtet hatte. Abgesehen von zwei Kalligrafien, ein Kreis und ein einzelnes Schriftzeichen, waren die Wände leer. Der Schreibtisch war aufgeräumt, die Kleidung ordentlich im Schrank verstaut. Von ihrem Platz aus konnte sie in die blitzsaubere Küche sehen.

»Wir sollten zusammenziehen«, sagte sie.

»Da zieh ich eher in einen Bauwagen.«

Er setzte sich an den Schreibtisch vor sein Notebook und fragte Lina nach dem Namen des Mordopfers.

»Karen Kreft ist auf drei Adressportalen gelistet. Und bei Facebook. Ihre Einträge sind nicht öffentlich«, meinte Lina.

»Ich hab Zugang zu ihrem Computer. Ihr Facebook-Passwort hat sie allerdings nicht gespeichert.«

Che tippte auf der Tastatur herum und las dann, was auf dem Monitor erschien.

»Sie ist auf einem Portal registriert, das Hunde aus osteuropäischen Tierheimen vermittelt.«

»Irgendwelche Textbeiträge?«, fragte Lina.

»Sieht nicht so aus. Was ist mit ihrem Computer?«

Lina zündete sich eine Zigarette an und handelte sich einen missbilligenden Blick von Che ein.

»Ich bringe dir auch nächstes Mal neue Räucherstäbchen mit«, sagte sie mit einem Seitenblick auf das fast leere Gefäß auf der Fensterbank neben der einzigen Pflanze in Ches Wohnung. Ein Bonsaibäumchen, gezogen aus dem Trieb einer Krüppelfichte. »Sie muss den Rechner gesäubert haben«, fuhr sie fort. »Unter den Programmen gibt es ein professionelles Löschprogramm.«

»Und sonst?«

»Briefe an Versicherungen, an ihre Familie, Bewerbungsunterlagen, ein paar Tierschutzmanifeste, Kopien von Zeitungsartikeln zur Massentierhaltung. Und ein paar misslungene Manuskripte mit Tiergeschichten. Alle mit erhobenem Zeigefinger geschrieben. Löwe und Lämmchen haben sich lieb und schlafen in einem Bettchen und so was.«

»Und wenn der Tierschutz gar nichts mit dem Mord zu tun hat?«, fragte Che.

»Möglich«, sagte Lina. »Aber womit fangen wir an?«

»Was ist mit den Angestellten im Supermarkt?«

Lina zuckte mit den Schultern und streifte ihre Jeansjacke über.

»Ich bin müde, Che.«

»Und ich darf arbeiten?«

Sie küsste ihn neckisch auf die Stirn und verabschiedete sich.

Dann ging sie zum Hauptbahnhof und nahm den Bus Richtung Hoheluftchaussee.

Die Fahrgäste fingerten auf ihren Smartphones herum oder starrten müde durch die schmutzigen Fenster. Nachdem alles nach Frühling ausgesehen hatte, war jetzt, Mitte Mai, die Kälte zurückgekehrt. Für die Nacht war Bodenfrost vorhergesagt.

Am Dammtorbahnhof stiegen Studenten und Bahnreisende zu, die meisten in Eile und mit missmutigen Gesichtern.

Che hatte recht. Es war eine Schnapsidee gewesen, sich auf diese verdeckte Ermittlung einzulassen. Wenn sie zwischen die Fronten von Fleischindustrie und militanten Tierschützern geriet, durfte sie nicht auf ein freundliches Miteinander hoffen. Hier trafen knallharte wirtschaftliche Interessen auf knallharte politische Überzeugungen. Vermutlich radikal auf beiden Seiten.

Warum hatte man sie damit betraut? Gab es im Präsidium tatsächlich keine anderen geeigneten Frauen? Was verdeckte Ermittlungen betraf, war sie eine blutige Anfängerin. Machte man sie am Ende ohne ihr Wissen zum Lockvogel?

Karen Krefts Mörder musste pervers sein. Wie sonst war es ihm möglich, die Leiche so zu verstümmeln und sie wie ein Bühnenbild in Szene zu setzen?

Trotz des Regens rissen Arbeiter ein Stück des Bürgersteigs auf. Der Busfahrer bremste scharf und stieß einen Fluch aus, weil ein Autofahrer vor ihm trotz durchgezogener Linien gewendet hatte.

Zehn Minuten später war Lina zu Hause in ihrer Wohnung. Sie behielt ihre Jacke an und schenkte sich aus einer angebrochenen Flasche Wein in ein Glas ein.

Seit Wochen hatte sie vor, sich nach einem Tisch umzusehen, der zu ihrer weißen Ledercouch passte. Auch wenn man begann, die Häuser in der Nachbarschaft zu sanieren – sie würde sich nicht so schnell vertreiben lassen. Die Wohnung passte zu ihr. Und die Miete war günstig.

Sie klappte ihr Notebook auf und gab Karen Krefts Namen ins Suchfeld von Google ein. 42 Treffer. Neben den üblichen Adressverweisen fand sie darunter zwei Portale von Tierliebhabern. Aussagekräftig waren die erwartungsgemäß nicht. Schließlich schwirrten die meisten Leute anonym durchs Netz. Karen Kreft hatte unter ihrem Klarnamen Tierfotos bewertet und einen wütenden Kommentar zu Tierversuchen bei der Entwicklung von Kosmetika gepostet. Doch das lag mehr als ein Jahr zurück.

Zu jener Zeit hatte sie auch eine Kurzgeschichte geschrieben, die als Wettbewerbsbeitrag anerkannt worden war. Ausgeschrieben hatte den Wettbewerb ein Dachverband von Tierheimen, der damit seinen schwer vermittelbaren Schützlingen »eine Persönlichkeit und eine Geschichte« geben wollte. Die Siegergeschichte war in einer hessischen Lokalzeitung erschienen.

Über einen Link gelangte Lina zu Karen Krefts Kurzgeschichte auf der Homepage des St.-Franziskus-Tierschutzhauses. Eine Kindergeschichte, die von der Freundschaft zwischen einem Mädchen und einem Mastin Español handelte:

Masti, wie der Hund heißt, eignet sich weder als Wachhund, noch ist er mit seinen 60 Kilo als Kuscheltier zu gebrauchen. Während die Eltern des Mädchens alles dransetzen, den Hund an einen brutalen Bauern abzuschieben, bricht in dem Haus ein Feuer aus. Der Hund zieht das bewusstlose Mädchen aus dem Haus, während die Eltern umkommen. Das Mädchen wird von dem Tier getrennt und wächst in einem Heim auf, doch eines Tages treffen die beiden sich wieder. Der Hund reißt sich von seinem neuen Herrchen los und läuft mit dem Mädchen davon.

Lina öffnete das Facebook-Portal und gab neben Karen Krefts E-Mail-Adresse als Passwort »Mastin« ein. Kein Zugriff. Auch unter »Masti« und »MastinEspanol« leuchtete die orangefarbene Fehlermeldung auf.

Lina schob das Notebook ein Stück von sich weg und füllte ein zweites Glas mit Wein.

Wer zum Teufel war Karen Kreft? Warum gab es keine Hinweise auf Freunde? Was hatte sie in den Supermarkt verschlagen? Und wer hatte diese Frau so gehasst, dass er sie dermaßen verstümmelte?

Gibt es jemanden, der dich geliebt hat?, dachte Lina.

Sie zog das Notebook wieder zu sich heran und probierte es mit den ihr aus den Akten bekannten Vornamen von Karens Eltern und den Koseformen von »Karen«. Fehlanzeige. Ebenso wie bei den Kombinationen von »Karen« mit ihrem Geburtsdatum, ihrem Geburtsjahr, ihrem Alter oder ihrer Hausnummer.

»Wer steht dir nahe?«, murmelte Lina. Sie gab den Namen des Tierheims »St. Franziskus« ein. Nichts. Wütend hämmerte sie »Heilige Scheiße« in die Tastatur und erntete erneut eine Fehlermeldung.

So kam sie nicht weiter. Sie musste sich in Karen Kreft verwandeln. Den persönlichen Dokumenten nach zu urteilen, die sie im Rechner der Toten gefunden hatten, war sie mehr als eine Mitläuferin gewesen. Sie hatte sich rasch verändert, war mutig geworden, immer radikaler. Hatte sie Schutz genossen? War sie von jemandem angespornt worden?

Lina beugte sich vor und gab »HeiligerFranziskus« ein. Auf dem Bildschirm erschien: »Karen, wie geht es dir?«

Der Teufel trägt einen schwarzen Overall. Und über dem Gesicht eine Rabenmaske. Er sagt: »Unser Mädchen macht Fortschritte.« Er zeigt auf die Terrazzowand.

»Wirst du mir die Zahl verraten?«

Trotz der Maske sieht sie, wie er spöttisch seinen Mund verzieht. Er untersucht ihre Wunde, dreht sie auf den Bauch und drückt ihr sein Knie in den Rücken. Ein harter Druck. Was ist sie? Ein Stück Müll, das noch mit in den Abfallsack muss? Sie spürt seine Fingerkuppen, mit denen er ihre Schulterblätter nachzeichnet. Sie presst »Bitte« hervor, doch er zischt nur leise »Psst« in ihr Ohr.

»Du wirst deine Wunden pflegen, hörst du? Du wirst deinen Körper gut behandeln. Sonst werde ich meine Maske abnehmen, und jede Hoffnung ist verloren. Das verstehst du doch?«

Sie nickt, und weil sie nicht sicher ist, ob er es bemerkt hat, nickt sie noch einmal. Nur ja kein Missverständnis.

»Gutes Mädchen«, sagt er.

Aus den Augenwinkeln sieht sie, dass er etwas aus einer Plastiktüte zieht und auf den Hocker legt. Sie schließt die Augen, will nicht wissen, was es ist. Dann streicht er ihr über den Rücken.

Sie hat den Geruch in der Nase und kommt nicht darauf, was es ist. Plötzlich sieht sie ein Bild vor ihrem inneren Auge. Sie sitzt auf dem Balkon mit Blick auf das Mittelmeer. Eine sanfte Brise kühlt ihre Haut, es duftet nach … Nein, der Teufel kommt nicht mit Brandgeruch daher. Er riecht nach Jasmin!

Nachdem er die Tür von außen verriegelt hat, robbt sie sich an den Schemel heran. Wundsalbe, Tagescreme und ein

Shampoo. Alles auf ein Handtuch gelegt. Sie denkt an den Wasserhahn, den sie vergeblich aufgedreht hat. Wann wird er ihr zu trinken geben?

7

Lina holte Salate, Früchte und Antipasti aus der Kühlkammer und bestückte damit die Salatbar. Besonders die Angestellten aus den umliegenden Büros schätzten die frische Ware, die sie meist mittags kauften.

»Ah, ein neues Opfer«, sagte der Kollege, der sich als Jens Olsen vorstellte. Seit acht Monaten sei er zum Frikadellenbraten »abkommandiert«, weil er von allen Mitarbeitern hinter der Frischetheke die kürzeste Zeit dabei sei. »Teamarbeit wird das hier genannt.«

Mit einem Nicken in Richtung der Edelstahlbehälter sagte er: »Deiner Vorgängerin hat das Schnippeln sogar Spaß gemacht.«

»Brauchte bestimmt den Job«, sagte Lina. Sie schälte eine Zwiebel.

»Seltsamer Vogel, diese Karen Kreft«, sagte Olsen.

»Wirklich?«

Olsen wischte sich die Handflächen an seinem fleckigen Kittel ab, griff hinter sich und hielt ihr einen Teller mit zwei frisch gebratenen Frikadellen hin.

»Um halb acht morgens?«, fragte Lina.

»Ich hätte dafür gern einen Obstsalat zum Frühstück«, sagte er und füllte sich lächelnd ein Schälchen.

Als Lina noch einmal nachfragte, warum Karen Kreft ein seltsamer Vogel sei, erzählte Olsen ihr kauend, Kreft sei mit ihren Kolleginnen nicht sonderlich gut zurechtgekommen.

Zu ihm jedoch habe sie Vertrauen gehabt, es habe sie etwas verbunden.

»Was denn? Morgens um sieben in der Küche zu stehen?«, fragte Lina.

»Vegetarier«, sagte er und schob sich ein Stück Rote Beete in den Mund.

»Als Vegetarier hinter der Fleischtheke zu stehen?«

»Ist nicht immer einfach«, sagte Jens Olsen. »Davon weiß hier niemand. Karen konnte damit offener umgehen als ich.«

»Konnte? Ist sie denn tot?«

»Tot? Keine Ahnung«, sagte Olsen und fügte hinzu, dass er sich jetzt wieder um seine Frikadellen kümmern müsse. Außerdem sei es an der Zeit, die Teiglinge in den Brötchenautomaten zu schieben.

»Mit dem Chef konnte sie allerdings ganz gut«, sagte er zwinkernd, bevor er in den Raum hinter der Theke verschwand.

Hatte Karen Kreft ein Verhältnis mit Klaus Bader gehabt? Oder war das nur eines jener Gerüchte, die an jeder Arbeitsstelle gern in Umlauf gebracht wurden?

Auf ihrer Facebook-Seite waren mehr als 1000 Freunde gelistet, mehrheitlich Tierliebhaber. Darauf deuteten die zahllosen Katzen- und Hundefotos und die Aufrufe zur Vermittlung herrenloser Tiere hin, die vorwiegend in osteuropäischen Tierheimen eingeschläfert werden sollten.

Daneben standen die üblichen Glückskeksweisheiten, Beschwerden über das Wetter und jede Menge YouTube-Videos. Lina hatte die Kontakte gecheckt, aber nichts Interessantes entdeckt. Auch in den diversen Chats, die sie noch nicht alle gelesen hatte, fanden sich weder Hinweise auf Streitigkeiten noch auf militante Tierschützergruppen.

Aufgefallen war Lina lediglich, dass Karen Kreft vor vier Wochen schlagartig aufgehört hatte zu posten.

Eine halbe Stunde, bevor die nächsten Kollegen kamen, huschte Lina in den muffig riechenden Umkleideraum. Karen Krefts Spind war nicht versperrt. Bestimmt war er von den Kollegen längst durchsucht worden. Lina fand ein Täschchen mit Make-up, Wimperntusche und Lippenstift. Zwei Katzenfotos klebten an der Innenseite der Spindtür. Auf Kleiderbügeln hingen ein dunkelblaues Regencape und zwei saubere Kittel. Lina fuhr mit der Handfläche über die obere Ablage und zog zwei Ausgaben des Nachrichtenmagazins »Der Spiegel« und eine Frauenzeitschrift heraus. Dem weihnachtlichen Titelbild nach war die Illustrierte ein paar Monate alt.

»Was machen Sie da?«

Lina schreckte zusammen und schlug mit einem raschen Schwung die Spindtür zu.

Den Oberkörper angriffslustig nach vorn geneigt stand Sandro Behrend in der Tür. Ihr waren die misstrauischen Blicke dieses Kollegen schon am Vortag aufgefallen.

»Ich …«

»Schnüffeln!«, stellte Behrend fest.

Er griff unter seinen Kittel, lächelte und zog ein Handy hervor. Er gab eine Nummer ein, reichte ihr das Gerät und sagte: »Der Chef will Sie sprechen.«

»Der Filialleiter?«, fragte Lina und hielt das Handy ans Ohr.

»Hanisch hier. Vor Ihnen steht Sandro Behrend. Er gehört zu meinem Dezernat und arbeitet seit fünf Wochen für uns im Supermarkt.«

»Fünf Wochen? Aber Karen Kreft wurde erst …«

»Für seinen Einsatz gibt es einen anderen Grund.«

»Und das erfahre ich erst jetzt?«

Hanisch machte eine Pause und sagte dann: »Es ist fraglich, ob es einen Zusammenhang gibt.«

»Und was ist das für ein Grund?«, fragte Lina.

Hanisch erklärte ihr, dass es in dem Supermarkt zu einem Anschlag und zu einem Erpressungsversuch gekommen sei. Behrends Aufgabe sei nun, die Fleischtruhe im Auge zu behalten und die Verpackungen zu kontrollieren.

»Erpressung?«, fragte sie.

»Es gab eine Nachricht und einen Anschlag.«

»Eine Mail? So was wird öfter verschickt.«

»Ein Brief mit bunten Buchstaben. Und eine Forderung.«

»Und deshalb stellen Sie einen Kollegen ab?«

»Natürlich nicht«, sagte Hanisch, der mit sich zu ringen schien. Als Lina schwieg, räusperte er sich.

»Es geht um Hackfleisch. Es gab eine verunreinigte Packung. Und einen Jungen, der an einem allergischen Schock gestorben ist.«

»Allergischer Schock?«

»Das Hackfleisch wurde mit Mandelöl gestreckt. Ein Warnschuss.«

»Und der Junge hatte eine Nussallergie«, folgerte Lina.

»Richtig. Es ging bei der Erpressung nicht um Geld, sondern um einen bestimmten Lieferanten.«

Nur dessen Produkte seien betroffen gewesen. Es habe die Forderung gegeben, das Unternehmen von der Lieferantenliste zu streichen.

»Lassen Sie mich raten«, sagte Lina. »Der Mastbetrieb ist wegen unsachgemäßer Tierhaltung aufgefallen.«

»Es geht um den Transport der Schweine und Rinder. Zu beengte Boxen.«

»Und Sie sehen keinen Zusammenhang zwischen dem Anschlag und Karen Krefts Tod?«, fragte Lina.

»Frau Andersen, wir wussten ja nicht, wie Sie sich anstellen würden. Wir hätten …«

»Oh, vielen Dank«, sagte Lina. »Ich weiß Vertrauen immer zu schätzen.«

Sie drückte das Gespräch weg und gab Sandro Behrend das Handy zurück. Der hatte während ihres Telefonates grinsend dagestanden und mit einer Packung Misonudeln gespielt.

»Dann ist ja alles bestens«, sagte er und tippte sich salutierend an die Stirn.

Er wandte sich einem mit abgepackter Wurst gefüllten Einkaufswagen zu, stieß ihn gegen die Schwingtür und verschwand im Laden.

Lina wollte Karen Krefts Spind gerade wieder fest zuschließen, als ihr Blick auf die Weihnachtsausgabe der Frauenzeitschrift fiel. Sie nahm sie in die Hand und sah an der Kante, dass Seiten herausgerissen worden waren. Sie blätterte vor bis zu der Stelle. Es waren vier Seiten aus einem Modedossier, die fehlten.

Zufall?

Lina nahm ihr Handy aus der Hosentasche und ließ sich über die Zentrale im Präsidium noch einmal mit Hanisch verbinden.

»Jetzt lassen Sie mich raten, Frau Andersen. Sie wollen von Ihren Aufgaben entbunden werden.«

»Im Gegenteil«, sagte Lina. »Ich möchte einen Blick auf den Erpresserbrief werfen.«

»Steht nichts weiter drin«, sagte Hanisch. »Ich kann's Ihnen vorlesen.«

»Ausgeschnittene Buchstaben?«, fragte sie.

»Hat sich leider rumgesprochen, dass Computerdrucker immer eine Kennung mit ausspucken.«

»Ich würde den Brief gerne sehen«, beharrte sie.

Lina spürte, dass Hanisch nur ungern zusagte. Schließlich presste er ein »Ja« heraus und sagte: »Sie sind nicht als James Bond unterwegs. Sie sollen sich nur einen groben Überblick verschaffen.«

Lina setzte sich an den Tisch und teilte eine bereits geschälte Ananas in gleichmäßige Würfel. Sie durfte hier nicht gleich wegen mangelnder Arbeitsleistung auffallen.

Nun gab es also schon zwei Tote. Ein Junge, der an verunreinigtem Hackfleisch gestorben war, und eine übel zugerichtete Frau, die sich möglicherweise in dem Supermarkt hatte anstellen lassen, um gegen einen Fleischlieferanten vorzugehen. War es so gewesen?

Warum verschwiegen Hanisch und Emmert ihr Informationen? Womit hielt man noch hinter dem Berg?

Anschließend fuhr Lina Kühlboxen zur Frischetheke und schob sie in die dafür vorgesehenen Halterungen. Von ihren allmählich eintreffenden Kollegen wurde sie kaum beachtet. Lediglich Jens Olsen, der hinter seiner Fleischtheke stand, zwinkerte ihr anzüglich zu.

Lina füllte die ihr zugewiesenen Regale auf. Mit den höheren Weihen, einer »Warennachbestellung«, sollte sie erst in zwei Wochen betraut werden.

Wenn sie die Blicke ihrer Kollegen richtig interpretierte, glaubte wohl niemand hier, dass sie länger als eine Woche durchhalten würde. Obwohl die schweren Getränkekisten ausnahmslos von den männlichen Kollegen im Lager hin- und hergewuchtet wurden, bekam Lina schon bald heftige Rückenschmerzen.

»Ist normal«, sagte ihre Kollegin Katja Sandig, als sie vor dem Kühlregal den Rücken durchdrückte.»Los wirst du die nie. Rücken gehört zum Job.«

»Tolle Aussichten.«

»Vorsehen musst du dich vor der Kälte aus den Truhen, da kriegen die Nieren schnell was ab.«

Der Filialleiter hielt sich die meiste Zeit in seinem leicht erhöhten Büro bei der Kasse auf. Wenn er herunterkam, half er Waren auszupacken, schrieb Bestelllisten oder nahm Ware entgegen. Zugänglich war das Büro für alle Mitarbeiter, denn dort hingen die Dienstpläne aus.

»Kontrollrundgang ist immer um zwei«, sagte Katja Sandig. Sie hatte wohl bemerkt, dass Lina zu den Fenstern hinaufschielte.

»Du wirst verdammt noch mal die Finger von ihr lassen!«, hörten sie eine hysterisch klingende Stimme aus dem Büro. Sofort wurde die Tür zugezogen. Lina wandte sich wieder ihrem Regal zu, als ein elegant gekleideter Mann neben sie trat.

»Die arme Sau«, sagte er und wies mit dem Daumen hinauf Richtung Büro.

»Wie bitte?«

»Max Kleeberg heiße ich.«

Der Mann sah sie an. Ein Mittdreißiger. Teurer Anzug, frisch polierte Schuhe, kurz geschnittenes Haar. Er trug ein elegantes Hemd mit goldenen Manschettenknöpfen. An seinen Schläfen waren ein paar graue Strähnen zu sehen, er wirkte durchtrainiert.

Lina unterdrückte den Impuls, ihm die Hand zu reichen.

»Für Vertretergespräche müssten Sie sich an einen Kollegen wenden«, sagte sie.

»Sie sind doch Lina Andersen, die Polizistin?«

Mindestens drei andere Frauen müssen hier unten sein. Seit ein paar Stunden kann sie ihr Wimmern hören. Feucht ist es. Die Luft riecht nach Erde und Beton. Klassische Musik dringt an ihr Ohr, wenn sie es fest genug an die Tür presst.

Sie denkt an das Schaben, das sie gehört hat. Oder hat sie das nur geträumt?

Mit einem Klacken wird der Türriegel zurückgeschoben. Gott sei Dank, er ist maskiert. Stumm blickt er auf die Salben und das Shampoo, die unberührt auf dem Hocker liegen.

Er zeigt mit dem Finger darauf und sagt kein Wort.

Was hat er vor? Wird sie vorbereitet? Aber worauf?

Er dreht sich um und verlässt den Raum. Das aus einer Pappschachtel gebaute Gatter hat er nicht bemerkt.

Sie hat die Kellerasseln hineingesetzt, die sie fangen konnte. Mittendrin liegt ein Drehverschluss mit ein paar Tropfen Wasser, daneben ein paar Brotkrumen.

Sie erhebt sich von der Pritsche und fährt mit der Hand über ihren Bauch. Zehn Kilo muss sie verloren haben. Wasser und Brot, Wasser und Kekse. Ab und zu ein Apfel. Alles schmeckte nach nichts. Möglich, dass sie ihren Geschmackssinn verloren hat. Sie bemerkt, wie ihr Körper zittert. Es ist, als würde er nicht mehr zu ihr gehören.

Die Asseln bevorzugen die dunklen Stellen auf dem Terrazzoboden.

8

Gibt es Neues von der Front?«, fragte die ältere Frau. Sie stand im Innenhof des Altenstifts und stützte die Arme auf ihren Gehwagen. Ihr Blick war wach.

»Nun?«

»Die Linien halten«, sagte Lina.

»Ja, ja«, sagte sie, packte die Griffe des Rollators und schob ihn ein paar Zentimeter weiter.

Lina fragte sich, wie Che es aushielt, tagein, tagaus mit dem Alter konfrontiert zu sein.

Auf einer Bank saß ein Pärchen im Rentenalter, das den ersten milden Frühlingsabend genoss.

Lina betrat den Flur, in dem es nach Desinfektionsmittel und Lavendel roch. Der Fahrstuhl ruckelte in den vierten Stock.

»Lina bringt Schwierigkeiten mit«, seufzte Che, als er ihr die Tür öffnete.

»Darf ich trotzdem reinkommen?«

Er ließ sie eintreten.

Lina schnupperte in die Luft.

»Sandelholz. Ich muss die Geister in Schach halten«, sagte Che.

Sie ließ sich in das Sofa fallen und streckte die Beine aus.

»Undercover im Supermarkt«, sagte Che. »Da kannst du dich schon mal auf das Leben nach deiner Suspendierung einstellen.«

»Hast du das Modedossier gefunden, von dem ich dir erzählt habe?«, fragte sie.

»Im Netz war nichts.«

»Scheiße«, sagte Lina. »Und bei dem Verlag? Die haben doch bestimmt ein Archiv!«

Wortlos hielt Che eine abgegriffene Illustrierte in den Händen.

»Ich wusste, dass du das schaffst!«

»Ich nicht«, sagte Che. »Aber auf Ossi ist Verlass.«

»Ossi?«

»Der Friseur in der Langen Reihe. Der hebt alles Gedruckte auf, das er in die Hände bekommt. Jedenfalls fast alles.«

»O Gott«, sagte Lina. »Und darin hast du rumgewühlt?«

»Na ja. Ossi hat ein System. Zwischenlagerung in einer Art Seemannskiste, danach gestapelt auf seinem Flur und schließlich auf dem Dachboden.«

»Ein Messie«, sagte Lina und blätterte das Modedossier auf, das sich mit »Cleveren Schnitten für Vollschlanke« beschäftigte.

»Und?«, fragte Che.

»Mal sehen«, sagte Lina und rief am Computer die Bilddatei mit dem Erpresserbrief auf.

»Schön«, sagte Che. »Was soll das beweisen?«

»Es könnte auf Karen Kreft als Erpresserin hindeuten.«

»Und wenn es als falsche Fährte in den Spind gelegt wurde?«

»Keine Ahnung«, sagte Lina. »Wenn jemand den Verdacht auf sie lenken will, legt er das offener hin. Ich hab's nur gefunden, weil ich auf die obere Ablage gelangt habe.«

»Passt alles nicht«, sagte Che. »Warum sollte die Kreft so blöd sein und solche Beweise im Supermarkt aufheben? Das wäre verrückt.«

Lina zuckte mit den Achseln und erzählte Che von Max

Kleeberg. Der Mann hatte sich als Referent des Verbandes der Fleischindustrie vorgestellt und ihr seine Visitenkarte gegeben.

»Und er wusste, dass du Polizistin bist? Von Hanisch? Was soll das Ganze? Das hat doch nichts mit verdeckten Ermittlungen zu tun. Das ist ja absurd«, meinte Che. »Freund Emmert und Hanisch verarschen dich.«

»Möglich«, sagte Lina. »Deshalb werde ich das mit dem herausgerissenen Modedossier für mich behalten.«

Ches Ausdruck wurde ernst.

»Es wäre ja ganz lustig, wenn es um Ladendiebstahl ginge oder um abgelaufene Lebensmittel. Aber es gibt eine grauenhaft zugerichtete tote Frau und einen vergifteten Jungen. Da brauchst du eine echte Absicherung durch deine Kollegen.«

Che als Bedenkenträger. Das kannte sie schon. Doch jetzt war der falsche Zeitpunkt, sich über seine väterlichen Gefühle lustig zu machen.

»Der tote Junge«, sagte Lina. »Hast du was gefunden?«

Che schwieg einen Augenblick, als hätte er noch nicht entschieden, sie mit Neuigkeiten zu füttern.

»Schwierig, Lina. Schwierig.«

Che wandte sich seinem Notebook zu.

»Wenn es einer findet, dann mein Haus-Laotse«, sagte Lina. Unfassbar, fuhr es ihr durch den Kopf, dass sie diesen Mann beinahe erschossen hätte.

»Wieso stand davon nichts in der Zeitung?«, fragte Che. »Ein Erpresserbrief, ein Junge, der nach einem Anschlag gestorben ist, so was steht doch in der Zeitung.«

»Wegen eventueller Nachahmungstäter, sagte der Verbandstyp Kleeberg.«

»Die lassen die Leute im Unklaren?«

Lina zupfte an ihrem Ohrläppchen.

»Angeblich ruft auch jede Meldung über Gullideckel, die von Autobahnbrücken geworfen werden, neue Idioten auf den Plan«, sagte sie.

»Toll«, erwiderte Che und gab weitere Suchbegriffe ein.

Lina ging in die winzige Küche und brühte einen Tee auf. Sie musste an Karen Kreft denken. Nach allem, was sie in ihrem Facebook-Account gelesen hatte, war sie nichts weiter als eine, die sich um das Wohlergehen von Tieren sorgte. Innerhalb weniger Wochen war sie zunehmend radikal, waren ihre Kommentare immer aggressiver geworden.

Doch das Bild, das Lina sich von ihr machte, passte nicht zu einer Radikalen, die den Tod eines Jungen als akzeptablen Kollateralschaden verbuchte.

Außer den Verlinkungen und Aufrufen gegen Tierquäler hatte sie in den letzten Tagen vor ihrem Tod keine persönlichen Kommentare gepostet. Auch in den Textdateien auf ihrem Computer hatte Lina nichts Erhellendes gefunden. War ihr jemand auf die Schliche gekommen und hatte sich nun gerächt? Bediente sich die Lebensmittelindustrie solcher Mittel, oder ging es in Wirklichkeit um eine Auseinandersetzung innerhalb der Autonomen Tierschützer?

»Wusstest du, dass es fliegende Schlangen gibt?«, fragte Che aus dem Nebenzimmer.

»Schaffen die es bis in den vierten Stock?«

»Die Forscher sprechen von einem biomechanischen Wunder«, sagte Che.

»Schön, es gibt fliegende Schlangen.«

»Eine Natternart. Bewegen ihre Körper in Wellen und werden dadurch leichter als der Auftrieb.«

»Wie wär's mit etwas Handfesterem?« Sie trank einen

Schluck Tee und sagte dann: »Rache wäre ein gutes Motiv. Rache hat mit Hass zu tun. Und nur wer hasst, kann einen Leichnam so …«

»Und was ist mit einem Opferritual?«

9

Er sah die Autowerkstatt schon vor sich. Die Grube. Und die Plane, die sich hob und senkte und ihm so ihren Atemrhythmus zeigte. So würde es sein. So oder so ähnlich. Und auch wenn er nur mit einer Puppe proben konnte, erregt war er trotzdem. Dies hier war die letzte Aufgabe, die er in seinem Leben noch zu erledigen hatte.

Der Arzt hatte nicht damit rausrücken wollen.

»Ich war mein Leben lang Beamter. Ich brauche eine konkrete Zeitangabe. Etwas, womit ich rechnen kann.«

Der Arzt hatte ihn angesehen und wiederholt, dass er es nicht exakt voraussagen könne, dass niemand dazu in der Lage sei. Und dass es von seiner körperlichen und psychischen Verfassung abhängen werde, wie lange der Körper dem Krebs standhielt.

Schließlich hatte er von zwei Monaten gesprochen. Zwei Monate also. Vielleicht ging ja alles ganz schnell. Noch hatte er kein Gesicht, das seine Träume ausfüllte. Mal sah er eine blonde, dann wieder eine brünette Frau vor sich, der er in den Kopf schoss. Auch eine Sprengladung hatte er in Gedanken detonieren lassen. Oder sollte sie spüren, wie es war, unter höllischen Schmerzen an einem Gift zu verrecken?

Er hatte alles durchgespielt. In der Autowerkstatt. Schritt für Schritt. Natürlich war es ein Unterschied, ob er auf eine

Gummipuppe schoss oder auf einen Menschen. Auch mit einem Messer hatte er geprobt. Dazu musste er ganz nah an sie heran. Er würde zwar ihr Blut abbekommen, doch auf diese Weise würde er ihr aus nächster Nähe in die Augen sehen. Ihren Atem in seinem Gesicht spüren. Ihre Angst riechen.

Durch das Autofenster sah er hinüber zum Eingang des Supermarktes.

Nein, er glaubte nicht daran, dass es ein x-beliebiger Kunde war, der das getan hatte. Der Polizist hatte etwas von einer »Tierschützerin« gesagt. Tiere! Bedeutete denn ein Menschenleben nichts? Es war einfach lächerlich.

Er griff nach dem Album, das auf dem Beifahrersitz lag, und schlug es auf. Unscharfe Fotos von den Angestellten, die er in den letzten Tagen aufgenommen hatte. Mit einer Kamera, deren Linse er durch das Loch einer Einkaufstasche geschoben hatte. Wenn man es geschickt genug anstellte, fiel es nicht auf.

Zwischen den Seiten steckte die Mitarbeiterliste des Discounters, die ihm ein früherer Kollege aus dem Wirtschafts- und Ordnungsamt beschafft hatte. Was er denn damit wolle, hatte der gefragt, und er hatte geantwortet, er brauche sie für einen Nebenjob.

»Willst du Versicherungen verkaufen?«, hatte der Kollege gefragt und ihm die Liste dann doch in die Hand gedrückt.

Ein Gedanke bereitete ihm Kopfschmerzen. Was wäre, wenn einer der Praktikanten dahintersteckte, die im Supermarkt regelmäßig beschäftigt wurden?

Er warf die Liste und das Album auf die Rückbank und stieg aus dem Auto. Er spürte den Schmerz unterhalb des Magens und wartete die zwei Minuten ab, die es üblicherweise dauerte.

Langsam ging er dann vor bis zur Ampel und überquerte die Straße. Er sah durchs Fenster in die Biobäckerei, in der eine Frau Brote in den Regalen zusammenschob.

»Es ist schön, wenn man zum Lebensende hin eine Aufgabe hat«, murmelte er und betrat den Supermarkt.

10

Lina hängte ihren Kittel in den Spind, dessen Tür immer noch ein handgeschriebenes Zettelchen mit Karen Krefts Namen zierte. Lina war das recht. Außer an ihre Aufgabe erinnerte es sie auch daran, dass sie hier nur für kurze Zeit blieb.

Der Tag hatte sich quälend langsam hingezogen. Weil die Kassen unterbesetzt waren, hatte sie dort eine Einweisung erhalten. Die hatte vor allem darin bestanden, dem Filialleiter probeweise Wechselgeld zurückzugeben, sowie in dem Hinweis auf die Stornotaste und auf den Knopf, mit dem sie Hilfe herbeiklingeln konnte.

»Das hat mit Vertrauen zu tun«, hatte der Filialleiter ihr zugeraunt und dabei ein Gesicht gemacht, als würde er Lina den Schlüssel zur Konzernzentrale überreichen. Im Übrigen sei es nicht üblich, dass Mitarbeiter während der Probezeit an die Kassen gelassen würden. Sie sei eine Ausnahme und könne stolz darauf sein.

»Bei Ihnen handelt es sich ja um eine berufsintegrierende Maßnahme des Arbeitsamtes. Das unterstützen wir.«

Trotz aller Tratscherei, die hier im Supermarkt üblich war, hatte sie nichts weiter von Belang über Karen Kreft erfahren. Ihre Konturen waren und blieben verschwommen.

Sie hatte alle die ihr aufgetragenen Arbeiten ordentlich

erledigt. Man war erfreut gewesen, ihr nicht alle naselang unter die Arme greifen zu müssen, doch alle hatten gespürt, dass sie nicht hierher gehörte. Niemand wusste etwas über ihr Privatleben. Auch nicht, ob sie einen Freund hatte. Oder eine Freundin. Auch hatte sie sich nach Feierabend nie mit Kolleginnen oder Kollegen getroffen.

»Ist nicht üblich«, hatte Katja Sandig hinzugefügt. »Reicht doch, wenn wir uns tagsüber auf die Füße treten.«

Auch über die Umstände ihres Todes war nichts durchgedrungen.

Bis jetzt hatte die Presse keinen Wind von dem brutalen Mord bekommen. Nachfragen von Journalisten, die von dem Einsatz im Krahnenkamp Wind bekommen hatten, wurden mit der Erklärung »Fehlalarm« abgespeist. Und über das Polizeisiegel an der Wohnungstür war noch niemand gestolpert.

Seltsam war, dass sie nicht vermisst wurde. Im Supermarkt war sie einfach die Kollegin, die nicht mehr auftauchte. Die Spekulationen über die Gründe allerdings schossen ins Kraut. Vom Lottogewinn über die Flucht vor der Polizei wegen Drogengeschäften bis zum ausländischen Lover war alles dabei.

Che saß in seinem geleasten Smart gegenüber vom Supermarkt und drückte kurz auf die Hupe.

Lina überquerte rasch die Straße und sprang in den Wagen.

»Hast du die Adresse des toten Jungen?«, fragte Lina.

»Und du kannst als Polizistin nicht mal deine Kollegen vom Präsidium danach fragen?«, fragte Che zurück.

»So schwierig? Willst du einen Belohnungskuss?«

Che steuerte den Wagen in Richtung Billstedt.

Der Feierabendverkehr setzte ein.

»Du weißt schon, dass wir uns in polizeiliche Ermittlungen einmischen, oder?«, fragte Che.

»Ich *bin* Polizistin«, sagte Lina.

»Die eigenmächtig Ermittlungen anstellt.«

Lina schnüffelte an ihrem nach Brot riechenden Pullover.

»Unsinn. Ich wurde dafür freigestellt.«

»Nur für den Einsatz im Supermarkt. Was ist es? Geltungssucht? Neugierde? Willst du Karriere machen?«

Lina antwortete nicht. Sicher, sie überschritt hier ihre Befugnisse, aber es stank ihr gewaltig, dass Hanisch und Emmert sie im Unklaren ließen. Irgendetwas stimmte nicht. Die Sache hatte einen Haken.

»Also, wie hast du die Adresse gefunden?«

»Krankenhauseinweisungen«, sagte Che. »Die Feuerwehr ist für die Krankentransporte zuständig, und die führen eine Liste.«

»Gab es eine vorläufige Diagnose vom Notarzt?«

»Es wurde gar keiner gerufen. Die Sanitäter haben ›Verdacht auf Lebensmittelvergiftung‹ eingetragen.«

Sie bogen in eine Straße ein, die direkt an der Ufermauer der Bille entlangführte. Rechts war sie von Neubauten gesäumt, die allesamt über große Balkons mit Blick auf den Fluss verfügten.

Eine Hausnummer 42 stand nirgends.

Lina fragte einen Postboten, der trotz des kühlen Wetters in kurzen Hosen mit dem Fahrrad unterwegs war. Er musterte erst Lina, dann Che, dann zeigte er auf ein am Ufer vertäutes Boot. Ein schmaler Steg führte direkt auf das Deck.

»Die Maria Dora«, sagte er und fügte mit seltsam gepresster Stimme »Viel Glück« hinzu.

Bevor Lina weiterfragen konnte, radelte er grußlos davon. Lina entdeckte ein Stück weiter rechts einen Parkplatz, daneben eine Spedition und eine Esso-Tankstelle. Aus der Ferne brummte Lastwagenverkehr von einem Autobahnzubringer bis zu ihnen herüber. Eine trostlose Gegend, in der sich Container stapelten und vor sich hin rostende Zäune leere Abstellplätze umgaben.

Das Hausboot mit der Nummer 42 war mit schwarzer Teerfarbe gestrichen. Auf dem Holzdeck standen Kübel mit vertrockneten Blumen und Sträuchern. Müllsäcke türmten sich auf den Ladeklappen. Die Fensterscheiben der ehemaligen Brücke waren mit vergilbten Gardinen verhangen.

»Hallo?«, rief Lina, als sie das Boot betreten hatte.

Irgendwo tuckerte eine Pumpe.

Che klopfte gegen eine hochgeklappte Ladeluke, doch niemand tauchte auf. Er setzte sich in einen zerschlissenen Liegestuhl vor eine Kiste, auf der leere Bier- und Kornflaschen standen.

»Sieht nach Party aus«, sagte er.

Knirschend wurde eine Metallklappe geöffnet, und das Gesicht eines Mannes kam zum Vorschein.

»Ja?«, fragte er. »Was wollen Sie?«

»Polizei«, sagte Lina. »Es geht um Luca. Können wir Ihnen ein paar Fragen stellen?«

»Ist nicht meiner«, brummte der Mann und verschwand wieder unter Deck. Unmittelbar danach schob eine blonde Frau ihren Kopf durch die Luke. Sie strich ihre abstehenden Haare hinter die Ohren. Ihre Augen waren dunkel umrandet, ihre Haut blass.

»Was wollen Sie?«

»Es geht um Ihren Jungen«, sagte Lina.

Die Frau kletterte aufs Deck, räumte die Flaschen von der Kiste und setzte sich darauf.

Aus einer der ausgebeulten Taschen ihres verschlissenen Morgenmantels fingerte sie eine Packung Zigaretten und steckte sich eine an.

»Ist er vergiftet worden oder doch nicht?«, fragte sie fast schüchtern.

Lina antwortete bedauernd, das wisse sie nicht. »Die toxikologischen Untersuchungen brauchen ihre Zeit«, fügte sie erklärend hinzu.

»Wir haben immer aufgepasst, dass er keine Nüsse und Mandeln und so Zeug aß«, sagte sie. »Wir haben so etwas nie gekauft. Und in der Schule wussten sie das auch.«

Mit zittrigen Händen führte sie die Zigarette zum Mund und nahm einen Zug.

»Was haben Ihre Kollegen gesagt, wie er an die Mandeln gekommen ist?«

Plötzlich wurde sie unsicher.

»Sie sind doch von der Polizei, oder?«

»Sicher, das sind wir. Es war Hackfleisch«, sagte Che.

»Hackfleisch?«, fragte die Mutter des Jungen. »Wieso denn Hackfleisch? Hackfleisch mit Mandeln?«

»Das steht noch nicht ganz genau fest«, sagte Lina.

Die Frau wippte nervös mit den Knien.

»Wir ... wir haben Frikadellen gegessen. Mit Kartoffelsalat. Mein Vater war zu Besuch, und Jan und der Junge ...«

Sie brach in Tränen aus.

»Ihre Kollegen haben alles mitgenommen, was wir gegessen haben! Das wird doch untersucht! Wieso denn Hackfleisch?«

Lina nahm die jetzt hemmungslos schluchzende Frau in den Arm.

»Er war so ein lieber Junge. Und so gut in der Schule. Er fehlt mir so.«

Als sie das Boot verließen, sah Lina den Mann, der jetzt, ebenfalls im Bademantel, neben der Frau saß und seinen Arm um ihre Schultern legte.

»Was wolltest du hier?«, fragte Che.

»Rausfinden, ob sie für den Tod von Karen Kreft verantwortlich sein könnte.«

»Du meinst aus Rache? Sie wusste ja nicht mal, dass es sich um verunreinigtes Hackfleisch gehandelt hat.«

»Wenn sie sich das aber zusammengereimt hat? Und jetzt lügt?«

»Du glaubst, sie hat Karen Kreft so zugerichtet?«

»Glauben«, wiederholte Lina gedehnt. »Sie ist eine Mutter.«

Che stöhnte und öffnete die Wagentür.

Zügig steuerte er den Wagen zurück durch den ausdünnenden Verkehr. Der Himmel zog sich zu, Windböen kündigten aufkommenden Regen an.

Lina schloss die Augen. Es war absurd. Als Polizistin Streife fahren, das war es doch, was sie wollte. Schließlich hatte sie aus guten Gründen ihr Psychologiestudium kurz vor dem Abschluss geschmissen und sich gegen eine Karriere bei der Kriminalpolizei entschieden. Um jetzt »mal eben« in einen Undercovereinsatz zu rutschen?

Doch jetzt hatte sie wie ein Spürhund Witterung aufgenommen und verbiss sich immer mehr in diesen Fall. Brauchte sie solche Aufgaben, ohne dass es ihr bewusst war, weil sie sich sonst langweilte? Eine von vielen offenen Fragen, an denen sie sich abarbeiten konnte.

Karen Kreft. Immer wenn Lina glaubte, eine Kontur von ihr zu erkennen, entglitt sie ihr wieder. Wer war Karen Kreft?

Ihr Handy läutete, »Sven Emmert« leuchtete es auf dem Display.

»Ja?«

»Lina, was ich jetzt sage, ist nicht mit Sören Hanisch abgesprochen. Verstehst du?«

»Oha, mithin ein vertrauliches Gespräch«, meinte sie ironisch.

»Lina, hör auf mit dem Quatsch. Ich kann dir zwar keine Anweisung geben, aber ich möchte, dass du die Arbeit im Supermarkt beendest.«

»Ein Ratschlag von Kommissar Emmert. Vielen Dank.«

»Vergiss bitte mal, dass wir was miteinander hatten und dass es nicht so gut gelaufen ist.«

»Das tue ich seit zwei Jahren.«

»Die Tierschützer sind gefährlich.«

»Wenn sie etwas mit dem Tod von Karen Kreft zu tun haben«, sagte Lina.

»Hanisch hat deinen Einsatz mit niemandem abgestimmt. Es gibt nur einen lapidaren Aktenvermerk.«

»Und ich dachte, du wolltest mich anfeuern.«

»Hör zu. Wir machen es so: Ich werde Hanisch mitteilen, dass deine Nerven nicht mehr mitmachen. Oder besser noch, dass alle im Supermarkt wissen, dass du Polizistin bist. Und fertig. Du hast keine Schuld. So werde ich's verkaufen. Einverstanden?«

»Das wirst du nicht. Warum so besorgt?«

»Es hat eine Morddrohung gegeben.«

»Und?«

»Gegen Karen Kreft.«

»Aber die ist doch schon tot«, sagte Lina.

»Das scheint der Schreiber des Drohbriefs nicht zu wissen. Halt dich da raus, Lina. Bitte!«

Er steht neben ihr, stellt eine Waage vor ihre Pritsche und sagt: »Die Seele eines Menschen wiegt so viel wie ein Stück Zucker.«

Zucker. Die Kellerasselfamilie wird sich freuen, denkt sie. Haben Hunger, die Asseln, und fressen sogar Papierschnitzel.

Der dicke Rodrigo gibt den Familienvater. Lässt sich bedienen und schubst die anderen zur Seite.

Esmeralda verteilt die Krumen, die sie hineinwirft. Sie ist für die Gerechtigkeit zuständig. Ist ein wenig dünn und hält sich nach ihrer Arbeit gern etwas abseits. Nichts kann sie Rodrigo recht machen.

Sie fragt sich, ob die Krebse mit ihr kommunizieren wollen. Ergeben ihre Bewegungen einen Sinn? Zeichnen sie so etwas wie Buchstaben auf den Boden? Oder Asselzeichen, die sie nicht versteht?

Er kommt und reibt ihre Abszesse ein. Sanft. Mit kreisenden Bewegungen seiner Fingerkuppen. Behandelt sie wie einen Schatz. Anschließend wäscht er ihre Haare und massiert die Kopfhaut.

»Lass dich nicht gehen«, sagt er zum Abschied. »Du bist doch ein Juwel. Du musst leuchten. Wie ein Stern.«

11

Karen, wie geht es dir?«, fragte die Facebook-Seite.

Lina überflog die Postings, die auf den Seiten der verstorbenen Karen Kreft auftauchten.

Sie selbst hatte sich dem Feuerwerk von Spruchweisheiten, Hunde- und Katzenfotos, Links zu Youtube-Filmchen,

Menüfotos und Werbemails nie anschließen wollen. Es reichte ihr, im normalen Alltag die Menschen auf Distanz halten zu müssen. Die Konfrontation mit dem Leben anderer brachte sie durcheinander.

Ein User namens »Kabee1220« hatte ein Foto gepostet, das auf einer Kreidetafel »Rinderleber vom Schwein« feilbot. Das nächste Posting beklagte den »Scheißtag«, es folgte ein Cartoon, auf dem ein Frosch zu sehen war, der einen Storch würgte, der seinerseits den Frosch schon halb verschlungen hatte. »Niemals aufgeben«, stand darunter. Die nächsten Postings zeigten Hunde aus weißrussischen Tierheimen, die laut beigefügtem Text in Kürze eingeschläfert würden.

Lina würde die ganze Nacht brauchen, um alle Meldungen zu lesen. Und wie sie schon bei ihrer ersten Durchsicht festgestellt hatte, war das alles vollkommen überflüssig.

Mit »Likes« war Karen Kreft großzügig umgegangen. Zahlreiche Initiativen, Zeitschriften, Blogs und Buchempfehlungen reihten sich neben Petitionen zum Tierschutz, Aufrufen gegen Behördenwillkür. Auch ein Video von »Motörhead« hatte sie für gut befunden: Die Band sang den Titel »Eat the Rich«.

Unklar war, welche Kommentare, Likes und Verweise Facebook aus ihrer Profilseite herausgefiltert und gelöscht hatte. Ein normaler Vorgang, den die User gar nicht mitbekamen.

Auch Karen Kreft war offenbar, trotz ihrer vielen Facebook-Kontakte, eine Einzelgängerin gewesen. Eine, die vielleicht schlagartig begriffen hatte, dass engagierte Aufrufe allein weder weiterhalfen und noch etwas änderten. Irgendwann musste sie beschlossen haben, etwas zu tun. Mit einem Fleischfabrikanten anzufangen, der trotz etlicher Mahnungen und Verurteilungen durch die Ordnungsämter eine hohe Todesrate an Tieren in seinen Transportern akzeptierte. Die Verwarn- und Bußgelder waren allerdings lächerlich gering ausgefallen. Verständlich, dass sie zur Tat geschritten war. Zumal sie mit ihren Postings und Aufrufen bei den sozialen Netzwerken nur die Leute erreichte, die ohnehin aufgeschlossen für das Thema waren.

In Karen Krefts Postfach fand Lina neben drei Freundschaftsanfragen und zwölf Aufforderungen, etwas zu »liken«, eine Nachricht von »Animalheroka5786«:

»Glückwunsch zur H-Aktion. Benötige Infos«, las sie. »Treffen in Primärwelt? Donnerstag 21 Uhr, Feldstern/Schlachthof ;-)!«

Lina antwortete mit »Yo« und rief das Profil des Absenders auf. Dessen Seite war erst seit einem Tag im Netz.

Lina folgte einigen Links, klickte auf den »Gefällt-mir-Button« oder teilte Inhalte anderer. Wer auch immer die Nachricht geschickt hatte – es war gut möglich, dass jemand »Karen Kreft« im Netz beobachtete.

Als Nächstes ging sie die Nachrichten im E-Mail-Fach durch. Neben Spams waren nur ein paar Rechnungen und weitergeleitete Facebook-Einladungen zu finden.

Sollte sie sich die Mühe machen, den Querverbindungen der Facebook-Freunde zu folgen? Das würde ewig dauern, und es war wohl kaum zu erwarten, dass sich die Mitglieder autonomer Tierschutzgruppen hier offen präsentierten. Sicher wurde mit Pseudonymen und fiktiven Lebensläufen operiert.

Lina zuckte zusammen, als es an ihrer Tür klingelte. Sie öffnete und sah in Ches grinsendes Gesicht.

»Ich zieh mir nur was über«, sagte sie, doch Che schüttelte den Kopf.

»Aber reinlassen könntest du mich schon.«

Lina nickte und gab den Weg in ihre Wohnung frei.

»Ist eine Premiere«, meinte Che und sah sich in ihrer Wohnung um. »Interessant.«

»Ja, das ist bei uns Höhlenbewohnern so. Wir wollen das Loch ganz für uns allein haben«, sagte Lina.

»Ist doch gemütlich«, sagte Che und nahm auf dem Sofa Platz.

»Ich bin nicht so der Wohnungsmensch«, sagte Lina. »Aber ich hab gelesen, dass man das lernen kann.«

Che nickte freundlich und zeigte auf Linas Laptop, der aufgeklappt auf dem Tisch stand.

»Hast du was Neues rausgefunden?«, fragte er.

Lina bemerkte, wie er ihre Wohnung weiterhin aufmerksam musterte.

Kargheit gehörte nun mal zu ihrer Person. Als sie noch mit Emmert zusammen war, hatte der sich bei jedem Besuch darüber lustig gemacht.

»Ich hatte immer mal vor, hier wegzuziehen«, sagte Lina. »Aber es ist preiswert.« Und voller Bewegung, fügte sie in Gedanken hinzu. Die vierspurige Hoheluftchaussee, das eigentlich nie abebbende Fließen der Autos und der nahegelegene Isebekkanal hatten eine beruhigende Wirkung auf sie. Sie brauchte dieses Gefühl ständiger Bewegung.

Nein, sie wollte sich auf nichts festlegen.

»Ist es Neugierde, oder gibt es einen Grund?«

»Grund wofür?«

»Für deinen Besuch.«

Che antwortete nicht, sondern zog ein Stück Papier aus der Tasche.

»Hast du zufällig was zu trinken?«, fragte er.

»Hast du Hunger?«, fragte Lina zurück.

Che sah sie überrascht an.

»Du kannst kochen?«

Sie bat ihn, einen Augenblick zu warten. Mit einem Zwanziger in der Hand verließ sie die Wohnung und kehrte bald darauf mit zwei Papptüten aus dem Thai-Imbiss von nebenan zurück.

Che warf einen skeptischen Blick in seine Tüte und begann lustlos, mit den Stäbchen darin herumzustochern.

»Hast du's schon mal mit einer Wohngemeinschaft versucht?«, fragte er.

Lina machte eine abwehrende Geste und stellte ihre Tüte auf den Tisch.

»Also, was gibt's?«

»Willst du das wirklich durchziehen, Lina?«, fragte Che.

»Ich mache nur meine Arbeit«, antwortete sie.

»Deine Arbeit besteht darin, in einem Streifenwagen durch die Gegend zu fahren, Besoffene aufzusammeln oder Ehepartnern die Küchenmesser aus den Händen zu nehmen, bevor sie einander abstechen.«

Statt einer Antwort trank Lina einen Schluck Singha-Bier.

»Ich bin ein paar Spuren von Karen Kreft gefolgt«, sagte Che. »Sie war etwas nachlässig mit ihren Pseudonymen.«

»Und?«

»Wie es aussieht, hatte sie zumindest noch einen weiteren Facebook-Account unter anderem Namen. Der wurde aber gelöscht, und an die Daten kommt man nicht ran. Und sie hatte Kontakte zur Animal-Defence-Army.«

»Klingt nach Bürgerkrieg.«

»So sehen die das auch. Das sind Leute, die Aktionen planen und durchführen. Dazu gibt es Presseerklärungen. Sie wollen der Fleischlobby Paroli bieten.«

»Und Karen Kreft war Mitglied?«

»Gut möglich. Mitgliederlisten gibt es selbstverständlich nicht, eine feste Struktur auch nicht. Unter dem Namen finden sich auch regional Leute zusammen, wenn es beispielsweise um eine Legehennenbatterie in der Nähe geht.«

»Und meine Kollegen im Präsidium wissen davon?«

»Davon würde ich mal ausgehen«, sagte Che. »Die Gruppe steht immerhin auf der veröffentlichten Beobachtungsliste des polizeilichen Staatsschutzes.«

»Abgesehen von ihrer Gewaltbereitschaft verstehe ich die Leute schon«, sagte Lina. »Was in einigen Schlachthöfen und Zuchtbetrieben passiert, spottet jeder Beschreibung.«

»Die Gruppe ist europaweit aktiv«, erwiderte Che und trank einen Schluck Mineralwasser. »In Osteuropa geht es noch viel schlimmer zu. Aber die Käufer hier interessiert das nicht. Hauptsache, das Kotelett ist billig.«

»Wer alles könnte ein Motiv haben, Karen Kreft umzubringen und sie posthum so zu verstümmeln?«, sagte Lina. »Ein Herz aus Cherrytomaten auf dem Bauch …«

»Motive gibt es sicher jede Menge«, sagte Che. »Der Fleischindustrie beispielsweise gefällt es nicht, wenn Fotos von beim Transport verdursteten Schweinen im Netz kursieren. Kommt nicht gut bei den Kunden an.«

»Aber bringen die eine Tierschützerin um? Das ist doch Unsinn.«

»Wer weiß?«, sagte Che. »Möglich wäre aber auch, dass Karen Kreft die Aktionen nicht mehr mitgetragen hat und deshalb intern zu einer Gefahr wurde. Möglich, dass sie zur Polizei gehen wollte, weil ein paar der Aktionen aus dem Ruder gelaufen sind.«

»Das glaubt auch Dezernatsleiter Hanisch.«

»Es könnte auch ein durchgedrehter Hühnerfarmer dahinterstecken, dem man wegen unsachgemäßer Tierhaltung die Lizenz entzogen hat. Dann gibt es noch mafiöse Strukturen zwischen Firmen. Wenn die einen Tierschützer in die Finger bekommen …«

»Das Zurichten der Leiche als Botschaft?«, sagte Lina.

»Wir stochern im Nebel, Lina. Die Hackfleischvergiftung …«

»Verunreinigung.«

»Schön, nenne es, wie du willst, jedenfalls ist deshalb vor Kurzem ein Junge gestorben. Auch wenn wir das der Mutter oder ihrem Partner oder Mann nicht zutrauen, Rache ist ein Motiv.«

»Dazu müssten sie aber herausgefunden haben, dass Karen Kreft involviert war. Wie? Durch gute Kontakte zur Polizei?«

»Ach ja, Hanisch«, sagte Che. »Was weißt du über den Mann?«

»Nichts. Der ist Dezernatsleiter und sauer, weil er die Dinge nicht im Griff hat. Also seinen Vorgesetzten dürfte das nicht so gefallen.«

Lina leerte die Flasche.

»Und die Mitglieder dieser Gruppen verständigen sich über Facebook?«, fragte sie Che.

»Nein«, sagte Che. »Das ist denen zu heiß. Sie benutzen E-Mail-Postfächer.«

»Du meinst verschlüsselte E-Mails?«, bohrte Lina nach.

»Zu gefährlich«, sagte Che. »Sie richten ein E-Mail-Postfach ein, auf das der Zugriff für alle nur mit einem Passwort möglich ist. Im Fach ›Entwürfe‹ hinterlegen sie dann ihre Nachrichten.«

»Verstehe. Man loggt sich ein und kann lesen, was die anderen hinterlegt haben.«

»Ist bei einem guten Passwort schwer zu knacken«, sagte Che. »Es gibt Abermillionen von E-Mail-Postfächern. Das Ganze wird ja nicht verschickt, sondern eben nur als Entwurf hinterlegt. Sehr beliebt bei Industriespionage.«

»Ein Passwort hat sie in ihrem Computer offenbar nicht hinterlegt. Eine E-Mail-Adresse konnte ich auch nicht finden.«

Nachdem Lina Karen Krefts Notebook hochgefahren hatte, zog Che es zu sich heran.

»Ich bin alle Word-Dateien durchgegangen. Nichts«, sagte Lina.

Che meldete sich mit Karen Krefts Zugangsdaten an und probierte verschiedene Provider aus. Dann lud er ein Programm auf den PC, das er auf einem Stick bei sich trug.

»Deine Geheimwaffe?«

»Nichts Besonderes. Damit kann man die Chronik wiederherstellen«, murmelte Che.

Bei »Mozilla« wurde er fündig. Er zeigte auf einen »Baum« mit den Webadressen, die Karen Kreft in den letzten Tagen vor ihrem Tod besucht hatte.

»Siehst du? Da haben wir's ja. Ein GMX-Fach.«

Er schloss das Fenster und ging die Dokumente durch, die Karen Kreft in verschiedenen Ordnern abgelegt hatte.

»Hast du dir die Telefonliste genauer angesehen?«, fragte er. »Was ist mit ihrer Mutter?«

»Laut der Papiere, die Hanisch mir gezeigt hat, ist ihre Mutter gestorben, als sie noch ein Kind war.«

»Taucht hier aber auf. Und das mit einer Nummer, die viel zu lang ist.«

Che rief das E-Mail-Programm auf und gab als Passwort

die Ziffernfolge an. Augenblicklich meldete sich das Postfach.

Che öffnete den Ordner mit den Entwürfen.

»Karen Tango Down«, las er vor.

»Was heißt das?«

»Das ist Hackersprache für eine zum Absturz gebrachte Website. Das hier verkündet Karen Krefts Tod.«

»Und das?«, fragte Lina und zeigte auf den nächsten Absatz.

»Nicht Gutes«, sagte Che. »Musst du das lesen?«

12

Sören Hanisch schob den Notizblock in die oberste Schublade seines Schreibtisches und schloss sie ab. Papier konnte man mittlerweile sicherer verwahren als eine Computerdatei.

Nun gut, die Andersen war nicht erste Wahl für eine derartige Aufgabe. Die Tante hatte eine ausgeprägte Macke und im Präsidium keine große Fangemeinde. Hatte ihr Psychologiestudium trotz Bestnoten geschmissen und auf einer Anstellung im mittleren Polizeidienst bestanden. Verrückte liefen eben auch in den eigenen Reihen rum.

Er hatte ihre Reaktion vorhergesehen. Sie hatte in den Fall hineingerochen und sich sofort in eigenmächtige Ermittlungen gestürzt. Jetzt musste er unter Kontrolle behalten, welche Informationen bei ihr ankamen und welche nicht. Die Leine im richtigen Augenblick locker lassen oder anziehen.

Er wischte ein paar Krümel von seiner Schreibtischplatte und breitete Büroklammern auf der Tischplatte aus. Nachdenklich verband er sie zu einer Kette. Die Andersen war keine, die sich mal eben einem Kollegen anvertraute. Nicht mal Emmert.

Die beiden waren miteinander ins Bett gegangen. Und selbstverständlich war das dem Kollegen über den Kopf gewachsen. Hanisch hatte schon bei seiner ersten Begegnung gewusst, dass man besser die Finger von ihr ließ. Intuition hatte er für diese Erkenntnis nicht gebraucht. Klar, sie sah gut aus mit ihren dunklen Haaren, dem fein geschnittenen Gesicht und den überrascht in die Welt blickenden Augen. Klug und zäh war sie außerdem. Aber als Geliebte …

Er hob seine Klammerkette in die Höhe und ließ sie wie ein Pendel über dem Boden kreisen. In der Luft hing der säuerliche Geruch nach altem Papier. Gott, wie er es genießen würde, nicht mehr von Aktenordnern umzingelt zu sein!

Brachte er diesen Fall sauber über die Bühne, konnte man ihm den neuen Job nicht verweigern. Natürlich würde er einige Flugmeilen abreißen müssen, um Sicherheitsdienste in ganz Europa zu koordinieren. Er hatte jede Menge Ideen, mit denen er die Verbandschefs aus den Stühlen heben würde.

Es ging hier um terroristische Bedrohungen, bei denen man mit Fernglas und Observationsprotokollen nicht weiterkam. Da draußen tobte ein Krieg, der viel zu lange schon von Dilettanten geführt wurde. Aber noch war es nicht zu spät.

Er hatte seine Mannschaft auf dem Spielbrett in Stellung gebracht. Und einen eventuell notwendig werdenden Fluchtweg vorbereitet.

13

Lina ging an dem um die Jahrhundertwende erbauten Backsteingebäude vor dem alten Schlachthof entlang. Wo heute die Kneipe »Feldstern« war, wurden angeblich einst Hunde untergebracht, die in den Zwanzigerjahren des vergangenen Jahrhunderts als Arbeitstiere Karren mit Fleischlieferungen ziehen mussten.

Durch die Fenster sah Lina in das nahezu leere Lokal. Sie ging um das Gebäude herum zum Eingang.

Das Ambiente wirkte rustikal und gepflegt. Ein Mann und eine Frau standen scherzend hinter dem Tresen und polierten Gläser. Aus Lautsprechern drang die Stimme von Amy Winehouse. Nur drei der acht Tische waren um diese frühe Uhrzeit besetzt. An einem davon saß ein verliebt wirkendes Pärchen, und an einem größeren Tisch saßen zwei junge Männer, die mit ernsten Mienen einer jungen Frau zuhörten, die zwischendurch immer wieder laut und fröhlich lachte. An dem dritten Tisch las ein älterer Mann in einer Tageszeitung. Ohne den Blick von seiner Lektüre abzuwenden, nippte er an einem Cappuccino und stellte die Tasse mit einem Klirren auf die Untertasse zurück.

Lina entschied sich für Rotwein, bestellte ein Glas Syrah und setzte sich an einen Tisch in den hinteren Teil der Kneipe in die Nähe eines Tischkickers.

Indirektes Licht strahlte die roten Backsteinziegel der Wände an, was eine behagliche Atmosphäre erzeugte. Draußen auf der Terrasse standen einige mit Planen abgedeckte Tische. Angesichts der niedrigen Temperaturen war nicht damit zu rechnen, dass sich jemand dort niederlassen würde.

Lina behielt die Tür im Auge, doch bis auf zwei Gäste, die geradewegs auf den Tresen zusteuerten und den Barkeeper begrüßten, tat sich während der nächsten halben Stunde nichts. Wer auch immer Karen Kreft via E-Mail-Postfach um dieses Treffen gebeten hatte, möglicherweise kannte er sie. Falls das tatsächlich zutraf, war Lina ja nur irgendeine Besucherin, die in einer gemütlichen Kneipe ihr Glas Wein trank.

Die Frage war, woher der Unbekannte wusste, dass Karen Kreft hinter der Verunreinigung des Hackfleischs steckte? Und wozu sollte dieses Treffen dienen?

Che hatte in dem E-Mail-Fach eine »Einladung zum Betriebsausflug« gefunden. Man plante eine Aktion, bei der ein Mastbetrieb in Mecklenburg-Vorpommern »besucht« werden sollte.

Lina könnte natürlich Sven informieren, doch würde sie das in ihren Ermittlungen nicht weiterbringen. Eine SEK-Truppe würde den Anschlag, die Befreiungsaktion oder was immer die autonomen Tierschützer dort planten, verhindern. Die Polizei würde Personalien und Anzeigen wegen Sachbeschädigung aufnehmen. Und die Gruppe wüsste somit, dass jemand ihren internen digitalen Briefkasten entdeckt hatte.

Der Barkeeper mixte zwei Mojitos und stellte sie den beiden neuen Gästen auf den Tresen. Inzwischen klang Soulmusik der Sechziger aus den Boxen.

Lina sah auf die Uhr und nahm sich dann die Tageszeitung, die der ältere Mann beim Verlassen des »Feldstern« auf dem Tisch liegen gelassen hatte.

Die Wirtschaftsbehörde meldete den Anstieg der Touristenzahlen, auf St. Pauli hatten Jugendliche sich eine Messerstecherei geliefert, und Politiker forderten, zentrale

U-Bahnhöfe wieder mit Zugabfertigern zu besetzen. Diese Maßnahme sollte den Fahrgästen ein sichereres Gefühl vermitteln. Das Kreuzworträtsel hatte bereits jemand vollständig gelöst.

Lina trank aus, bezahlte am Tresen und verließ das Lokal. Aus der Ferne hörte man einen Güterzug vorbeirasseln. Die Lichter des Frühjahrsdoms auf dem Heiligengeistfeld griffen in den Himmel. Auch Musikfetzen wehten herüber.

Plötzlich vernahm sie ein Rauschen ganz dicht an ihrem Ohr, doch bevor sie sich umdrehen konnte, spürte sie einen stechenden Schmerz in der Schulter. Das Rohr, das sie getroffen hatte, rutschte herunter und landete mit einem hässlichen Krachen auf dem Boden.

»Hey, was soll das?«, hörte sie von sehr weit her ihre eigene Stimme, bevor sie das Bewusstsein verlor.

14

Drei Container standen nebeneinander auf Eisenstelzen. Ein Stück weiter weg parkte ein Lkw, dessen Fahrerkabine mit einem Vorhang zugehängt war. Kräftiger Wind trieb eine Plastiktüte über den Asphaltboden des Parkplatzes.

Lina beschloss, sich unter eine der Bogenlampen zu stellen. Wer auch immer sich zum »Betriebsausflug« einfand, würde sie hier sofort stehen sehen.

Sie würde die naive Tierschützerin spielen, die etwas tun und mitmachen wollte. Allerdings war fraglich, ob die Mitglieder der Animal-Defence-Army sie ohne Weiteres einweihen oder gar mitnehmen würden. Wenn es sich überhaupt um diese Gruppe handelte.

Ihr Oberarm schmerzte von dem Schlag, den sie nach dem Verlassen des »Feldstern« erhalten hatte. Zum Glück hatte sie sich mit einer Rolle seitwärts in Deckung bringen können. Sie glaubte nicht, zufällig das Opfer eines Raubüberfalls geworden zu sein. Nur wer hatte sie in die Falle gelockt? Jemand, der Karen Kreft am Leben wähnte? Oder hatte man sie enttarnt und ihr einen Denkzettel verpasst? Zwei junge Männer hatten sich über sie gebeugt, als sie die Augen geöffnet hatte. Einer hatte ihren Kopf gehalten und wollte einen Krankenwagen rufen. Das hatte sie verhindern können. Eigentlich sei nichts passiert, hatte sie beteuert und sich schnell wieder aufgerappelt. »Ich hab den Kerl nicht richtig gesehen«, hatte der andere Mann gesagt, »er ist da in die Seitenstraße rein.«

Und jetzt stand sie auf diesem gottverlassenen Parkplatz.

Drüben auf der schlecht beleuchteten Straße fuhr jemand auf einem Motorroller vorbei. Er schien seine Fahrt zu verlangsamen.

Dann kehrte er zurück und bog auf den Parkplatz ein. Ein Stück weit von Lina entfernt stellte er seinen Roller ab, behielt den Helm aber auf dem Kopf.

Sollte sie ihn ansprechen?

Sie zündete sich eine Zigarette an und inhalierte hektisch. Nach ein paar Zügen warf sie die halb aufgerauchte Kippe auf den Boden und trat die Glut aus.

Ein blauer Transporter bog in das Areal ein, näherte sich im Schritttempo dem Rollerfahrer und hielt an. Ein Mann und eine Frau stiegen aus und begrüßten den Rollerfahrer.

Lina fasste sich ein Herz, ging auf die Gruppe zu und fragte, ob sie sich dem Ausflug anschließen dürfe.

»Dem was?«, fragte der Mann, der den Transporter gefahren hatte. Er trug einen Dreitagebart. Seine Jeans waren unten an den Beinen ausgefranst, die Turnschuhe ausgetreten. Er mochte um die dreißig Jahre sein und hatte eine jungenhafte Ausstrahlung. Amüsiert musterte er sie.

»Es … geht doch um Tiere?«, fragte Lina.

»Schätzchen, was ist los mit dir?«, fragte die Frau. Sie trug schwere Schnürstiefel und über einer wollenen Strumpfhose einen schwarzen Rock. Um den Hals hatte sie ein kariertes Tuch gebunden, unter dem ihre strähnigen Haare verschwanden.

»Tut mir leid«, sagte der Mann mit dem Dreitagebart, schüttelte den Kopf und wandte sich abrupt von Lina ab.

»Ich bin … Ich war eine Freundin von Karen Kreft«, sagte Lina.

Der Mann wirbelte herum und starrte sie mit aufgerissenen Augen an.

»Eine Freundin?«, sagte er.

»Lina Andersen. Karen hat mich eingeweiht, wie ich Kontakt mit euch aufnehmen kann.«

Alle drei traten nun ein paar Schritte zur Seite und flüsterten miteinander. Der Rollerfahrer nahm seinen Helm ab und fuhr sich durchs Haar. In seinem Jackett und mit dem gepflegten Aussehen hätte er durchaus als Banklehrling durchgehen können.

Dann wandte sich der größere der beiden Männer Lina wieder zu.

»Wie der Zufall es will, können wir Hilfe gut gebrauchen«, sagte er und hielt Lina seine Hand hin. »Timo.«

Lina schlug ein.

Timo bugsierte Lina auf den Beifahrersitz, während die beiden anderen durch die Seitentür auf die Ladefläche kletterten.

Timo kurvte durch das Billstedter Industriegebiet und

stoppte den Wagen schließlich auf einem Platz mit lauter heruntergekommenen Garagen. Er bat Lina, im Auto zu warten.

Die beiden im hinteren Teil des Wagens öffneten die Seitentür und sprangen heraus. Timo schob eine quietschende Garagentür hoch, und zu dritt schleppten sie einen Stoffballen und eine Plastiktüte, aus der Schnüre und Bänder herausbaumelten, zum Wagen.

Nachdem sie alles verstaut hatten, stiegen die Frau und der Mann wieder hinten ein, während Timo sich in den Fahrersitz drückte.

»Dann kann's ja losgehen. Hast du einen Picknickkorb dabei, Lina?«

»Was ...«

»Das wird lustig«, sagte Timo und fuhr auf die Autobahn.

»Woher kennst du Karen?«, fragte er betont beiläufig, während er in den vierten Gang schaltete.

Natürlich muss er mich ausfragen, dachte Lina. Es beunruhigte sie nur, wie glatt das gelaufen war. Hanisch hatte von terroristischen Strukturen gesprochen. Von konspirativen Treffen, geheimen Codes, Sprengstoff. Und solche Leute lasen vertrauensvoll eine Frau auf dem Parkplatz auf, nur weil die behauptete, mit einer Aktivistin befreundet zu sein? Höchst unwahrscheinlich!

Sie musste vorsichtig sein.

»Freundin ist vielleicht etwas zu viel gesagt«, sagte sie. »Wir haben zusammen im Supermarkt gearbeitet.«

»Für mich siehst du gar nicht so nach Supermarkt aus«, erwiderte Timo und lächelte.

Er drehte das Radio an, öffnete eine Coladose, trank einen Schluck und reichte sie Lina.

»Ich war bei einer Gruppe in Berlin«, sagte Lina. »Aber die haben nur geredet und geredet und am Ende eine Petition losgeschickt, die niemanden interessierte.«

Timo nickte.

»Und du glaubst, dass wir mit Maschinengewehren und Handgranaten in Tierknäste einmarschieren, was?«

Er lachte und drehte Slayers Thrash Metal Song lauter.

Danach sprachen sie länger gar nicht mehr. Lina wollte nicht allzu neugierig wirken, und Timo war einsilbig geworden. Doch Lina merkte, dass er sie immer wieder von der Seite musterte. Er nahm die Ausfahrt Grevesmühlen und hielt auf der Brücke über der Autobahn an.

»Lina Andersen, Freundin von Karen, wir sind da!«, verkündete er mit einer theatralischen Geste. Als sie aus dem Wagen stiegen, waren die beiden anderen schon dabei, das Stoffbündel auseinanderzuziehen. Die junge Frau drückte Lina eine Ecke des Tuchs in die Hand und meinte: »Wären Sie wohl so freundlich, Prinzessin?«

Als Lina sich bückte, spürte sie einen stechenden Schmerz in der Schulter. Sie biss die Zähne zusammen.

Gemeinsam mit Timo faltete sie das gut zehn Meter lange Banner auseinander. Der junge Mann, dessen Namen Lina noch immer nicht kannte, fädelte Wäscheleinen durch die im Stoff eingelassenen Ösen.

»Schließt die Tier-KZs!«, stand da in schwarzen Lettern. Neben dem Schriftzug leuchteten rote Placken, die Blutflecken darstellen sollten.

Kurze Zeit später war das Plakat am Brückengeländer befestigt.

Timo zog eine Kamera heraus und lief die Brückenböschung hinunter, um das Banner von unten zu fotografieren.

»Wenn wir Glück haben, hängt es bis morgen Mittag«, sagte Timo. »Dann dürften ein paar Tausend Leute es gesehen haben.«

»Und das war alles?«, fragte Lina ungläubig.

»Willst du noch ein paar Bomben werfen?«, fragte Timo. »Keine Ahnung, wer du bist, Lina Andersen. Aber eines bist du nicht.«

Lina sah ihn spöttisch an und fragte: »Und? Was bin ich denn nicht?«

Timo lächelte und sagte: »Eine Freundin von Karen.«

Das muss die Liebe sein, denkt sie.

Die Asselleiber reiben sich aneinander, als würden sie sich wärmen und Schutz geben.

Der dicke Rodrigo wird gefüttert. Ein Fels unter den Asseln. Ist er da, sind alle ruhig, ist alles gut.

Jack ist der Intellektuelle. Sitzt abseits und studiert den Terrazzoboden. Er gibt ihr Zeichen, doch sie versteht die seltsamen Figuren nicht, die er da auf dem Boden vollführt. Es gibt bestimmt noch etwas anderes jenseits meiner Asselwelt!, wird er denken.

Wenn der Lichtstrahl durch die Ritzen der Bretter scheint und nach seiner Wanderung über den Boden die Asselwelt beleuchtet, werden die Bewegungen fließender. Die Beinchen zittern vor Aufregung. Selbst Rodrigo schiebt seinen schweren Körper über den Boden.

Sie trinken die Sonnenstrahlen.

Mutter Esmeralda kontrolliert das Befinden ihrer Familie. Sie sucht Nähe.

ER hat ihr Einwegtaschentücher auf den Hocker gelegt. Sie duften nach Vanille. Mit ein paar befeuchteten Fetzen hat sie die Asselfamilie gefüttert.

Gütiger Himmel! Sie haben sich darüber hergemacht, als hätten sie wer weiß was vor. Aber ja. Sie sind zwar Überlebenskünstler, doch auch sie brauchen irgendwoher Energie.

Mit den Fingernägeln kratzt sie an den Brettern, die den schmalen Spalt umschließen. Die Asselwelt muss sonniger werden.

Rodrigo wandert mit dem Strahl. Er wird von Esmeralda daran erinnert, warum er in die Asselwelt geboren wurde. Die Asseln müssen riechen, schmecken, das Asselleben feiern. Da war sie sich ganz sicher.

Auf allen vieren sucht sie den Boden nach Krümeln, Sandkörnern und Flusen ab. Die Augen helfen da nicht. Man sieht nur mit den Fingern gut. Haare, Hautschuppen, eine Staubflocke. Sie sammelt alles auf, was die Asselwelt verschönert. Nicht zu viel auf einmal. Das wird sie überfordern.

Hinter dem einen Bein der Pritsche entdeckt sie einen ganzen Fingernagel. Auf dem roten Lack erkennt sie ein weißes Schneegestöber und den Rest eines winzigen glitzernden Sterns. Die Spitze ist eingekerbt und unansehnlich.

Dort, wo der Fingernagel herausgerissen wurde, kleben ein paar schwarze Blutreste. Sie tastet das Bein der Pritsche rundherum langsam ab, bis sie plötzlich etwas spürt. Etwas wurde da eingeritzt. Ein Wort. Es beginnt mit »H«.

Seit Tagen schon hat sie den Geist der Frau gespürt. Die Frau muss vor ihr in dieser Zelle ausgeharrt haben. Manchmal meint sie, ein Parfum zu riechen. Eine Prise Lavendel. Der Geruch ruft Erinnerungen wach. Bilder. Eine Parfümerie mitten in Paris. Beleuchtete Wände mit gläsernen Regalen voller Flakons. Sie sieht eine Frau. Groß, mit wallendem braunem Haar. Die Frau steht hinter einem grünen Vorhang. Und beobachtet sie.

»Das Bett«, flüstert die fremde Frau. »Das Bett.«

Dann ist diese Frau wieder verschwunden, und sie schlägt ihre Hand gegen die Stirn und lacht. Dann richtet sie sich auf, beugt sich über die Asselwelt und richtet eine Ruhestatt her. Ihre Hand erzeugt dabei einen Luftzug, der Rodrigo erzittern lässt.

»Es ist das Leben, das auf dich wartet«, sagt sie zu Rodrigo. Ihr Atem, den sie beim Reden ausstößt, massiert seinen Körper. Rodrigo krabbelt eine Kurve.

Der Riegel wird mit einem ohrenbetäubenden Quietschen zurückgezogen. Blitzschnell deckt sie die Asselwelt mit einer Decke ab. Sie hat ein Geheimnis vor ihm, und nur sie entscheidet, wann und ob sie es mit ihm teilt.

15

Warum mischte sie sich immer weiter ein? Lag es an der Brutalität des Mordes? Das Bild von Karen Krefts Leiche ging ihr einfach nicht aus dem Kopf. Wer war dazu fähig?

Wie eine Anfängerin stellte sie sich an. Selbst dieser Timo hatte ihr die Geschichte von der Freundschaft mit Karen Kreft nicht abgekauft.

Sie saß mit einem alkoholfreien Bier am Ufer der Elbe vor dem Kiosk »Strandperle« und blinzelte in die Sonne. Im Sand buddelten Kinder, bauten Burgen mit Zugbrücken und Wassergräben. Unter der Aufsicht der Erwachsenen ließen sie Spielzeug-Trucks und Modellboote durch den Sand furchen, bei Bedarf tankten sie an einem der Tische Limonade oder Wasser.

Ein kleiner Junge schleckte genüsslich an seinem Eis. Andere Kinder warfen begehrliche Blicke auf seine Waffeltüte, dann sahen sie flehentlich ihre Mütter oder Väter an. Bei zwei Kindern hatte Lina fast den Eindruck, die entsagungsvollen inneren Seufzer zu hören, mit denen sie diese Gedankenspiele aufgaben, bevor sie sich wieder ihrer Sandburg zuwandten.

»Wo sind deine Förmchen?«

Lina legte schützend die flache Hand vor ihre Augen.

Che.

»Mutter oder Vater müsste man sein«, sagte er und deutete auf die besetzten Tische hinter sich. Die ehemals drei Bänke des Kiosks waren in den letzten Jahren auf sicher 30 Tische und noch mehr Stühle aufgestockt worden.

Ein Mädchen mit weißen Stöpseln im Ohr tauchte seine Füße ins Wasser, während sich neben ihr zwei Hunde in die Elbfluten stürzten.

»Was hast du über Timo herausbekommen, weiser Chinese?«, fragte Lina.

»Der ist so, wie du ihn geschildert hast. Ein undurchsichtiger Womanizer. Hansdampf. Draufgängertyp. Hat vor Ewigkeiten eine Doktorarbeit begonnen und dann offenbar Geschmack am Leben als politischer Aktivist gefunden.«

»Was hat oder hatte er mit Karen Kreft zu tun?«

»Der Typ prahlt mit seinen Eroberungen.«

»Und das heißt?«

»Er stellt Bilder ins Netz. Vielleicht war er in sie verliebt, was weiß ich. Später hat er jedenfalls versucht, alles zu löschen.«

»Aber du hast sie wiedergefunden?«

Che grinste sie an.

»Das Netz vergisst nichts. All das alte Zeug landet in den unendlichen Speichern von Facebook und Google und von ein paar anderen Diensten, die alles sorgfältig archivieren. Profile von Nutzern sind bares Geld wert.«

»Die Werbeindustrie?«, fragte Lina.

»Keine Lust auf Vorträge«, meinte Che.

»Wie passt das zu den angeblich im Untergrund arbeitenden Tierschutzterroristen, die Sören Hanisch im Visier zu haben scheint?«

»Diese Leute sind ja nicht dumm«, sagte Che. »Natürlich wissen sie, dass sie beobachtet werden. Sie spielen das Identitätsspiel.«

»Und? Lass dir doch bitte nicht alles aus der Nase ziehen!«

»Bäumchen wechsle dich. Du existierst im Netz nicht mehr als eine bestimmte Person, sondern agierst unter verschiedenen Identitäten. Bei russischen Anbietern kaufst du dir eine neue IP-Adresse, hinter der du dich verbergen kannst, dazu gibt's jede Menge anonymer Absenderadressen. Ein Programm sorgt dafür, dass du in Bruchteilen von Sekunden unterschiedliche Kennungen, IP- oder E-Mail-Adressen hast, von wo aus du sendest. Deine Spuren verschwinden im Datendschungel.«

»Was ist mit Timo Nölting?«

»Der führt ein normales Leben auf Facebook«, sagte Che. »Aber wenn es um Aktionen, kriminelle Aufrufe und interne Konferenzen geht, wird er auf die Pseudonyme und neuen IP-Adressen zurückgreifen. Das vermute ich zumindest stark.«

Che nahm einen Schluck von Linas alkoholfreiem Bier.

»Die sind auf den Portalen geschwätzig«, sagte er. »Fühlen sich als moderne Robin Hoods, Rächer der Enterbten und Geschlagenen und so. Auch das Plakat, das du mit angebracht hast, taucht auf einer Bekenner-Homepage auf. Sie schaukeln ihre Erfolge natürlich hoch, sonst bringt es ja keinen Spaß.«

»Tierschutz ist eine gute Sache, aber dieses Abdriften in Fa...«

Che unterbrach sie: »Da sind jede Menge engagierter Leute unterwegs. Die würden an Gewalt oder andere illegale Aktionen nicht mal denken. Wir reden hier nur über einen sehr, sehr begrenzten Personenkreis. Fanatiker. Militante Sekten, die aus was weiß ich für Leuten zusammengewürfelt sind. Karen Kreft passt da nicht rein.«

Über das verunreinigte Hackfleisch sei im Netz nichts zu finden. Alles deute auf eine Einzeltat hin.

»Die wollen auf keinen Fall etwas mit dem Tod des Jungen zu tun haben. Wäre auch nicht gut fürs Image. In ihren Erklärungen kämpfen sie gegen Erzeugerindustrie, Legebatterien und Mastbetriebe und gegen das Netz von Firmen, die sich das Fleisch über die Grenzen zuschieben. Da wird umdeklariert, neu verpackt, vermischt, mit Wasser aufgespritzt, keiner blickt mehr durch. Und im Thüringer Mett landet schon mal ein Pferd.«

»Ich kenne die Bilder«, sagte Lina.

Eine riesige Autofähre mit ausgemusterten Fahrzeugen für Afrika und Südamerika zog stromabwärts.

»Vielleicht wollte die Kreft eine Art Visitenkarte abgeben«, sagte Lina. »Eine Aktion, von der sie sich Anerkennung durch die Animal-Defence-Army erhoffte. Und das ist gründlich danebengegangen.«

»Ob Timo Nölting sie auf die Idee mit dem Hackfleisch gebracht haben könnte? Quasi als Liebesbeweis?«

»Die beiden hatten eine Beziehung?«

Che nickte.

Linas Klappstuhl versank langsam im Sand. Sie stützte sich auf dem Boden ab, um nicht umzukippen. Wieder durchzuckte ein stechender Schmerz ihre Schulter, und ein leiser Aufschrei entfuhr ihr.

Che sah sie besorgt an, und sie erzählte ihm von dem Angriff mit der Eisenstange. Während sie sprach, schob Che mit den Schuhspitzen kleine Hügel aus Strandsand zusammen.

»Hörst du mir überhaupt zu?«, fragte Lina, nachdem sie geendet hatte.

»Du bist im Dschungel gelandet, Lina. Du hast dich verbissen, aber du solltest dich aus der Sache raushalten. Wenn es nicht schon zu spät ist.«

»Ich bin keinen Zentimeter weitergekommen«, sagte Lina. »Zwar kenne ich jetzt ein paar Leute, die Transparente aufhängen. Und wie man eine Supermarkt-Frischetheke bestückt, weiß ich auch. Trotzdem kratzen wir nur an der Oberfläche.«

»Wir, Lina? Hast du *wir* gesagt?«

»Du kannst mich unmöglich damit allein lassen.«

»Na und wie ich das kann«, sagte Che.

Sie lächelte ihn an und sagte: »Wir haben eine tote und grausam zugerichtete Tierschützerin, die in edler Mission unterwegs war. Außerdem haben wir einen toten Jungen, der mit alldem gar nichts zu tun hatte. Und einen Dezernatsleiter, der mit verdeckten Karten spielt und glaubt, er könne mich wie eine Schachfigur auf dem Spielbrett herumschieben.«

»Wo du gerade dabei bist, du hast etwas vergessen«, sagte Che. »Was ist mit der Fleischindustrie? Glaubst du, die Konzernmanager und Aufsichtsräte sitzen untätig herum, wenn ihnen ihre Geschäfte mies gemacht werden?«

»Du meinst, die Bosse von diesem Kleeberg?

»Genau die. Denen wird das nicht gefallen.«

»Die wollen in Ruhe ihre Geschäfte machen«, sagte Lina. »Ich glaube nicht, dass sie aktiv werden, sich auf einen offenen Schlagabtausch einlassen. Dazu müssten sie außerdem Leute engagieren. Das könnte herauskommen.«

»Es sind auch jede Menge anderer Aktivitäten denkbar«, sagte Che. »Immerhin geht es um Milliarden.«

»Glaub ich nicht«, sagte Lina. »Einige vollmundige Erklärungen, man stellt ein paar Sündenböcke an den Pranger, und schon geht man zur Tagesordnung über.«

»Und was sagt dieser Kleeberg?«

»Glaubt ebenfalls nicht an irgendwelche Drahtzieher. Er hält seine Chefs für zu feige.«

Am Nebentisch hatte ein Pärchen sich Plätze ergattert. Der Mann sah versonnen auf die im Sand schaufelnde und grabende Schar von Kindern, die sich friedlich neben- und miteinander beschäftigten.

Lina blickte weit hinaus bis zum anderen Ufer der Elbe. Wie gewaltige Spinnenarme hielten die Kräne ihre metallenen Ausleger über die Schiffe und hievten Container in die Höhe.

»Gibt es auf den Webseiten der Tierschützer eigentlich Hinweise auf Karen Krefts Tod?«, fragte sie dann.

»Ah, das hätte ich fast vergessen. Ja. Auf zwei Seiten wird versprochen, dass sie nicht umsonst gestorben sei.«

Lina nickte und leerte ihre Flasche.

16

Nur ein paar Zentimeter hatten sie vom Sterben getrennt. Aber das wäre ein zu stiller Tod gewesen. Belanglos. Irgendein Opfer, umgekommen bei einem misslungenen Überfall.

Die Frau sollte mit ihrem letzten Atemzug erfahren, warum er über sie kam. Und sie musste wissen, wer ihn geschickt hatte.

Er schnaufte, als er die Einkaufstüte in den Wagen hob. Er war ein alter Sack, der an seinen Verfallsdaten kratzte. Aber auf seine alten Tage war er nun doch noch zu etwas zu gebrauchen. Nicht wie seine Altersgenossen, die mit diesem seltsam wirren und zugleich ängstlichen Blick vor sich hin dämmerten. Schlecht riechend und froh, dass man sie nicht in der Wüste aussetzte und sich selbst überließ.

Das Schicksal hatte entschieden. Er durfte vor dem Abtreten noch einen vernehmbaren Schlusspunkt setzen.

Im Liegenschaftsamt hatte er sich von Gehaltsstufe zu Gehaltsstufe hinaufgewurschtelt. Neben ihm auf dem Schreibtisch hatte mit übereinandergeschlagenen Beinen der Pensionsanspruch gesessen. Und geflüstert: »Mach weiter. Mach immer weiter.«

Damit war endlich Schluss.

Er hatte zugeschlagen. Er war bereit.

Diese Jagd war aufregend. Erstaunt hatte er festgestellt, dass er vor Erregung leicht zitterte, als er aus dem Hauseingang getreten und ihr gefolgt war. Er hatte sogar ihr Parfum gerochen, als er mit der Stange in der Hand hinter sie getreten war.

Wie wird es erst sein, wenn er ihr direkt ins Gesicht

sehen kann? Wenn sie begreift, worum es geht. Wenn die Angst in ihr Gesicht kriecht und mit ihr die Gewissheit, dass es keinen Ausweg mehr gibt. Dass man Rechenschaft ablegen muss für das, was man tut. Und dass man es verwirken kann: das Recht auf Leben.

In dem Lokal hatte er ihre Stimme gehört. Sie klang dunkel und fast ein wenig gurrend. Sie würde niemanden mehr täuschen.

Er schlug die Kofferraumklappe zu und stieg ins Auto. Seine Rückenschmerzen waren schlimmer geworden. Er musste aufpassen. Wenn es ihm schon gelang, sie in die Garage zu treiben, wäre es einfach zu lächerlich, ihr dann nicht mehr folgen zu können.

Als er den Parkplatz verließ und in eine Straße einbiegen wollte, hupte ein Fahrer, der sich in seiner Vorfahrt behindert fühlte, ihn an. Durch die Scheibe sah er, wie der Mann ihn mit Worten und hochgestrecktem Mittelfinger beschimpfte.

Er sagte: »Weißt du, ich habe eine Waffe im Auto. Denk an deine Familie, mein Freund. Du willst ihr doch keinen Kummer bereiten?« Der Mann war längst weitergefahren, doch er sah ihm nach und fügte hinzu: »Aber nein, keine Angst, ich werde dir nichts tun, denn ich habe Wichtigeres vor. Es ist das Wichtigste, das ich in meinem beschissenen, trostlosen Leben getan haben werde. Du fahr nur brav nach Hause.«

17

Lina war zum Spätdienst eingeteilt und betrat gegen Mittag den Supermarkt.

Sie glaubte nicht, dass sie hier weiterkommen würde. Doch wenn sie kündigen würde, müsste sie ihren normalen Streifendienst wieder aufnehmen. Zudem würden eventuelle Informationen, die sie von Hanisch und Emmert über den Fall erhielt, versiegen.

»Alle Achtung, du bist ja immer noch da«, wurde sie von Katja Sandig begrüßt. »Das müssen ja spannende Ermittlungen sein.«

Lina nickte ihr zu und drückte sich an Einkaufswagen vorbei. Zwei Männer aus der Fleischabteilung kamen ihr im Gang entgegen. Einer von ihnen, mit dem sie bisher höchstens drei Sätze gewechselt hatte, schnalzte mit der Zunge. Sie verschwanden in die gekachelte Küche, wo die Ware in Tiefkühltruhen gelagert wurde.

Lina schob einen Stapel Zeitschriften in ein Regal, als sie von einer resoluten älteren Frau überholt wurde. Die Frau musterte sie argwöhnisch. Ihre Haare waren blondiert. Sie trug ein Jackett, über die Schultern hatte sie einen Seidenschal wie eine Stola geworfen. Lina wollte sie ansprechen, doch die Frau machte auf dem Absatz kehrt und stieg die wenigen Stufen in das verspiegelte Büro hinauf, wo der Filialleiter residierte.

»Was war das denn?«, fragte Lina Katja Sandig, die sie breit angrinste.

»Hanna Bader. Die Gemahlin vom schönen Klaus«, antwortete ihre Kollegin.

»Und was macht sie hier?«

»Die kommt jede Woche vorbei und scheißt ihren Mann zusammen. Zur Vorbeugung.«

»Wirklich wahr?«

»Die schaut den Frauen auf die Titten und weiß sofort, welche verdächtig ist.«

»Hatte Klaus Bader denn was mit Karen Kreft?«, fragte Lina.

»Klaus lässt nichts unversucht. Es gab jede Menge Tratsch. Karen Kreft war eine gut aussehende junge Frau.«

»War?«

»Na, als sie hier arbeitete. Und eine Schönheit ist Bader ja nicht gerade. Karen fand ihn aber ganz süß. Ging mich nichts an, bin ja sowieso aus dem Rennen.«

Lina sah sie verständnislos an. Mit einer koketten Bewegung legte Katja Sandig ihre Hände unter ihre Brüste.

»Zu wenig für Klaus«, sagte sie. »Ich muss dann mal weiter«, meinte sie dann und machte sich wieder davon.

Lina fuhr fort, die Illustrierten in die dafür vorgesehenen Regale zu verteilen. Was der Filialleiter von seiner Frau zu hören bekam, konnte sie nicht verstehen, da lediglich Gemurmel durch die dünnen Wände drang. Ein eingespieltes Team.

Plötzlich wurde die Bürotür aufgerissen. Baders Frau stand im Türrahmen. Sie wirkte ruhig, als sie in seine Richtung sagte: »Das Haus kannst du vergessen.«

Sie schlug die Tür zu und eilte die Treppe hinunter.

»Hat's auch nicht leicht, der Mann«, sagte jemand hinter Linas Rücken. Sie drehte sich um. Es war Max Kleeberg.

»Da geht man besser aus der Schusslinie«, meinte er mit einem Lächeln.

»Tja«, sagte Lina.

»Verheiratet?«, fragte Kleeberg.

Als sie perplex »nein« antwortete, glaubte sie, für einen Moment Erleichterung in seinem Gesicht zu sehen.

»Die Männer bringen sich nach dem ersten Treffen in Sicherheit«, sagte Lina. Ihr war bewusst, dass Bader sie und Kleeberg durchs Bürofenster beobachten konnte.

»Das macht mich neugierig. Rauchen Sie?«

Lina nickte. Kurz danach standen sie neben einer frisch angelieferten Palette mit Haferflocken- und Zwiebackpackungen.

»Ich hätte nicht gedacht, dass Hanisch Sie hier so lange schmoren lässt, Lina. Ich darf doch Lina sagen?«

Sie nickte wieder und ließ sich Feuer geben.

»Wenn ich ehrlich sein darf, mir gefällt das alles nicht«, fuhr er fort.

»Und bringen tut es auch nichts. Hier weiß mittlerweile jeder, dass ich Polizistin bin.«

»Ich glaube nicht an Hanischs Tierschützerszene-Theorie. Warum sollten die ein Mitglied hinrichten?«

»Vielleicht hat er Informationen, die er uns vorenthält?«

»Mit offenen Karten spielt der Typ jedenfalls nicht«, erwiderte Kleeberg. »Aber lassen Sie sich bloß nicht kirre machen.«

»Bis jetzt ist mir das wohl gelungen.«

Kleeberg nickte und beobachtete einen Lkw, der auf dem beengten Platz vor dem Supermarkt wenden wollte.

Lina verwarf den Gedanken, ihm von ihrem nächtlichen Ausflug zu berichten. Womöglich landete das umgehend bei Hanisch.

»Die Fleisch- und Lieferbetriebe …«

»… sind böse, ich weiß«, sagte Kleeberg und blies in die Glut seiner Zigarette. »Die versuchen, Geld und noch mehr Geld zu machen. Wie alle anderen auch. Ganz im

Vertrauen: Da gibt es jede Menge schwarzer Schafe, aber das habe ich Ihnen nicht erzählt.«

»Immerhin geht es um Lebensmittel.«

»Und um Kunden, die es immer billiger haben wollen«, sagte Kleeberg. »Qualität zählt hierzulande leider nicht.«

»Gibt es in der Branche so etwas wie Sicherheitsdienste? Leute, die versuchen, Aktionen von Tierschützern zu unterbinden?«

»Sicher gibt's die, aber viel wichtiger sind die PR-Büros, deren Aufgabe es ist, das Image aufzupolieren. Es geht um Vertrauen. Dafür wird eine Unmenge an Geld ausgegeben, das können Sie mir glauben.«

»Sie sind erstaunlich offen.«

»Und Sie eine kluge Frau, der ich sicher nichts Neues sage.«

»Sie sehen keinen Zusammenhang mit dem Mord an Karen Kreft?«, fragte Lina.

Er lächelte sie an.

»Erpressungsversuche gefallen in den Konzernen niemandem. Wir versuchen, solche Unannehmlichkeiten in Zusammenarbeit mit der Polizei geräuschlos aus der Welt zu schaffen.

»Sie warnen die Kunden nicht?«

»Das ist Aufgabe der Polizei. Die Fleischindustrie sitzt so was aus. Sie kennen das doch. Nach drei Wochen sind Pferdefleisch und sonstige Skandale vergessen. Ein verantwortlicher Minister verkündet einen Aktionsplan, der Presse gehen die Schlagzeilen aus«, und das war's. Warum unnötig für Unruhe sorgen?«

»Im besten Fall gibt es einen neuen Hinweis auf der Packung«, sagte Lina.

»Ist doch egal, was wir da draufdrucken. Selbst wenn

wir deklarieren, dass man davon dick wird. Alles unwichtig. Gilt übrigens für alle anderen Lebensmittel auch. Ohne Zucker und Geschmacksverstärker schmeckt es den Leuten nicht. Daran sind sie seit Jahrzehnten gewöhnt. Mischt man Katzen ständig Katzenminze ins Futter, dann wollen die auch nichts anderes mehr fressen.«

Kleeberg drückte die Kippe mit seinem Schuh aus.

»Wollen wir uns darüber nicht mal bei einem Abendessen unterhalten?«

»Sehen Ihre Kollegen aus den Vorstandsetagen der Verbände das auch so wie Sie?«, fragte Lina ironisch.

»Die sehen die Marktwirtschaft untergehen. Muss man als Vorstand ja auch so sehen. Aber im Grunde weiß jeder: Der eine Skandal kommt, der andere geht. Ist so eine Art Naturgesetz. Es bleibt nichts in den Köpfen der Leute hängen. Gefällt mir auch nicht, Lina.«

»Und mit *der* Einstellung dürfen Sie Ihren Job machen?«

»Sollte ich zur Polizei wechseln?«, sagte er.

Lina spürte das Vibrieren ihres Handys in der Hosentasche. Mit einem entschuldigenden Blick zog sie es heraus und sah auf das Display. Sven Emmert.

»Ich müsste …«, sagte sie und entfernte sich ein paar Schritte auf den Parkplatz. Kleeberg nickte und verschwand im Innern des Supermarktes.

»Ich hole dich in fünf Minuten ab«, sagte Sven. »Diese verdeckte Ermittlung im Supermarkt war eine Schnapsidee.«

»Nanu?«, sagte Lina. »Neue Polizeitaktik?«

»Spar dir deinen spöttischen Unterton. Das alles ist nicht auf meinem Mist gewachsen.«

»Darf ich zumindest mit einem anständigen Grund kündigen?«

»Das ist mir scheißegal. Aber jetzt …«

»Ich könnte mich zum Beispiel beim Telefonieren erwischen lassen, darauf steht hier die Todesstrafe.«

»Wie gesagt …«

»Im Ernst. Wir können nicht wissen, ob wir die Kontakte hier vielleicht noch brauchen werden. Deshalb brauche ich einen seriösen Grund zu kündigen.«

Emmert schwieg kurz und meinte dann, Hanisch könne dem Filialleiter gegenüber eine Qualifizierungsmaßnahme des Arbeitsamtes vorschieben.

»Nichts deutet darauf hin, dass der Supermarkt beim Tod der Kreft eine Rolle spielt«, sagte er.

»Das heißt?«, fragte Lina.

»Wir haben eine zweite Leiche gefunden. Und es besteht kein Zweifel daran, dass es sich um denselben Täter handelt.«

18

Sven Emmert steuerte den Wagen über die Osterstraße. Lina saß auf dem Beifahrersitz und spielte mit einem Feuerzeug.

Sushi-Läden, Imbisse und Dönerbuden reihten sich aneinander, auch ein Deli mit dem skurrilen Namen »Alpenkantine« hatte sich hier seit Kurzem etabliert. Viele Jahre hatte Eimsbüttel im Dämmerschlaf gelegen, doch jetzt entwickelte sich der Stadtteil zu einem der bevorzugten Wohnquartiere in Hamburg.

Ein Traditionsgeschäft mit Berufsbekleidung hatte erst vor wenigen Wochen geschlossen. Noch war das der Tagespresse eine Meldung wert gewesen. Es lief immer gleich ab.

Zuerst kamen Bistros und Restaurants, dann die Handyläden, gefolgt von Bankfilialen, hippen Schuhgeschäften und Boutiquen.

Lina ließ das Fenster hinunter und zündete sich eine Zigarette an.

»Das ist brandgefährlich«, sagte Emmert.

»Was? Rauchen?«

»Du weißt genau, was ich meine.«

»Das Gefährlichste an dem Job sind die Messer, mit denen ich den Obstsalat schneide«, sagte sie, doch ganz so überzeugend klang das nicht.

»Der Täter hat Spaß an seiner Arbeit gefunden, und wir können dich nicht schützen.«

»Schade«, sagte Lina. »Polizeischutz für eine Polizistin, das wär's doch. Hanisch ist da anderer Meinung.«

»Hanisch!«, meinte Emmert verächtlich. »Der tappt im Dunkeln und salbadert über seine neuen Wege.«

»Neue Wege?«

»Aus einem Undercovereinsatz macht er in seinen Aktenvermerken eine täterorientierte Umfeldanalyse. Das ist kompletter Unsinn, mit dem er dem Polizeipräsidenten das Hirn zumüllt.«

»Sie lassen ihm freie Hand«, sagte Lina.

»Der tut so, als wär er mal Mister BKA höchstpersönlich gewesen. Pass auf dich auf, Lina.«

»Hat bisher ganz gut geklappt«, sagte Lina.

Ihr war nicht geheuer, dass Sven Emmert sich plötzlich als besorgter Vorgesetzter aufführte.

Ihre Beziehung hatte nur ein paar Monate gedauert, doch sie konnte sich noch gut an seine Kommentare erinnern. Über jeden war er hergezogen. Ging es hier um den Machtkampf zweier vermeintlicher Alphamännchen?

»Dein Sarkasmus bringt uns nicht weiter«, sagte er. »Weder hat Hanisch deinen Einsatz im Supermarkt absegnen lassen, noch gibt es ausreichende Rückendeckung für dich.«

»Wie kommt er eigentlich auf die Idee, dass ich die Ermittlungen voranbringe?«

»Die Tierschützer haben dich zu einer Aktion mitgenommen. Das ist für ihn 'ne große Sache.«

Lina erschrak. Außer Che hatte sie niemandem von ihrem nächtlichen Ausflug mit den drei Tierschützern erzählt. Woher wusste Hanisch davon? Und warum war das so wichtig für ihn? Das Anbringen eines Spruchbandes auf einer Autobahnbrücke war keine weltbewegende Aktion, und als Fortschritt bei ihren Ermittlungen konnte sie das ebenfalls niemandem verkaufen.

»Werde ich beschattet?«, fragte Lina.

»Keine Ahnung«, sagte Emmert. »Hanisch legt seine Karten nicht auf den Tisch.«

»Ihr sprecht euch doch ab.«

»Er hat die Federführung. Gute Beziehungen. BKA-Connection. Und ja, stimmt, im Präsidium hat er freie Hand.«

»Du bist ihm untergeordnet?«

»Er leitet diese Ermittlungen.«

»Was macht dein Anti-Aggressionstraining?«, fragte Lina unvermittelt.

»Was?«

»Mal wieder zugeschlagen?«

Sven Emmert verdrehte die Augen und trommelte genervt auf das Lenkrad.

»Okay, Lina, ich war scheiße drauf. Ich hatte zu viel getrunken, ich hatte Druck von oben wegen des Falls damals. Ich kam nicht voran und …«

»Da ist es!«, sagte Lina und zeigte auf die Flatterbänder, mit denen die Seitenstraße abgesperrt war.

Sven Emmert parkte vor einem Gründerzeithaus.

Die Fassade war schmuckloser als die vergleichbarer Häuser in den Nobelstadtvierteln Eppendorf oder Winterhude. Hier hatten einst Handwerksmeister, gehobene Angestellte und Beamte gewohnt. Selbst die deutlich niedrigeren Deckenhöhen hatte man dem sozialen Stand der damaligen Bewohner angepasst.

Der mit schmiedeeisernen Gittern umzäunte Garten war gepflegt. Auch das Laub der hohen Kastanien war sorgsam entfernt worden. Margeritensträucher, in die man eine Vogeltränke eingelassen hatte, blühten am Rand des Rasens.

Vier Polizeiwagen blockierten die Straße.

Die beiden neben dem Hauseingang postierten Polizisten grüßten mit ernsten Gesichtern.

Als Lina das Treppenhaus betrat, stieg ihr der Geruch von Bohnerwachs in die Nase. Auf den Fenstersimsen zwischen den Etagen trotzten Grünpflanzen dem Dämmerlicht. Den hölzernen Handlauf des Treppengeländers hatten zahllose Hände in den vergangenen hundert Jahren blank poliert.

Die Tür im zweiten Stock stand offen. Lina sah zuerst die weißen Overalls der Kollegen von der Spurensicherung. Es wurde noch fotografiert, ein wahres Blitzlichtgewitter empfing sie.

Die Bohlen aus Pitchpine knarrten unter ihren Füßen, als sie eintrat.

Hanisch kam aus einem Zimmer und zog die Gummihandschuhe von den Händen.

»Wir sind zum Festessen geladen«, sagte er und gab Lina und Emmert ein Zeichen, sich das Zimmer anzusehen.

Lina sah, wie ein Mann im Overall mit einer Videokamera in den Händen langsam den Tisch umrundete. Sie betrat nach Sven Emmert das Zimmer, das durch eine jetzt beiseitegeschobene Holzschiebetür zu teilen war. Typischer Hamburger Altbauschnitt, dachte Lina.

»Können wir dichter ran?«, fragte Emmert den Forensiker, der statt einer Antwort hinter seiner Videokamera lediglich kurz nickte.

Der Körper der toten Frau war zierlich. Im Unterschied zu Karen Krefts Leiche wies er deutliche Spuren von Misshandlungen auf. Blutergüsse und Wunden waren nur teilweise verheilt. Den Kopf hatte der Täter diesmal nicht abgetrennt, auch die Hände waren noch da, wo sie hingehörten. Eine Übereinstimmung stellten die verschiedenen Gemüse dar, mit denen der Leichnam ausgeschmückt war.

Die in Herzform auf dem Körper angeordneten Cherrytomaten, Würfel von roten Zwiebeln, die er in die Augenhöhlen gelegt hatte, und die Petersilienbüschel hinter den Ohren schienen eindeutig dafür zu sprechen, dass man es mit demselben Täter zu tun hatte.

Der Forensiker senkte die Kamera und schob den Mundschutz beiseite.

»Die Frau ist außerordentlich dürr, überall drücken sich die Knochen durch. Entweder litt sie unter Anorexie, oder sie hat wochenlang fast nichts gegessen.«

Sven Emmert nickte. Lina wandte den Blick von der Leiche ab. Wer immer das getan hatte, er stellte sich mit perversem Vergnügen vor, was die empfinden würden, die sein »Werk« zu sehen bekamen. Wahrscheinlich bedauerte er es sehr, bei der Entdeckung nicht dabei sein zu können. Auch wenn er diesmal nicht ganz so übertrieben hatte, diese Inszenierung war ein deutlicher Hinweis auf seine Überheblichkeit.

»Er hatte offenbar weniger Zeit als beim letzten Mal«, sagte Sören Hanisch, der neben Lina getreten war. »Möglicherweise wurde er gestört. Vom Paketboten, einer Nachbarin oder sonst wem.«

»Kann's sein, dass ihm die Mikrowelle oder der passende Backofen fehlte?«, fragte Sven Emmert.

»Alles vorhanden, funktioniert bestens«, sagte Hanisch.

Lina schüttelte den Kopf. »Er fährt das Drastische zurück. Das ist eine Steigerung«, sagte sie.

Emmert sah sie überrascht an.

Hanisch sagte: »Die Hände sind nicht verbrannt, der Kopf ist noch am Torso ... Solche Täter brauchen einen immer größeren Kick, die bauen ihre Inszenierungen aus. Denen geht davon einer ab. Hab selber mit solchen Typen geredet.«

Lina schüttelte erneut den Kopf.

»In seiner Logik *ist* es eine Steigerung«, beharrte sie. »Und zwar, indem er das Zuviel herausnimmt.«

»Soll das heißen, wir haben einen Ästheten am Werk?«, fragte Hanisch und wandte sich Lina zu.

»Die Petersilienbüschel«, meinte Lina, »jeweils vier Verästelungen, die Zwiebelstücke in den Augenhöhlen, leicht glasig angedünstet. Und die Cherrytomaten auf der Bauchdecke.«

»Was ist damit?«, fragte Emmert.

»Er hat Basilikumblätter dazugelegt und Salz draufgestreut. Er holt sich seinen Kick, indem er das in aller Ruhe zubereitet. Wie eine Mahlzeit. Das ist eine Steigerung. Eine Steigerung an Sorgfalt, Zeit, Detailverliebtheit.«

»Krankes Arschloch«, sagte Hanisch.

Er verließ den Raum und wies die Forensiker an, die Küche gründlich nach Spuren abzusuchen.

»Jede Gabel, jeden Löffel, jede Gewürzgurke. Das ganze Programm: DNA, Fingerabdrücke, Fasern.«

Sven Emmert ging näher an den Leichnam heran und roch an den Haaren.

»Anscheinend hat er sie frisiert.«

Lina sah sich in dem Zimmer um, das mit einem Esstisch seitlich und einer Sitzecke offensichtlich als Wohnzimmer gedient hatte. Es wirkte aufgeräumt. Auf einem Glastisch stand eine leere Obstschale, Kunstdrucke von Lavendel- und Getreidefeldern hingen an den Wänden. Eine karierte Wolldecke lag, ordentlich zusammengefaltet, auf dem ledernen Ecksofa.

Typischer Singlehaushalt, dachte Lina. In einer Glasvitrine neben dem Flachbildschirm reihten sich polierte Gläser.

»Gibt's Lebensmittel im Kühlschrank?«, fragte Lina Hanisch, der das Zimmer erneut betreten hatte.

»Der Kühlschrank ist leer, die Ablageflächen sind sauber«, sagte er. »Sauber wie ein Operationssaal.«

»Er liefert uns ein Gesamtkunstwerk«, sagte Lina.

Hanisch nickte düster. »Lina, ich möchte, dass Sie offiziell zur Sonderkommission gehören, die wir gründen«, sagte er. »Auch, wenn es nur zwei Opfer sind, wir haben jetzt eine Serie.«

»Und der Supermarkt?«

»Vergessen Sie das. Ich werde dem Filialleiter mitteilen, dass Sie woanders eingesetzt werden. Der fragt nicht nach. Sollten wir die Kontakte noch brauchen …«

»Kontakte«, wiederholte Lina und versuchte, eine neutrale Miene aufzusetzen. Zu gerne hätte sie ihn gefragt, was ihn vom Bundeskriminalamt in ein normales Polizeidezernat verschlagen hatte. Vielleicht gehörte er zu denjenigen, die jahrelang die rechtsterroristischen Mordserien ignoriert hatten und nun aus der Schusslinie genommen wurden. Nicht gerade ein Sprung auf der Karriereleiter. Und woher wusste er von der Aktion mit dem Banner?

Ein Uniformierter stand im Flur und starrte, um Fassung ringend, auf den Leichnam. Er machte keine Anstalten, näher heranzugehen. Er räusperte sich vernehmlich, und als Hanisch auf ihn zuging, flüsterte er ihm etwas zu.

Lina beobachtete Hanisch, wie er sich vorbeugte. »Was?«, schrie er dann.

Der Polizist nickte, ging aus der Wohnung hinaus und kam mit einer Frau im Schlepptau wieder herein.

Die Frau starrte sie mit großen Augen an. Sven Emmert versperrte mit seinem Körper den Blick auf die Leiche.

»Was ist denn hier los?«, fragte die Frau schließlich mit einer hohen Stimme. »Was machen Sie in meiner Wohnung?«

19

Die eiligst zusammengestellte Sonderkommission bestand aus sechs Kriminalpolizisten aus verschiedenen Dezernaten. Unter ihnen Sven Emmert, der Anweisung hatte, seine sonstigen aktuellen Fälle einstweilen ruhen zu lassen.

Lina saß bereits an dem Tisch und kritzelte Spiralen und Figuren auf ihren Notizblock. Beim Betreten des Raums hatten einige der Kollegen sie verwundert gemustert. Sie war nun gespannt, welche Rolle Hanisch und Emmert für sie vorgesehen hatten.

An zwei Tafeln klebten Fotos der Mordopfer, daneben Aufnahmen von den Häusern, in denen man sie gefunden hatte. Darunter hafteten Detailaufnahmen der Toten, die die Handschrift des Täters verdeutlichen sollten. Auf einem Stadtplan waren die beiden Tatorte mit Fähnchen markiert worden. Als Letzte betraten Hanisch und Emmert den Raum. Beide trugen Ordner unter dem Arm. Als Sören Hanisch schweigend in die Runde blickte, verstummten die Gespräche.

Hanisch setzte sich an die Stirnseite des Tisches, Emmert nahm neben ihm Platz.

»Ich begrüße die Kollegin Lina Andersen, die aus verschiedenen und guten Gründen in unsere Ermittlungen eingebunden ist«, sagte er und sah dabei in Linas Richtung.

Bei der Formulierung kommt niemand auf die Idee nachzufragen, dachte Lina.

Er klemmte seinen Stift wie eine Zigarette zwischen die Lippen. Während er sprach, hüpfte der Kugelschreiber auf und ab.

»Mit den Einzelheiten sind Sie bereits vertraut«, sagte er und legte den Stift auf seine Papiere. »Bei zwei Opfern sprechen wir an sich noch nicht von einer Serie. In diesem Fall jedoch deuten die markanten Auffindesituationen auf *einen* Täter beziehungsweise Täterkreis hin. Der endgültige Bericht der Rechtsmedizin liegt noch nicht vor, aber wir gehen davon aus, dass der Täter seine Vorgehensweise ...« Er machte eine Pause und warf Lina einen Blick zu, ehe er fortfuhr. »... verfeinert hat. Er scheint Spaß an seinem Tun zu finden. Daher müssen wir leider mit weiteren Opfern rechnen.«

»Kommen wir gleich zu einer Besonderheit«, ergriff der

sich aufrichtende Sven Emmert das Wort. »Das zweite Opfer wurde in der Wohnung einer Frau gefunden, die eine Woche lang verreist war. Opfer Nummer eins, Karen Kreft, wurde in ihrer eigenen Wohnung gefunden. Wir können in beiden Fällen noch nicht sagen, ob Tatort und Auffindeort jeweils identisch sind.«

»Gibt es eine Beziehung zwischen der Toten und der Wohnungsinhaberin?«, fragte ein Beamter, der Lina wegen seines altmodischen mausgrauen Pullunders aufgefallen war. Hanisch hatte ihn ihr am Fundort der Leiche als Thorsten Fincke vorgestellt.

»Nein, laut Zeugin nicht«, sagte Emmert. »Aber der Täter muss gewusst haben, dass niemand zu Hause war. Er braucht Zeit für sein Ritual, Spiel oder was immer er darin sieht.«

»Ein Ansatzpunkt«, sagte Hanisch. »Wir müssen überprüfen, wer von der Reise der Frau wusste.«

Ein blonder Kollege namens Mirko Lange stöhnte auf. Als ihn ein missbilligender Blick von Hanisch traf, sagte er: »Das kann doch jeder sein. Leute am Urlaubsort der Frau, der Reiseveranstalter, Facebook-Freunde …«

»Klar, Mirko, die Nadel im Heuhaufen«, sagte Emmert, »wir nehmen, was wir kriegen. Aber wir müssen uns das alles ansehen.«

»Auffällig ist der Zustand der Leiche des zweiten Opfers«, sagte Hanisch. »Die Frau war abgemagert, ihr Körper wies Wunden und Blutergüsse auf. Es könnte sein, dass sie über längere Zeit gefangen gehalten wurde. Auch die genaue Todesursache ist noch unklar. Dafür kommen mehrere der Verletzungen infrage.«

Stöhnen im Raum.

»Keine Vermutung?«, fragte Fincke.

»Die Mediziner legen sich nicht fest. Es gibt Spuren, die auf Tod durch Ersticken hinweisen. Gift hat die Toxikologie nicht gefunden«, sagte Sven Emmert.

»Was ist mit ihrer Identität?«, fragte ein Kollege aus Emmerts Mordkommission.

Hanisch schüttelte den Kopf.

»Wenn wir nichts ermitteln, gehen wir an die Medien. Ein biometrischer Abgleich mit der bundesweiten Vermisstendatei läuft. Was ist das Bindeglied zwischen den beiden Opfern? So, wie die Körper zugerichtet wurden, kann ich mir nicht vorstellen, dass sie Zufallsopfer sind.«

Thorsten Fincke sah gequält auf und fragte: »Eine Verbindung? Wie sollen wir die rausfinden, wenn wir nicht mal wissen, wer die Frau ist?«

»Wir werden den Facebook-Freundeskreis des Opfers Kreft untersuchen. Es gibt Anzeichen dafür, dass die Taten mit der Tierschützerszene zusammenhängen«, sagte Hanisch.

Die Köpfe aller Anwesenden schnellten in die Höhe. Hanisch schien mit dieser Reaktion gerechnet zu haben und hob abwehrend die Hände.

»Ist mehr eine Vermutung«, sagte er. »Keine Festlegung beim gegenwärtigen Sachstand. Aber es gibt eine Verbindung zwischen dem Opfer Kreft und einem Jungen, der an verunreinigtem Hackfleisch gestorben ist.«

»Und das erfahren wir erst jetzt?«, protestierte Mirko Lange.

Hanisch überging den Vorwurf. »Jedenfalls hat sich das Opfer in einem sehr speziellen Umkreis bewegt.«

Emmert fasste Karen Krefts Tierschutzaktivitäten kurz zusammen und wies auf den Erpresserbrief hin, den vermutlich sie geschrieben hatte.

»Eine vermasselte Erpressung, ein Opfer … Da liegen die Motive doch auf dem Tisch«, sagte Mirko Lange.

Hanisch beugte sich vor und sagte: »Diese Ergebnisse verdanken wir der Kollegin Andersen, die als verdeckte Ermittlerin ihr Näschen in die Szene gesteckt hat.«

Lina überlegte fieberhaft, ob er mit »Szene« die Arbeit im Supermarkt oder die Aktion meinte, an der sie teilgenommen hatte. Und ob sie jetzt, da sie von allen erwartungsvoll angestarrt wurde, etwas sagen musste.

Sven Emmert räusperte sich und sagte: »Wir müssen uns also das Umfeld vornehmen. Was verbindet die Frauen? Welche Beziehungen könnte es zum Täter geben, wo könnten sie ihm begegnet sein?«

Hanischs Handy brummte. Er warf einen wütenden Blick auf das Display, erhob sich und nahm den Anruf in der Ecke des Raums entgegen.

Nach zwei Minuten kehrte er mit triumphierendem Gesichtsausdruck an den Tisch zurück und sagte: »Ich habe es gewusst!«

Mit großer Geste tippte er sich an die Nase.

»Darauf ist Verlass!«

Ihre krabbelnde Familie wächst. Am Morgen ist Mercedes dazugestoßen. So, wie Esmeralda sie begrüßt, ist sie ihre Tochter.

Mercedes hat einen Linksdrall. So als hätte sie auf einer Seite zu wenig Beine oder einen zu kurzen Fühler. Schwer zu erkennen.

Am Morgen hat ER ein Brötchen und Marmelade in die Zelle gebracht. Ein üppiges Mahl. Auch für die Asseln. Sorgen bereitet ihr der Luftzug, der unter der Tür hindurch über den Boden fegt. Krank werden dürfen sie nicht, denkt sie. Eine Chance auf medizinische Versorgung gibt es hier nicht.

Rodrigo hat an Gewicht zugelegt. Esmeralda hat ihn gemustert und dann ihre Tochter umkreist. Jack zieht sich zurück und studiert den Terrazzoboden. Er trippelt die schwarzen und weißen Flächen ab. Vermutet wohl, dass er irgendetwas Essbares findet.

Seitdem sie die mit dem Fingernagel in den Holzfuß gekratzte Botschaft gelesen hat, spürt sie ihre Anwesenheit. Die andere Frau beobachtet sie.

»Hilfe«, steht da.

Sehen kann sie die andere Frau nicht.

Lange hat sie den Fingernagel betrachtet. Seine Besitzerin hat ihn mit Liebe und Sorgfalt gepflegt.

Die Erdplatten verschieben sich in derselben Geschwindigkeit, in der Fingernägel wachsen. Man bemerkt es nicht. Und doch sorgt die Bewegung für gewaltige Erdbeben, wenn nur genügend Zeit vergangen ist. Über Jahrhunderte reiben die Erdplatten sich aneinander, drücken und drängeln, und kurz bevor alles zum Stillstand kommt, gibt es diese eine Eruption.

Sie muss geduldig sein. Geduld besiegt alles.

20

Ich bin nicht dein Bodyguard«, zischte Che Lina zu.

Die junge Frau, die neben ihnen auf der Parkbank saß, räumte mit einem entschuldigenden Lächeln ihren Platz.

»Wir sind wie ein altes Ehepaar«, sagte Lina.

»Ist nur die Frage, wer von uns der Mann ist und wer die Frau«, sagte Che.

»Soll das ein Kompliment sein?«

»Eher ein Frontbericht«, brummte Che.

Vor ihnen lag der mit einer Betonmauer umfasste Teich auf dem Gelände von »Planten un Blomen«. Die Parkanlage in der Nähe des Dammtorbahnhofs war von Müttern bevölkert, deren Kinder an den Spielgeräten herumhopsten und Wasserkanonen ausprobierten.

»Kollegen, die auf Wasserwerfern fahren, haben denselben Ausdruck im Gesicht wie diese Kinder«, sagte Lina.

»Lenk nicht ab«, erwiderte Che und warf einen Blick auf sein Smartphone.

»Ich bin hochoffiziell Mitglied der Sonderkommission«, sagte Lina.

»Dann stell deine Privatermittlungen ein. Du kannst nicht gegen deine eigenen Leute arbeiten.«

»Hanisch und Emmert halten Informationen zurück«, sagte Lina. »Hanisch faselt von einem Täter aus der Tierschützerszene. Und während wir alle in der Runde dasitzen und herumrätseln und hirnen, klingelt das Handy von Hanisch, und irgendjemand bestätigt ihm, was er denkt. Es stinkt zum Himmel.«

»Unsinn«, sagte Che. »Bestätigt wurde doch nur, dass auch das zweite *Opfer* eine Tierschützerin war. Davon gibt es viele.«

»Die Frau heißt Claudia Planck. Ihre Fingerabdrücke waren in unserer Datenbank. Irgendein Drogendelikt vor Jahren. Sie ist vor einem knappen halben Jahr von der Bildfläche verschwunden.«

Lina hatte im Präsidium sofort die Suchmaschine gefüttert. Claudia Planck hatte sich ehrenamtlich in einem Tierheim engagiert und dort einen »Ausführservice« organisiert. Dafür war sie sogar mit einer Verdiensturkunde belohnt worden.

»Gibt es denn Hinweise darauf, dass sie mit militanten Tierschützern sympathisierte?«, fragte Che.

»Nein. Deren Methoden hat sie in einem Internetbeitrag vehement abgelehnt.«

»Sonst nichts?«

»Interesse am Kochen. Hat mal bei einem Kochshow-Casting mitgemacht, wurde aber nicht genommen«, sagte Lina.

»Ist das alles?«

»Sie betrieb eine eigene Website, auf die sie Rezepte gestellt hat. In vier Kommentaren werden die Rezepte gelobt, in zwei als dilettantisch und verfeinerungsbedürftig bezeichnet.«

»Kein Ehemann oder Freund?«, fragte Che.

»Sie lebte allein. Ihre Mutter hatte sie vermisst gemeldet, als sie von einem abendlichen Spaziergang nicht zurückkehrte und auch auf dem Handy nicht mehr erreichbar war.«

»Hast du mit Freunden oder Verwandten gesprochen?«

»Da komme ich nicht ran. Dazu bräuchte ich die höheren Ermittlungsweihen«, antwortete Lina. »Die Kollegen haben keine Verwandten auftreiben können, und die Mutter ist ein paar Monate nach dem Verschwinden ihrer Tochter, vielleicht vor Kummer, gestorben.«

»Gibt es eventuell Hinweise auf geistige Verwirrung?«, fragte Che.

»Nein«, antwortete Lina. »Bestimmt hätte sie ihre Mutter nicht freiwillig allein gelassen. Nach Aussagen der Nachbarn hatten die beiden ein enges Verhältnis. Sind gemeinsam in Urlaub gefahren. So, wie ihr Körper aussah …«

»Könnte sie auf der Straße gelebt haben?«, fragte Che. »Es gibt Menschen, die von heute auf morgen aussteigen und alle Brücken hinter sich abbrechen.«

»Worauf willst du hinaus?«, fragte Lina.

»Wann ist sie dem Täter begegnet? Wenn er sie sechs Monate gefangen gehalten hat, braucht er ein sicheres Versteck. Niemand darf etwas hören, die Versorgung muss sichergestellt sein, er muss sich darum kümmern. Sechs Monate, Lina!«

»Sie ist zwar seit ihrem Verschwinden total abgemagert, aber ihre Verletzungen passen nicht zu einem Leben auf der Straße. Ein Kollege hat ihr Porträt an die Obdachloseneinrichtungen gefaxt. Niemand dort kennt sie.«

»Und wenn sie ins Ausland gegangen ist?«, fragte Che. »Ich habe vor drei Tagen einen Fernsehbericht über deutsche Obdachlose auf Mallorca gesehen. Die sitzen da und kommen nicht zurück, weil sie kein Geld dafür haben.«

Lina schüttelte den Kopf und zupfte eine Zigarette aus ihrer Schachtel.

»Passt nicht zu dieser Frau.«

Che zuckte ratlos mit den Achseln.

»Und deine Karriere im Supermarkt ist also vorbei?«, fragte er.

»Ich werde es verschmerzen.«

»Zurück auf die Straße also«, sagte Che.

Lina nickte. Doch wenn sie länger darüber nachdachte, kamen ihr Zweifel. Die immer gleichen Berichte zu schreiben, sich mit Parksündern zu streiten, Demente einzusammeln und Betrunkene in die Notaufnahme zu fahren war auf Dauer unbefriedigend. Erschwerend hinzu kamen die Hierarchiekämpfe, die es auch in den Streifenwagen und auf der Wache gab. Ganz zu schweigen von einigen Kollegen, deren Machogehabe bei gleichzeitigem Spießertum ihr gewaltig auf die Nerven ging.

Vielleicht kniete sie sich deshalb so sehr in diese Ermittlungen. Ja, und dann war da noch der Mörder, der nicht aufhören würde zu morden. Sie hatte das eine oder andere Puzzleteil beitragen können. Wirklich weitergekommen waren sie nicht.

»Was Spuren und Motive angeht, steht ihr bei null«, meinte Che.

»Minus null«, sagte Lina. »Wir wissen ja nicht mal, ob es noch mehr Opfer gibt, die auf das Konto des Täters gehen.«

Plötzlich erloschen die Lichter der Parkanlage, und in dem angelegten Teich leuchteten farbige Unterwasserstrahler auf. Die erste Fontäne schoss in die Höhe, Händels Wassermusik begann, und barocke Klänge verzauberten den Park.

Che war überrascht von dieser unerwarteten Darbietung. Von überallher strömten die Menschen herbei, um dem bunten Lichterspiel im Takt der Musik zuzuschauen. Wasserfontänen schossen in die Höhe und bildeten immer neue Bögen.

»Haben wir uns deshalb hier getroffen?«, fragte Che.

Lina schüttelte den Kopf. »Ich hatte keine Ahnung«, sagte sie.

Sie war im Begriff, ein gemeinsames Essen vorzuschlagen, als das Handy sie aus ihren Überlegungen riss.

Sie erkannte seine Stimme sofort wieder. Es war Timo Nölting von der Tierschützergruppe.

»Hallo Lina? Wie wär's mit einem Ausflug nach Lissabon?«, fragte er.

21

Das nette Fräulein sucht Entspannung. Ergötzt sich an den Wasserspielen. Wenn schon. Dein Leben ist kurz …

Er drückte den Rücken durch und lehnte sich an den Felsen. Zehn Meter entfernt befand sich das jetzt geschlossene japanische Teehaus.

Wie oft war er mit dem Jungen hierhergekommen, hatte die im Teich schwimmenden Karpfen gefüttert, war mit ihm hinüber zum Spielplatz geschlendert. Die seltenen Sonntagsspaziergänge mit seiner Tochter waren anders verlaufen, mit ihr war er meistens in den nahen Stadtpark und ein paar Mal an die Elbe gegangen. Seine Erinnerungen daran waren nur noch lose Filmstreifen, wenige eingebrannte Momentaufnahmen, sie ergaben keine zusammenhängenden Geschichten mehr. Eine andere Zeit.

Wenn er aus dem Amt kam, hatte er sich auf den Feierabend gefreut. An den Wochenenden buddelte er im Schrebergarten. Nein, einen grünen Daumen hatte er nicht. Üppig war die Ernte nie. Doch für ein paar Gläser Marmelade, einige Schüsseln Erdbeeren im Frühsommer und Apfelmus im Herbst hatte es gereicht. Und die Blumen, die mochte er. Er erinnerte sich an die Abende, die er mit seiner Frau auf Campingstühlen vor der Laube verbracht hatte. Ein Bier nach getaner Gartenarbeit. Mit Dreck unter den Fingernägeln. Und Freude über die vollen Blüten.

Ob Luca wohl Spaß an der Gartenarbeit gehabt hätte?

Hier im Park war er mit ihm herumgestromert. Der Kleine bekam nicht genug von den Gewächshäusern mit all den exotischen Pflanzen. Wie ausdauernd er die Ameisen beobachtet hatte!

Er zog ein Tuch aus der Tasche und wischte sich den Schweiß von seiner Stirn.

Er hatte sich darauf gefreut, den Jungen aufwachsen zu sehen. Am liebsten hätte er ihn zu sich genommen, doch davon hatte seine Tochter nichts wissen wollen.

»Ist nicht gut für den Jungen. Du bist zu alt, kommst nicht hinterher, wenn der wegrennt«, hatte sie gesagt.

Aber was wusste die schon? Er hatte sich wenigstens um den Kleinen gekümmert. Auch bei den Schulaufgaben hatte er ihm helfen können. Außer bei Englisch. Doch meistens hatte der Junge keine Hilfe nötig gehabt. Ihm war alles leichtgefallen. Er war gern in die Schule gegangen, und das Lernen hatte ihm Spaß gemacht.

Geblieben war ein Grab auf dem Ohlsdorfer Friedhof, das er zweimal in der Woche besuchte. An der Mauer, hinter der die Autos vorbeifuhren. Zur Arbeit, in die Universität oder auf Reisen. All das würde Luca niemals erleben. Er war erst zehn Jahre alt gewesen, als er starb.

Manchmal träumte er, dass der Junge sich aus dem Erdreich grub, durch die Stadt irrte, plötzlich vor ihm stand und sagte: »Aber da bin ich doch! Was machen wir heute, Opa?«

Wenn es mit ihm zu Ende ging, hatte er alles gesehen, geschmeckt und gespürt, was ihm wichtig war. Er würde sich müde hinlegen können. Aber der Junge?

Er dachte an die letzte Wochenendausgabe der Tageszeitung. »Er starb an den Folgen des Lebens«, hatte es in einer Todesanzeige geheißen. Ja, das würde auch für ihn gelten. Doch woran war der Junge gestorben? Was war der wahre Grund für seinen Tod gewesen?

Er sah auf die Uhr. Morgen würde er früh aufstehen und ihm einen Besuch abstatten. Er würde ihm einen Stein mitbringen, den er in einem Mineralienladen gekauft hatte.

Der Junge hatte Steine geliebt. Stundenlang hatte er sie unter die Lupe genommen und in allen Details untersucht.

»Menschen bestehen aus Kohlenstoff«, hatte der Kleine ihm erklärt. »Und aus Kohlenstoff macht man Diamanten. Mit Druck und Hitze. Tief aus der Erde, wo alles noch glüht.«

Nun war es an ihm, aus der Hitze etwas Anständiges zu schmieden.

22

Das ist absurd, Lina!«

Che war aufgesprungen.

»Dort gibt es keinerlei Deckung für dich, keine Kontakte, niemanden, der dir im Notfall helfen kann! Die Sache ist doch komplett faul! Auf was sollte sein Vertrauen in dich sich denn stützen? Der Typ kennt dich doch kaum.«

Lina schwieg und zündete eine Zigarette an.

»Hat er dir wenigstens gesagt, was das in Lissabon werden soll?«

»Ein Treffen europäischer Tierschutzgruppen. Um Erfahrungen auszutauschen. Solche Treffen machen sie anscheinend regelmäßig dort.«

Es war tatsächlich etwas merkwürdig. Doch auch wenn Che sie nicht verstand, sie musste diese Chance wahrnehmen. Schließlich hatte sie diesen Kontakt hergestellt. Wenn sie Sven Emmert jetzt darüber informierte, würde er sie auf der Stelle zurückpfeifen.

Es gab einen Täter, der seine Opfer über Tage oder Wochen gefangen hielt, darum musste sie jeder Fährte folgen.

Lina hatte gelernt, dass Triebtäter in ihrer Kindheit und

Jugend häufig als Tierquäler aufgefallen waren. Einige der sogenannten Pferderipper, die die Tiere nächtens auf den Koppeln heimsuchten, sie schwer verletzten oder töteten, wurden später zu brutalen Mördern.

Menschen mit Mord- und Gewaltfantasien versuchten also zunächst, sie auszuleben, indem sie sich an wehrloseren Tieren vergriffen. Doch wo war hier die Verbindung zu Tierschützern? Warum pochte Hanisch so entschieden auf seine Theorie? Hatte er Informationen von seinem früheren Arbeitgeber, dem Bundeskriminalamt?

»Was hältst du von einem Täter, der die Tierschützer für etwas zur Verantwortung ziehen will?«, fragte sie Che.

»Was sollte das sein?«

»Etwas, was ihm oder vielleicht seinen Eltern passiert ist«, sagte Lina.

»Ein Rachefeldzug?«, fragte Che. »Aus familiären Gründen? Gehen da nicht ein paar Semester Psychologie mit dir durch?«

»Der Vater hat eine Metzgerei, die muss dichtmachen, die Familie gerät in Not, der Sohn will sich dafür rächen.«

Che brach in schallendes Gelächter aus.

»Weil die Vegetarier vor Ort die Macht übernommen haben? Na klar! Klasse, Lina! Wie wär's mit einer veganen Volksrevolution?«

Bei der Vorstellung musste Lina zwar selber schmunzeln, doch so ganz war der Gedanke dennoch nicht von der Hand zu weisen.

»Ein Bauer wird angegriffen, weil er seine Tiere nicht artgerecht hält. Ein Metzger wird der Lebensmittelpanscherei bezichtigt. Wären doch alles mögliche Auslöser.«

»Mit viel Fantasie lassen sich solche Geschichten ohne Ende erfinden«, sagte Che.

»An wen könnten seine Taten adressiert sein?«, fragte Lina.

»An jeden sauber tickenden Menschen. Mit solch einem kranken Typen zur selben Zeit auf diesem Planeten zu leben, das macht mir Angst.«

»Ich weiß nicht«, meinte Lina. »Das Zurichten der Leichen wirkt so überlegt. Und so pedantisch ausgeführt.«

»Eine Botschaft. Einverstanden«, sagte Che. »Aber was ist mit dem Hass, der dahintersteckt? Er hat die Frauen getötet. Und dann wie eine Festspeise drapiert. Was ist mit Kannibalen? Habt ihr schon mal an die gedacht? So wie die Leiche zugerichtet war …«

»Kannibalen?«, fragte Lina.

»Noch nie davon gehört? Ist alles schon da gewesen. Leute haben sich übers Internet gegenseitig zum Geschenk gemacht. Das heißt, ihre Körper. Einander aufessen mit vorheriger Einverständniserklärung.«

»Ich dachte, das gab's nur früher und in anderen Kulturen.«

»Siehst du?«, sagte Che. »Das ist einer der Gründe, warum ich so gern im 21. Jahrhundert lebe.«

»Kannibalen«, wiederholte Lina kopfschüttelnd.

Che versprach, sich derartige Foren einmal näher anzusehen. Brauchbare Ergebnisse dürfe sie allerdings nicht erwarten, weil solche Chatrooms meist »hermetisch« abgeriegelt seien.

»Die lassen sich nicht aushorchen. Sie wissen, dass es abartig ist. Wobei sie damit argumentieren, jeder solle selbst bestimmen, was mit seinem Körper passiert.«

»Es verstößt zumindest gegen die Friedhofsordnung«, sagte Lina.

»Und gegen das Gesetz der Totenruhe.«

»Was soll eigentlich mit dir passieren, Che?«

»Was?«

»Nach deinem Tod.«

»Am besten man verfüttert mich an die Vögel.«

»Ich kann mir nicht vorstellen, dass Meisen und Tauben auf dich Appetit haben«, sagte Lina.

»Aber du könntest so nett sein, die Reste von mir in den Vogelpark zu den Greifvögeln zu bringen.«

»Wie soll das mit der Fütterung funktionieren?«, sagte Lina. »Die Leute im Park bekommen einen Schock fürs Leben.«

»Da fällt dir schon was ein«, meinte Che. »Und was ist mit dir?«

»Viel einfacher«, antwortete Lina. »Ich möchte verbrannt werden, und dann ab mit der Urne ins Weinregal. So zwischen Bordeaux und Pinot Noir.«

»Oh Gott«, stöhnte Che.

Lina versprach, die Reise nach Lissabon zu überdenken. Che versicherte, dass er ihr die Freundschaft aufkündigen würde, wenn sie doch flog.

Zum Abschied umarmte sie ihn. Che wurde ganz starr vor Schreck.

*

Eine knappe Stunde später war Lina bei sich zu Hause. Sie nahm eine Flasche Wein aus dem Küchenregal und öffnete sie. Der Korken zerbröselte, und sie stieß ihn mit dem Stiel eines Kochlöffels in die Flasche. Sie begriff nicht, warum so viele Weinabfüller Drehverschlüsse verweigerten. Eine Flasche Wein für Dreineunundneunzig würde eh niemand im Keller lagern.

Draußen rollte der abendliche Verkehr durch die Hoheluftchaussee.

Sie hatte sich eine Portion gebratener Nudeln aus dem Imbiss mitgenommen. »Wo Pistole?«, hatte die thailändische Bedienung gefragt, den Zeigefinger ausgestreckt und neckisch auf die Neonröhre an der Decke gezielt. Kichernd war sie in ihren klackernden Holzsandalen hinter dem Tresen verschwunden.

Mit den Stäbchen pickte Lina die Nudeln aus der quadratischen Schachtel und betrachtete den Glückskeks, den die Thailänderin ihr geschenkt hatte.

Vielleicht ließen sich Emmert und Hanisch doch überreden und schickten sie offiziell nach Lissabon. Schließlich hatte Timo Nölting eine Beziehung mit Karen Kreft gehabt. Mit keinem Wort hatte er Bedauern über ihren Tod geäußert. Entweder war er übervorsichtig oder kalt wie eine Hundeschnauze. Ob er wusste, wie seine ehemalige Freundin gestorben war? Doch als perversen Mörder konnte sie sich Nölting nicht vorstellen. Andererseits hatte sie sich schon einmal getäuscht, als es um ihre eigene Schwester gegangen war. Auf ihre Intuition war also nicht unbedingt Verlass.

Sie tauchte den Rest der Nudeln in die süßsaure Soße und schob sie sich in den Mund. Sie leerte ihr Glas Wein mit einem Zug und stellte die Flasche dann zurück in die Küche. Klar bleiben. Nicht alkoholisiert abdriften. Sie hatte eine Aufgabe übernommen, und nun zog sie das auch durch. Sie musste lernen, nicht sofort an die vorderste Front zu stürmen, wenn es in die Schlacht ging.

Sie biss in den Glückskeks und zog den Zettel zwischen ihren Zähnen hervor:

»Der kluge Falke versteckt seine Krallen.«

Sie streifte sich die Schuhe von den Füßen, als ihr Handy klingelte. Bestimmt Che, der unter irgendeinem Vorwand hören wollte, ob sie gut angekommen war.

»Ich bin noch am Leben«, sagte sie und bereute sofort, keinen Blick auf das Display geworfen zu haben.

»Das will ich doch hoffen«, sagte Timo Nölting. »Unsere Lissabonpläne«, sagte er, machte eine theatralische Pause und stieß die Luft aus. Lina unterdrückte den Impuls, zu schnell nachzufragen.

»Also die Lissabonreise, von der ich dir erzählt habe, du erinnerst dich?«

»Natürlich«, antwortete Lina. »Was ist damit? Wurde sie verschoben?«

»Kann man so sagen.«

»Na, dann habe ich ja noch mehr Zeit, mir das zu überlegen. Ich weiß nämlich nicht, ob das eine so gute Idee ist. Ich kenne die Leute dort doch gar nicht.«

»Nein«, sagte er, »mehr Zeit zum Überlegen hast du leider nicht.«

»Was soll das heißen?«

»Dass wir morgen fliegen.«

»Morgen?«

»Morgen. Die Tickets sind schon gebucht. Du musst nur noch deinen Koffer packen.«

»So schnell geht das nicht. Ich habe einen Job, muss Leuten Bescheid geben. Wie stellst du dir das vor?«

»Komm schon, Lina«, sagte er. »Bist du dabei?«

23

Sören Hanisch zupfte seine Krawatte zurecht.

»Wir sind spät dran«, rief seine Frau und steckte den Kopf durch die Tür. »Ich weiß, dass du dieses Dinner-Theater hasst.«

»Drittklassig«, schimpfte er. »Irgendein abgehalfterter Schauspieler, der wegen seiner Sauferei im Fernsehen nichts mehr reißt, liest mit dünner Stimme irgendeinen Scheiß vom Blatt ab. Und dazu wird uns mieses italienisches Essen serviert. Ich hoffe, mich erkennt keiner.«

»Wir sind immerhin mit Freunden verabredet!«, sagte seine Frau und verschwand kopfschüttelnd aus der Tür.

»Ich könnte mit Verdacht auf Lungenentzündung im Bett liegen. Oder ich wurde in die Rechtsmedizin gerufen«, rief er ihr nach.

»Warum in die Rechtsmedizin?«, kam es zurück.

»Keine Ahnung«, sagte er. »Klingt wichtig. Ich könnte am Telefon sagen, wie schnell man den Leichengeruch annimmt. Besonders, wenn sie eine Weile im Wasser oder neben einer Heizung herumgelegen haben. Leichenwachs ist ein schönes Thema bei einem Dinner.«

Hanisch hatte keine Ahnung, ob seine Frau das alles gehört hatte.

Idiotische Belanglosigkeiten standen ihm bevor. Carsten würde pausenlos über seine gut gehende physiotherapeutische Praxis schwadronieren. Antje würde zum tausendsten Mal erläutern, wie man mit wenig Geld und viel Mut von der Betreiberin einer Coffee-Bar zur Chefin von sage und schreibe vier Cafés wurde. Dabei waren ihre Cafés geschmacklos eingerichtete Karnickelställe. Und zum tausendsten Mal würde sie ihnen ihre Pläne auftischen, mit denen sie dem Mangel an Coffeeshops entlang der deutschen Nordseeküste zu Leibe rücken wollte.

Coffeeshops! Für ihn würden die Zeiten einer echten Ernte anbrechen. Alles war vorbereitet. Die Informationen, die hereinschneien würden, waren ein nettes Mitbringsel für seine neuen Chefs. Sie würden helfen, einen modrigen Sumpf trockenzulegen.

Sein Handy läutete.

»Fortschritte?«, fragte die Stimme am anderen Ende der Leitung.

»Wir haben die Hälfte der Strecke hinter uns gebracht«, antwortete Hanisch.

»Was machen wir mit Emmert?«

»Der ist beschäftigt. Schnüffelt im Umkreis von Claudia Planck herum.«

»Sehr gut. Kann nicht schaden, wenn wir uns von zwei Seiten nähern. Es ist doch klar, dass wir … nun …«

»Ja?«

»Dass wir eine kleine Zeitspanne verstreichen lassen müssen, wenn das hier vorbei ist.«

Hanisch zuckte zusammen. »Zeitspanne?«, wiederholte er.

»Ein paar Monate. Wir wollen ja nicht, dass irgendetwas unappetitlich aussieht.«

Als seine Frau ihren Kopf wieder zur Tür hereinsteckte, deutete er mit einer Geste an, ein wichtiges Gespräch zu führen, und sie möge noch einen Augenblick warten. Sie verdrehte die Augen und zog die Tür hinter sich zu.

»Wir besprechen das«, sagte Hanisch ins Handy. »Aber da wäre noch etwas.«

»Was denn?«

»Der Polizeiapparat sitzt mir im Nacken, und wenn die Öffentlichkeit mitbekommt …«

»Undichte Stellen in Ihrem Laden?«

»Hören Sie!«, sagte Hanisch. »So etwas können wir auf Dauer nicht verschweigen. Es gibt etliche Polizisten, die was gesehen haben. Mitarbeiter der Rechtsmedizin, die

Leute von der Spurensicherung ... Ich kann nicht für alle die Hand ins Feuer legen. Ausgeschlossen.«

Der Gesprächspartner am anderen Ende schwieg. Dann sagte er: »Das wäre nicht gut.«

»Was soll das heißen?«

»Ich meine Ihre Bewerbungsunterlagen. Noch haben Sie den Job nicht, wir verstehen uns doch? Es gibt nur einen Kandidaten. Und nur eine Bewerbung. Aber es bleibt eine Bewerbung.«

24

Lina verbrachte den Vormittag damit, weiter nach einer Verbindung zwischen den beiden ermordeten Frauen zu forschen. Sie glich Vereinslisten ab, telefonierte mit dem Einwohnermeldeamt, mit Arbeitgebern und Nachbarn. Nichts.

Ihr Blick wanderte immer wieder zu dem Rollkoffer, den sie neben ihrem Schreibtisch abgestellt hatte. Der Flug ging am Nachmittag, und noch immer hatte sie nicht entschieden, ob sie mitfliegen würde.

Sven Emmert steckte die Nase in ihr Büro, sah ihren überfüllten Schreibtisch und erkundigte sich nach eventuellen Fortschritten. Da er keine Antwort erhielt, zuckte er die Achseln und verschwand wieder.

Hanisch hatte sich den ganzen Tag noch nicht blicken lassen, und ihre Kollegen an den Nebentischen arbeiteten konzentriert und schweigend vor sich hin.

Lina nahm eine Telefonliste zur Hand.

»Was ist mit dem Gutachten der Rechtsmediziner?«, fragte sie Thorsten Fincke.

Der wühlte in Aktenbergen, die sich auf einem Rollwagen neben seinem Arbeitsplatz türmten.

»Hat der Chef«, sagte er dann, ohne aufzublicken.

»Ob ich mit dem Pathologen sprechen könnte?«, fragte Lina. »Ich hätte da ein paar etwas speziellere Fragen.«

Thorsten Fincke sah sie an: »Müssen wir mit Hanisch abklären. Eigenmächtigkeiten kann er nicht leiden. Ist und bleibt ein Kontrollfreak, der alle Fäden in der Hand behalten muss.«

»Soll ich einen Antrag stellen?«, fragte Lina.

Anstelle einer Antwort schlug Fincke einen Ordner auf und studierte angestrengt das Inhaltsverzeichnis.

*

Zwei Stunden später ging sie, ihren Trolley hinter sich herziehend, auf Timo Nölting zu. Der winkte ihr schon von Weitem zu, er wirkte erleichtert. Heute trug er einen Anzug, der ihm ausgezeichnet stand.

Sie gingen zum Schalter der Portugiesischen TAP.

Nölting reichte der zuständigen Frau einen Computerausdruck mit einer Reservierungsnummer. Als er die Hunderter auf den Tisch legte, zupfte sie an ihrem orangefarbenen Schal und meinte: »Bitte mit Kreditkarte zahlen.«

»Tut mir leid, die wurde mir gestohlen«, antwortete Nölting.

Sie seufzte, zählte die neun Hunderter ab und nahm aus einem Portemonnaie, das sie aus ihrer Handtasche zog, das Wechselgeld heraus.

»Jetzt brauche ich bitte Ihre Ausweise, sagte sie.

Lina und Nölting schoben ihre Pässe der Dame zu.

Die Frau scannte die Papiere ein und gab sie ihnen zurück.

»15 Uhr, Gate 18. Ich wünsche Ihnen einen angenehmen Flug. Ihr Gepäck geben Sie bitte dort drüben am Schalter 24 auf.«

Mit einer Handbewegung wies sie zum Check-in und wandte sich dann sofort wieder ihrem Bildschirm zu.

Timo wirkte im Anzug wie ein Geschäftsmann. Eine taubenblaue Krawatte und der Koffer von Samsonite unterstrichen seine seriöse Ausstrahlung.

»Hätte ich mir besser ein Kostüm anziehen sollen?«, fragte Lina, als sie mit ihrem Handgepäck die Sicherheitskontrollen passierten.

Nölting lächelte sie nur schweigend an.

Als Lina die Sicherheitsschranke passierte, leuchtete ein rotes Lämpchen auf. Sie hatte vergessen, einen Kugelschreiber aus ihrer Jeansjacke zu nehmen.

Die Securitydame bat sie, ihre Schuhe auszuziehen, legte sie in eine der Plastikschalen und ließ sie separat durch das Röntgengerät laufen.

Zehn Minuten später warteten sie mit den anderen Passagieren am Gate.

Timo las in einer Zeitschrift, und Lina nutzte die Zeit, um die anderen Passagiere zu beobachten. Schließlich war es nicht ausgeschlossen, dass noch mehr Teilnehmer der Tierschützerkonferenz unter ihnen waren.

Die meisten Leute waren Männer, Lina zählte nur vier Frauen. Ein Mann sprach mit seinem Begleiter in einer skandinavischen Sprache, zwei arabisch aussehende Männer tippten in Notebooks auf ihrem Schoß. Einige blätterten in Papieren, die sie auf ihre Aktenkoffer gelegt hatten, einer saß mit geschlossenen Augen in seinem Schalensitz. Ansonsten schien es sich bei den Wartenden hauptsächlich um portugiesische Geschäftsleute zu handeln, auf Lina wirkten sie jedenfalls nicht wie Leute aus der Tierschützerszene.

Allerdings, dachte sie, hätte ich bei Timo Nölting auch danebengelegen. Seine Gesichtsfarbe noch einen Tick grauer, dazu ein müderer Ausdruck, und seine Tarnung wäre perfekt gewesen.

Ein korpulenter Mann trat nervös von einem Bein auf das andere. Immer wieder blickte er auf die Uhr, fummelte in seiner Hemdtasche herum, zog die Bordkarten heraus, verglich sie mit der über dem Schalter leuchtenden Flugnummer und steckte sie wieder ein.

»Du wirkst so, als wärst du in einem Flugzeug geboren worden«, versuchte Lina ein Gespräch zu beginnen. Timo nickte nur gelangweilt. Seltsames Benehmen, dachte Lina. Sie hatte ihn bereits zweimal gefragt, warum er ausgerechnet sie darum gebeten hatte mitzukommen, hatte aber keine Antwort bekommen. Diese Art der Geheimnistuerei gehörte also offenbar mit zum Spiel.

Als sie zum Einsteigen aufgerufen wurden, schien es Lina, als hätte der korpulente nervöse Mann Timo einen vielsagenden Blick zugeworfen. Vielleicht war es aber auch nichts weiter als ein nervöses Augenzucken gewesen. Dem Mann perlte der Schweiß von der Stirn.

Timo nickte kurz in die Richtung des Mannes, auf den nun seine Frau einredete, und sagte dann zu Lina: »Die arme Sau hat Flugangst.«

*

Knapp vier Stunden später landete die Maschine auf dem »Aeroporto Lisboa Portela«.

Als Lina die Gangway hinunterstieg, wehte ihr eine frische Atlantikbrise ins Gesicht.

Eine meterhohe Tafel zeigte die Flugverbindungen an, die von Lissabon aus nach Afrika und Asien führten. Besonders zahlreich waren die Ziele in die ehemalige Kolonie Brasilien.

»Es riecht schon ein wenig nach Südamerika«, sagte Timo, als hätte er Linas Gedanken gelesen.

»Wir sollten weiterreisen«, meinte Lina.

»Einverstanden. Hast du genug Geld dabei? Badesachen kaufen wir uns dann am Kiosk.«

Nachdem sie ihre Koffer vom Laufband genommen hatten, dirigierte Timo Lina zu einem Seitenflur. Hier waren die Schalter der Autovermieter untergebracht.

»Ich denke, wir …«

»Einen Moment«, sagte Timo und stellte sich in die Schlange vor »CarDelMar«.

»Aber wozu brauchen wir ein Auto?«

»Ist eine feine Sache«, sagte er. »Wir können ans Meer fahren. Oder zum westlichsten Punkt Europas. Oder vielleicht runter an die Algarve.«

Lina bemerkte, dass Timo aufmerksam beobachtete, wer nach ihnen noch aus der Flughalle kam. Nach etlichen Minuten, in denen sich die Schlange keinen Zentimeter weiterbewegt hatte, sagte er unvermittelt: »Du hast recht. Wir brauchen kein Auto.«

»Du wolltest nur sehen, ob uns jemand gefolgt ist, oder?«

Er grinste sie verschwörerisch an und deutete zum Hauptausgang, in dessen Nähe die Stadtbusse abfuhren.

Timo ging zielstrebig zu einem Taxi und hielt Lina die Tür auf. Er stieg hinter ihr ein und nannte dem Fahrer ein Ziel, das Lina nicht verstand.

Sie hasste es, herumdirigiert zu werden. In Hamburg war ihr das Ganze noch mehr wie ein Spiel vorgekommen.

Sie hatte Che eine SMS geschickt, dass sie doch mit nach Lissabon fliegen werde, es gehe nicht anders, sie werde ihm später alles erklären.

Emmert und Hanisch würde sie eine Notlüge auftischen müssen.

Wenn die Sache schiefging, würde sie eben wieder Streife fahren. Sie konnte diese Gelegenheit einfach nicht ungenutzt lassen.

Das Fünfsternehotel »Corinthia Lissabon« lag im Zentrum der Stadt.

Lina wusste, dass es in Lissabon eine Ober- und eine Unterstadt gab. Sie waren durch einen gusseisernen Fahrstuhl miteinander verbunden, den ein Lehrling von Gustave Eiffel gebaut hatte.

Durch die Gassen schlängelte sich eine antike Straßenbahn. Kreischend nahm sie die Steigungen dicht an den Häuserfassaden entlang. Die Reise zur »alten Lady Lissabon« war irgendwie auch eine Reise in die Vergangenheit.

Ein gewaltiger Stau verstopfte die Innenstadt. Keiner in Lissabon hätte noch vor nicht allzu langer Zeit geahnt, was einmal an Verkehr auf die Stadt zurollen würde.

Das Taxi hielt, fuhr wieder an, schob sich im Strom der anderen Fahrzeuge schließlich auf einen Platz zu und bog in eine Seitenstraße ab.

Die Fassaden der Altstadt waren heruntergekommen und offensichtlich seit Jahrzehnten nicht saniert worden. Lina ließ sich vereinnahmen vom melancholischen Charme der Stadt.

Der Verkehrsstau schien niemanden groß aufzuregen. Die Leute wirkten sehr gelassen. Vereinzelt hielten am Straßenrand sitzende Bettler den vorbeigehenden Passanten ihre Pappbecher entgegen. Ein Touristenbus bahnte sich seinen Weg an ihnen vorbei.

Für kurze Zeit vergaß Lina, warum sie hier waren.

Schließlich hielten sie vor dem Eingang des noblen Hotels. Ein Page sprang auf das Taxi zu und öffnete ihnen die Tür.

»Ist beeindruckend, oder?«, meinte Timo. »Warst du jemals zuvor hier?«

»Beim letzten Versuch bin ich nur bis Marseille gekommen«, murmelte Lina und folgte Timo ins Foyer. Selbstverständlich würde sie ihm nicht von Che erzählen.

»Ihr scheint ja recht gut bei Kasse zu sein«, sagte sie und deutete auf die Kristallleuchter und die marmorne Rezeption.

»Wen meinst du mit *ihr*?«, fragte Nölting.

Dann zeigte er auf eine Hinweistafel mit verschiedenen Begriffen und Pfeilen.

»Dort geht's zum Wellnessbereich«, sagte er. »Sauna, Kraftraum, Pool, Massagen. Alles, was Herz und Körper begehren. Alles im zweiten Stock.«

»Passt dieser Luxus denn zu den Zielen der Tierschützer? Könnte man das Geld …«

»Passt hervorragend«, unterbrach Nölting sie. »Außerdem sind wir deutsche Geschäftsleute, die mit einer Druckerei verhandeln.«

Lina hub an etwas zu sagen, doch Timo unterbrach sie schon wieder: »Ist ein Sonderangebot. Kostet nur 80 Euro die Nacht. Ist dein moralischer Anspruch damit befriedigt?«

»Um den mach dir mal keine Sorgen.«

»Außerdem schlafen wir im Doppelzimmer, das spart Kosten.«

»Na dann wünsche ich dir eine gute Nacht auf dem Sofa«, sagte Lina.

Ihr Zimmer im zweiten Stock war in einem vornehmen Grau gehalten. Das Panoramafenster eröffnete einen fantastischen Blick auf die Stadt.

»Auspacken können wir später«, sagte Nölting. »Jetzt ist erst mal Essenszeit.«

Er schlug ein Restaurant vor, in dem es hervorragende Venusmuscheln und eine einzigartige Suppe nach Alentejo-Art gebe.

»Falls du Fleisch bestellst, werde ich nicht petzen«, fügte er hinzu. »Das gehört zur Tarnung.«

»Werden wir denn nicht erwartet?«, fragte Lina.

»Doch«, antwortete Timo. »Lissabon erwartet uns. Bist du eigentlich immer so verbissen?«

Eine halbe Stunde später verließen sie das Hotel. Lina hatte sich an der Rezeption einen Stadtplan geben lassen und dafür ein mitleidiges Lächeln von Timo geerntet.

»Das wird lustig«, sagte er und tippte auf die Karte. »Die Straßen liegen auf verschiedenen Ebenen. Bei einigen wechselt der Name alle paar Meter. Mal abgesehen davon, dass du für den Plan da eine Lupe brauchst.«

Er hüpfte ein paar Schritte voraus, drehte sich dann zu Lina um und meinte gut gelaunt: »Auf ins Abenteuer!«

»Wird dieses Treffen überhaupt stattfinden?«

»Eine gute Idee«, sagte Timo und hakte sich bei ihr unter.

»Was?«, fragte sie.

»Dass ich dich hierhergelockt haben könnte, mit einem vermeintlichen Treffen obskurer Leute.«

»Wäre das denn so abwegig?«

»Heute erkunden wir diese tolle Stadt, Lina. Das Leben ist kurz, und niemand weiß, was die nächste Stunde bringt. Ein wenig Genuss hat noch niemandem geschadet.«

Sie überquerten einen Platz, auf dem sich zwischen Wasserfontänen eine eiserne Schlange wand. Über den Gassen hingen Lampions, und in den kleinen Imbissbuden wurden vorwiegend chinesische Spezialitäten und Sushi angeboten.

Timo zeigte auf die Geschäfte am Straßenrand, auf denen neben lateinischen Buchstaben auch asiatische Schriftzeichen zu finden waren.

»Lissabons Chinatown«, sagte er mit Verschwörerstimme. »Unter uns die Opiumhöhlen, in den Hinterzimmern illegale Spielsalons, und in den feuchten Kellern werden chinesische Pilze gezüchtet.«

Das Restaurant in der Nähe des Hafens, das Timo empfohlen hatte, befand sich in einem heruntergekommenen Eckhaus. Die Tische auf dem gepflasterten Vorplatz waren fast alle besetzt.

Im Kontrast zu dem Gebäude trugen die Kellner elegante Jacketts und Handschuhe. Die Handschuhe waren Lina auch bei den Stewardessen der portugiesischen Fluglinie schon aufgefallen.

Ob im Hotelfoyer, im Restaurant oder in den Straßencafés – überall gab es eine beachtliche Menge an Personal. Auch in den Obst- und Gemüseläden, an denen sie vorbeigekommen waren, beschäftigten sich meistens mehrere Männer mit den Auslagen oder schleppten Säcke und Kisten mit Waren von hier nach dort. Trotz aller Betriebsamkeit wirkten die Leute gelassen, ruhig. Leere Geschäfte und hektische Verkäuferinnen oder Verkäufer wie in Deutschland gab es hier nicht.

Ein Kellner legte ihnen Speisekarten auf den Tisch und fragte, ob sie einen Aperitif wünschten. Bevor Lina etwas antworten konnte, bestellte Timo trockenen Portwein.

»Der Laden hier ist ein Geheimtipp!«, sagte er. »Ist angeblich seit über hundert Jahren im Familienbesitz.«

Der Kellner servierte den Portwein und nahm ihre Bestellung auf. Lina nahm gebratenen Heilbutt, Timo entschied sich für einen Calamari-Garnelen-Spieß.

»Dieses Restaurant ist berühmt für seinen Fisch. Außerdem verwenden sie hier ein grandioses Olivenöl.«

Lina nippte an ihrem Glas. Nein, sie hätte den Portwein nicht von einem Sherry unterscheiden können. Vielleicht schmeckte er eine Spur mehr nach Brandy. Auch schien der Alkoholgehalt höher zu sein.

Da saß sie nun in einem malerischen Altstadtrestaurant am Hafen von Lissabon und wurde von einem behandschuhten Kellner bedient! Das Essen war hervorragend. Der frische Atlantikwind wehte ihr ins Gesicht, dennoch gaben die Mauern und Straßen auch jetzt am Abend noch genug Wärme ab.

»Saúde!«, sagte Timo und hob sein Glas.

Lina prostete ihm zu.

»Warst du auch mit Karen hier?«, fragte sie.

»Wie romantisch!«, sagte er. »Kannst du auch mal entspannen? Das Leben ist hart genug.«

Lina unterdrückte ein Lachen. Wenn er wüsste, was sie in den letzten Tagen gesehen hatte, wäre dieser Spruch ihm nicht so leicht über die Lippen gekommen. Immer wieder sah sie die toten Körper vor sich, denen der Täter jede Würde genommen hatte.

»Warum bist du dabei?«, fragte sie ihn. »Ich meine, beim Tierschutz.«

Timo schickte einen theatralischen Blick zum Himmel.

»Weil ich dich mag«, sagte er. »Meinst du wirklich, wir sollten den Abend mit langweiligen politischen Themen verbringen? Manchmal tut es gut, das alles mal zu vergessen.«

Lina bemerkte ein Flattern seiner Augenlider. Sie hatte ohnehin nicht angenommen, dass er in der Stimmung für irgendwelche ernsthafteren Erklärungen war.

Zwei Afrikaner boten ihr Modeschmuck an und nannten einen Sonderpreis, den sie ihr wegen ihrer schönen Haare machen würden. Sie trugen Kaftane und schwere, vergoldete Uhren.

Kurz danach trat ein Mann mit sonnengegerbtem Gesicht und schwieligen Händen an ihren Tisch heran und bat um etwas Kleingeld für Essen. Als Timo den Kopf schüttelte, begann er in einem Gemisch aus Portugiesisch mit deutschen und englischen Brocken seine Familiengeschichte zu erzählen. Lina drückte dem Mann ein Geldstück in die Hand, das er mit einem sparsamen Nicken annahm.

Timo bezahlte die Rechnung und kündigte den »vorläufigen Höhepunkt des Abends« an.

»Ich bin hundemüde«, wandte Lina ein.

Che hatte sich noch nicht bei ihr gemeldet. Wahrscheinlich schmollte er, weil sie seinen eindringlichen Rat ignoriert hatte. Aber hatte sie ihr Handy nach dem Flug überhaupt schon wieder eingeschaltet?

»Dauert auch nicht lange«, sagte Timo. Mit einem Taxi fuhren sie an einer der Straßenbahnen vorbei, die zwischen Ober- und Unterstadt pendelte.

Mitten in der Alfama stiegen sie aus. Timo führte sie zu einem prächtigen Hauseingang und zeigte auf ein Schild.

»Bitte warten Sie, bis der Kellner Ihnen einen Platz zuweist«, stand da gleich in mehreren Sprachen, und darunter: »Portweininstitut«. Die Möglichkeit zu klingeln oder anzuklopfen gab es hier nicht.

Nach kurzer Zeit holte ein übel gelaunter älterer Kellner sie ab. Ihm war anzusehen, dass er längst Feierabend machen wollte.

Der mit weißen Ledersofas und Glastischen möblierte Raum hatte grüne Wände und war mit ebenfalls grünem Teppichboden ausgelegt. Bis an die Decke reichende Regale waren mit Portweinflaschen gefüllt.

»Beeindruckend«, staunte Lina.

Drei Kellner in schwarzen Jacken waren in ein angeregtes Gespräch vertieft. Endlich erbarmte sich einer von ihnen und legte Lina und Timo eine dicke Getränkekarte auf den Tisch.

Es war Lina unmöglich, sich auch nur halbwegs einen Überblick zu verschaffen, deshalb bat sie Timo auszuwählen.

Ein weißhaariger Kellner humpelte heran und brachte ihnen auf einem silbernen Tablett zwei randvolle Gläser. Die Flasche bekamen sie ebenfalls dazu präsentiert. Unwillkürlich musste Lina an Freddie Frinton aus »Dinner for One« denken.

»Unfassbar, für diese Show müssten sie Eintritt verlangen«, meinte Timo.

»Zumindest haben wir noch kein fliegendes Messer abbekommen.«

»Wart's ab«, gab er zurück.

Vier Personen betraten das Lokal. Sie wurden umgehend von einem Kellner zurück zur Eingangstür geleitet, sie hätten bitte zu warten, ob sie das Schild denn nicht gesehen hätten. Betroffen warteten die vier Leute am Eingang, bis sie ein anderer Kellner mit ausholender Geste zu einem Tisch führte.

*

Lina wurde durch lautes Klopfen an der Zimmertür geweckt.

Sie schob die Bettdecke weg und berührte dabei Timos Arm. Nicht auch das noch!, dachte sie und versuchte fieberhaft, sich zu erinnern, ob sie mit ihm geschlafen hatte.

Wieder klopfte es laut an der Tür.

Sie erinnerte sich an die kuriosen Kellner und an ein viertes Glas Portwein. Dann riss der Faden ab. Blackout. Nicht die geringste Erinnerung daran, wie sie ins Hotel zurückgekommen waren.

Erneutes Klopfen.

Lina stieg aus dem Bett und öffnete die Tür. Vor ihr stand ein Page mit einem Tablett in der Hand.

»Important message«, sagte er und streckte ihr einen braunen Briefumschlag entgegen.

»For me?«, fragte sie überrascht.

Nur Che wusste, dass sie in Lissabon war. Den Namen des Hotels allerdings wusste er nicht.

»Are you sure?«

»Lina Andersen«, sagte er und nickte ungeduldig.

Lina nahm ihm den Umschlag aus der Hand und schloss die Tür hinter ihm.

Kein Zweifel, auf dem Kuvert stand ihr Name.

Sie warf einen Blick auf Timo im Bett, doch der drehte sich auf die Seite und schien von alldem nichts mitbekommen zu haben.

Sie öffnete den Umschlag und zog ein Foto heraus, das offenbar aus einem Auto heraus aufgenommen worden war. Man sah ein Café, in dem zwei ins Gespräch vertiefte Männer an einem Tisch saßen. Trotz der Sonnenbrillen, die die Männer trugen, erkannte Lina sie sofort: Es waren Sören Hanisch und Timo Nölting.

Auf dem Umschlag stand kein Absender. Auch die Rückseite des Fotos war unbeschriftet.

Konnte Emmert ihr das Foto geschickt haben? Durch einen Boten? Unsinn, der wusste doch nicht mal, dass sie hier war.

Che schied aus. Denn er hätte mit Sicherheit eine Nachricht beigefügt. Wer blieb also? Es musste jemand sein, den Timo informiert hatte. Jemand aus der Tierschützerszene? Sollte dieses Foto eine Warnung sein? Vor einem Polizeispitzel?

Das alles ergab für Lina keinen Sinn.

Lina sah wieder zum Bett. Timo Nölting rührte sich nicht.

Auf der Toilette fotografierte sie das Foto mit dem Handy ab und schickte es Che.

»Bitte schau, was du dazu rausfinden kannst«, schrieb sie ihm und fügte hinzu: »Hier ist alles OK. Keine Schwierigkeiten.«

Dabei war nichts in Ordnung. Sie hatte zu viel getrunken. Hatte die Kontrolle verloren. War zu allem Überfluss mit Nölting ins Bett gestiegen. Was sonst noch passiert war und was sie Nölting womöglich alles erzählt hatte, verschmolz ebenfalls mit dem Rausch der vergangenen Nacht.

Als sie die Toilettentür öffnete, torkelte Timo schlaftrunken auf sie zu, küsste sie auf die Stirn und verschwand ins Bad.

Lina verstaute das Foto im Futter ihres Koffers.

25

Zuerst Prag, und nun also Lissabon. Warum nicht? Er mochte sich gern auf Neues einstellen und gleichzeitig alles überblicken.

Er war ein Schatten. Immer zugegen, hatte er nichts Wichtigeres zu tun, als den Kontakt nicht abreißen zu lassen. Und ihm auch nicht zu nahe zu kommen. Alles war gut, wenn er die Spielregeln bestimmte.

Er sah der Straßenbahn nach, die quietschend in eine Gasse rumpelte.

Ein silbern bemalter Straßenkünstler verharrte starr auf seiner Kiste und nickte mechanisch immer dann, wenn ein Geldstück auf seinen Teller gelegt wurde. Kinder hopsten um den Mann herum.

Ein paar Meter weiter spielte jemand Rockballaden auf einer Gitarre. Zwei Mädchen in Wildlederröcken saßen neben dem Gitarristen und beobachteten gleichmütig die vorbeiflanierenden Touristen.

Auch in Lissabon musste er die falschen Fährten legen. Hier musste das alles jedenfalls spektakulärer und »frischer« ablaufen.

Ja, Lina, auch du sollst deinen Spaß haben!, dachte er.

Vor dem Theater machte die Straße einen Bogen, der ihn auf einen Prachtboulevard führte. Teure Boutiquen reihten sich neben Schmuckläden und Nobelkaufhäusern.

Schließlich fand er, was er gesucht hatte: das Geschäft »Ulisses«, in dem Handschuhe aus Lammleder angefertigt wurden. Es bestand aus einem winzigen Raum mit einem Ladentisch, vor dem höchstens drei Kunden Platz fanden. Dahinter sah man einen Flur, in dem sich Kartons stapelten.

Er sog den Geruch von gegerbtem Leder ein. Aus der Dunkelheit des Flures kam eine Frau hervor und fragte ihn nach seinen Wünschen.

Nachdem er auf Englisch nach schwarzen Handschuhen gefragt hatte, nahm die Verkäuferin seine rechte Hand und murmelte eine Zahl. Dann zog sie einen Karton hervor.

Sie fuhr mit einem Holzgerät in die Finger des Handschuhs, weitete sie, gab dann ein Puder hinein und bat ihn, seine Ellenbogen auf ein Samtkissen zu legen. Die Handschuhe passten auf Anhieb.

Als er wieder auf die Straße trat, betrachtete er die Papiertüte mit den in Seidenpapier eingewickelten Handschuhen und seufzte. Es war ein Jammer, dass er das Innere der edlen Stücke mit einem scharfen Desinfektionsmittel würde ruinieren müssen.

Den Schlüssel des Hotelzimmers hatte er gegen Barzahlung entgegengenommen.

Zwei Stockwerke trennten den Schatten von seinem … ja, wie sollte er es nennen? Sein Original?

Dass er nicht gestört werden würde, dafür hatte er gesorgt, er hatte deutlich gemacht, dass er Ruhe wünschte, und das mit einem üppigen Trinkgeld bekräftigt.

Auf dem Platz vor ihm kündete ein Reiterstandbild von vergangenen Eroberungen. Touristen und Einheimische schlenderten ohne Eile über den Platz.

»Wer von euch ist mit mir verabredet?«, murmelte er vor sich hin und sah sich lächelnd um. Er tastete nach der Spritze in seiner Brusttasche, klopfte vorsichtig darauf und bog dann in eine Seitengasse ein. Nur nichts überstürzen. Präzise sein.

Alles lief auf der von ihm festgelegten Zeitschiene.

26

Timo Nölting war gleich nach dem Frühstück weggegangen und kehrte nach zwei Stunden zurück. Eine Erklärung für sein Verschwinden gab er Lina nicht.

»Wie geht's deinem Kopf?«, fragte er sie, als sie das Hotel gemeinsam verließen.

»So als ob jemand darin Stühle verrücken würde«, sagte Lina.

Die beiden Aspirin, die sie geschluckt hatte, konnten dem Pochen in ihrem Kopf nichts anhaben.

Timo sah sie mit einer Miene gespielten schlechten Gewissens an. Vor ihnen rumpelte eine überfüllte Straßenbahn der Linie 28 entlang. Die Glückspilze, die einen Sitzplatz ergattert hatten, schoben lässig ihre Ellenbogen durch die geöffneten Fenster.

»Mit der Linie da kannst du eine sehenswerte Stadtrundfahrt machen«, sagte Timo.

»Wird das hier doch so eine Art Urlaub?«, fragte Lina.

Jetzt gab er also auch noch den Fremdenführer.

Lina hatte Schwierigkeiten, sich zu orientieren. Zu zahlreich und verwirrend waren die Straßen, Gassen und Plätze. Sie hatte keine Ahnung, in welcher Richtung das seltsame Portweininstitut lag oder das Restaurant, in dem sie schon vorher entschieden zu viel Vinho Verde getrunken hatte.

Timo ging mit ihr in eine Konditorei, in der neben diversen Kuchen auch belegte Brötchen in der Vitrine lagen.

»Süß oder herzhaft?«, fragte Timo.

Nach zwei Vanilleschnitten und drei Tassen Espresso stiegen sie in den Vorortzug Richtung Cascais ein.

»Ich hatte nicht vor, mit dir ins Bett zu gehen«, meinte Timo. »Es kam auch für mich überraschend.«

»Überraschend, aha«, wiederholte Lina und sah aus dem Fenster.

Die Bahnlinie verlief neben dem Tejo entlang. Rechts der Gleise reihten sich Mietskasernen aneinander. Die Straßen wirkten verlassen, nur vereinzelt spielten Kinder vor den Häusern.

Auf der Uferseite zogen Betondenkmäler vorbei, die an die großen Zeiten der portugiesischen Seefahrt erinnerten.

»Du weißt, wohin es geht?«, fragte Lina.

»Cascais«, antwortete Timo und spielte auf seinem Smartphone herum.

»Okay, das hatte ich selber schon mitbekommen«, sagte Lina und sah dann wieder schweigend aus dem Fenster.

Vierzig Minuten später stiegen sie am Bahnhof von Cascais, einer blitzsauber wirkenden Kleinstadt, aus.

»Ein Villenvorort«, erklärte Timo knapp. »Übersichtlich, voller Touristen und von Lissabon aus gut zu erreichen. Für unsere Zwecke ideal.«

Lina schien es, als wollte er seine konspirativen Fähigkeiten unter Beweis stellen.

Am Ende der Hauptstraße erstreckten sich zwei jeweils etwa hundert Meter breite und nur durch eine Felsformation voneinander getrennte Strände. Auf Badetüchern und Luftmatratzen sonnten sich einige Touristen. Ins Wasser traute sich wegen der um diese Jahreszeit noch recht kühlen Temperaturen niemand. Zwei einsame Surfer in Neoprenanzügen versuchten weiter draußen im Meer, eine herannahende Welle zu erwischen.

»In einer halben Stunde«, sagte Timo, der keine Anstalten machte, Lina in irgendetwas einzuweihen. Er bemühte sich auch nicht weiter darum, sie aufzumuntern.

Sie warf ihm nichts vor. Sie war es, die sich wie eine Anfängerin verhalten hatte. Nicht nur, dass sie mit ihm ins Bett gegangen war. Dieses Foto, das ein Unbekannter ihr ins Hotel geschickt hatte, verdeutlichte, wie ahnungslos sie war. Arbeitete Nölting als Polizeispitzel? Oder auf eigene Faust?

Sie ließen sich auf der Terrasse eines Cafés oberhalb der Strände nieder. Unten bauten ein paar Männer Tische und Stühle vor der »Bar Praia do Rei« auf.

»Hier soll das Treffen stattfinden?«, fragte Lina verwundert. »In aller Öffentlichkeit?«

»Nicht ganz«, erwiderte Timo.

Er leerte seine Bierflasche in einem Zug und sagte dann: »Na schön. Lina Andersen will in die Schlacht ziehen.«

Auf der Hauptstraße hielten sie ein Taxi an. Timo nannte dem Fahrer eine Adresse. Der Mann nickte. Er fuhr sehr schnell und hielt schließlich vor einer gelben Villa.

Hinter dem schmiedeeisernen Tor gingen sie durch einen Steingarten. Dahinter befand sich eine mit Glasscheiben umbaute Wohnküche.

Um einen großen Holztisch herum saßen an die zwanzig Männer und Frauen. Die jüngsten mochten Anfang zwanzig sein, die ältesten weit über sechzig.

Lina und Timo wurden auf Englisch begrüßt. Lina goss sich auf dem Tisch stehendes Mineralwasser in einen Becher und beschränkte sich auf ein kurzes Nicken. Wahnsinnig geheimnisvoll oder gar subversiv kam ihr das alles hier jedenfalls nicht vor.

Timo warf ihr einen spöttischen Blick zu.

Eine Frau am Kopf der langen Tafel stellte europaweite Tierschutzkampagnen vor, Petitionen wurden verlesen und Mailinglisten erstellt. Als eine Frau mit skandinavischem Akzent die ersten Entwürfe für eine Webseite präsentierte, verließ Lina den Raum.

Sie hatte es geahnt. Das Ganze war eine Sackgasse. Das hier hatte nichts mit militanten Aktionen zu tun. Sie war keinen Schritt weitergekommen. Zwar kannten die Teilnehmenden voneinander nur die Vornamen, die sie, auf Krepppapier geschrieben, an ihren Blusen und Hemden befestigt hatten, aber das war auch schon alles. Plötzlich schoss ihr der Gedanke durch den Kopf, dass man sie vielleicht absichtlich aus Hamburg weggelockt hatte. Nur – warum?

Lina steckte sich eine Zigarette an und machte einen kleinen Spaziergang um die Villa herum. An einer Stelle hielt sie an und lugte durchs Fenster in das Haus hinein. Sie sah in einen großen Raum, in dem ein Flügel stand, daneben ein paar Gitarren und Verstärker. Auch einen riesigen Flatscreen konnte sie erkennen. An den Wänden hingen Schwarz-Weiß-Fotos berühmter Jazzmusiker und -sängerinnen.

Lina stieg die vier Stufen einer Natursteintreppe hinauf und befand sich auf einmal in einem Garten, der von einem großen Swimmingpool dominiert wurde. Aus den Nachbargärten, die wegen der hohen Mauer nicht einzusehen waren, drangen die typischen Sonntagnachmittagsgeräusche herüber: Rasenmäher, elektrische Heckenscheren, zaghafte Klopfgeräusche und Kinderkreischen.

Lina setzte sich auf einen der Liegestühle an den Pool. Wegen dieses Unsinns hatte sich Che Sorgen gemacht. Ihre Tierschützerspur war Unsinn. Mit leeren Händen würde sie nach Hamburg zurückkehren und erklären müssen, wo sie drei Tage gesteckt hatte.

»Lust auf Abenteuer?«, fragte Timo. Er setzte sich neben sie.

»Befreien wir Enten aus den Pools von Cascais?«, fragte Lina.

»Heißt das *ja*?«

»Mit diesen Leuten hier?«, fragte Lina.

»Du hast mich doch gefragt, wer das alles bezahlt, oder?«, sagte Timo.

»Du meinst, die Flugtickets, das Hotel …?«

Timo nickte.

»Und?«, fragte Lina. »Hast du geerbt und greifst jetzt der Bewegung unter die Arme? Oder gibt es einen geheimnisvollen Spender?«

»Ihr«, antwortete Timo.

»Ihr?«, echote Lina.

»Ihr bezahlt das. Hast du deine Waffe dabei?«

Sie fährt mit den Fingerkuppen über den Rand des Taschenspiegels. Vor ein paar Tagen hatte er ihn ihr zusammen mit dem Essen gebracht.

Nein, er kann seine Zuneigung zu mir nicht verbergen, denkt sie.

Immer wieder liegt sie auf der Pritsche, starrt zur Decke und stellt sich das Gesicht vor, das ER hinter der Maske verbirgt.

Gleich mehrere Flaschen Wasser hat er in die Zelle gestellt. Dazu Brotlaibe, Konserven, Käse und eingepackte Wurst. Er müsse ein paar Tage verreisen, hatte er gesagt und ihr über den Kopf gestreichelt.

Sie schaut nach der Asselfamilie. Rodrigo drückt sich an die Kartonwand, und auch die anderen Mitglieder der Krebsfamilie rühren sich kaum.

Der Dosenöffner, den sie auf dem Tablett findet, soll wohl ein Vertrauensbeweis sein. Kein Zweifel. Sie drückt die Klingenspitze gegen den Daumen und kippt sie nach unten. Die Nahrungsmittel muss sie einteilen. Auch die Fruchtgummipackungen, die er ihr hingelegt hat. All das sind Schätze.

Sie steht auf und geht zum Fenster. Kein Lichtstrahl dringt durch die Ritze. Draußen wird sich die Nacht über die Stadt gesenkt haben, denkt sie. Ist sie überhaupt in der Stadt?

Wie sie hierhergekommen ist, weiß sie nicht. Eben noch steigt sie die Treppe zu ihrer Wohnung hinauf, danach verschwindet jede Erinnerung.

Hinter dem Bretterverschlag muss das Fenster sein. Sie schiebt die Klinge des Dosenöffners in eine Ritze und schabt ein paar Holzsplitter heraus. Ihre Asselfamilie wird sich freuen. Vielleicht können sie das Holz fressen oder zumindest ihre Zähnchen daran wetzen.

Sie schiebt die Klinge in den Spalt, spürt, wie Metall auf Metall knirscht, zieht kräftig an dem Dosenöffner und springt zurück. Die Verkleidung kracht auf den Boden. Sie wird geblendet und schließt die Augen für einen Moment. Wie um alles in der Welt soll sie ihm das erklären? Und was ist das für ein grelles Licht? Die Strafe für ihren Ungehorsam?

Mit tränenden Augen tastet sie nach dem heruntergefallenen Brett, verletzt sich an einem Nagel die Hand.

Als sie ihre Augen wieder öffnet, ist ihre Zelle in buntes Licht getaucht. Schnell wechseln die Farben. Von draußen dringen Stimmen zu ihr herein und das Geräusch von einem Auto.

Befindet sie sich auf einer Bühne und wird von Tausenden beobachtet?

Dann erkennt sie es. An der Wand über ihrer Pritsche tanzt ein Mann. Es muss eine Szene aus einem Stummfilm sein. Er tanzt durch einen Saal, die Hand ausgestreckt. Für Sekunden erscheint auch eine blasse Frauenhand im Bild. Er nimmt die Hand und zieht die Frau, deren Gesicht sie nicht erkennen kann, zu sich heran.

Ein Film! Da draußen sieht sich jemand an der Häuserwand einen Film an! Das kann kein Zufall sein. ER hat es vorbereitet. Deshalb der Dosenöffner. Er wollte, dass sie dieses Fenster öffnet. Es ist ein Gruß. Nur für sie. Er öffnet ihr eine neue Welt.

Ein riesiges Auge an der Wand zwinkert ihr zu.

Es ist sein Auge, denkt sie. Er gibt sich zu erkennen. Und nun muss ich mich seiner würdig erweisen.

Dem tanzenden Mann an der Wand fällt eine Haarsträhne in die Stirn. Er strahlt sie an, bis das Bild flackert, noch einmal verschwommen aufleuchtet und schließlich ganz verschwindet.

Die Fensterscheiben sind von einer dicken Staubschicht überzogen. Direkt dahinter sind Gitterstäbe.

Sie nickt dankbar und drückt die heruntergefallenen Bretter wieder in die Nische. Dann reißt sie ein Stück ihres Ärmels ab, beträufelt es mit Wasser und beginnt, die Wand über ihrer Pritsche zu reinigen.

Sie weiß, was er von ihr erwartet.

27

Lina saß an der Hotelbar und bestellte ein Glas trockenen Portwein.

Neben ihr turtelte ein Pärchen. Die Frau warf mit einer übertriebenen Bewegung immer wieder ihren Kopf nach hinten und entblößte eine Reihe ebenmäßiger Zähne.

Gleich nach ihrer Rückkehr aus dem Villenvorort war Timo verschwunden, weil er »etwas zu erledigen« hätte. Das war inzwischen drei Stunden her. Möglich, dass ihm ihre ständigen Fragen auf die Nerven gingen. Er antwortete fast immer mit Gegenfragen oder lenkte durch unverfängliche Themen ab. Was wollte er wirklich hier in Lissabon? Worum ging es ihm?

Er war ihr sympathisch mit seiner jungenhaften spontanen Art, also musste sie erst recht auf der Hut sein.

Das Foto bewies, dass er mit dem Dezernatsleiter Hanisch Kontakt hatte. Und er behauptete, dass ihre Reise zum Tierschützertreffen nach Lissabon von der Polizei finanziert wurde. Ihre Frage, ob er als V-Mann arbeite, hatte er nur mit einem Lachen quittiert.

Lina zog ihr Handy aus der Tasche und wählte Ches Nummer.

Nach viermaligem Klingeln meldete er sich: »Was willst du?«

»Ich weiß, ich weiß«, sagte Lina. »Es ist aber komplett anders.«

»O-ha«, sagte Che. »In Wirklichkeit hast du dir Urlaub genommen und genießt das Nachtleben von Lissabon.«

»So ungefähr«, sagte sie.

»Na dann wünsche ich dir eine gute Nacht«, sagte Che.

»Ich konnte nicht anders«, sagte sie hastig, und nach einer Pause fuhr sie fort: »Würdest du mir vielleicht trotzdem einen Gefallen tun?«

»Du konntest Nöltings Wünschen nicht widerstehen? Seid ihr schon bei der Familienplanung?«, fragte Che.

Lina trank einen Schluck Portwein.

»Du bist doch nicht etwa eifersüchtig?«, fragte sie und ärgerte sich im selben Augenblick über ihren koketten Ton. Wenn es jemanden gab, auf den sie sich verlassen konnte, dann war es Che. Im Gegensatz zu ihrem Instinkt.

»Ich bin eine Idiotin«, sagte sie. »Tut mir leid.«

»Eher eine Pubertierende«, korrigierte Che. »Was willst du also?«

»Es geht um Timo Nölting.«

»Klar«, sagte Che. »Um wen sonst?«

»Könntest du herausfinden, wie sein Draht zur Polizei oder auch zu anderen Diensten ist?«

»Diensten? Glaubst du, ich hack mich mal eben in die Datenbanken des Verfassungsschutzes und des Militärischen Abschirmdienstes? Scheiße, diese Worte sollte ich nicht benutzen, wahrscheinlich schaltet sich gleich eine Batterie von Aufnahmegeräten ein. Und eine beträchtliche Anzahl von denen dürfte sich in den USA befinden.«

»Nur keine Paranoia«, sagte Lina. »Deine Worte.«

Sie sprach das Foto mit Hanisch und Nölting an.

»Das erklärt einiges«, sagte Che. »Zum Beispiel, warum es für dich so leicht war, an die Tierschützer heranzukommen. Ist doch mehr als unwahrscheinlich, dass die dich so einfach mitnehmen. Das Risiko wäre für die Tierschützer viel zu hoch.«

»Aber was soll das? Wenn die Polizei bei denen ohnehin an der Quelle sitzt, welche Rolle spiele dann ich?«

»Da gäbe es mehrere Möglichkeiten«, sagte Che. »Entweder wollen sie Nölting wieder abziehen, oder er hat ihr Vertrauen verloren. Könnte auch eine ganz andere Art von langfristiger Strategie sein.«

»Was für eine Polizeitaktik soll das sein, möglichst viele Leute in eine harmlose Gruppe von Tierschützern einzuschmuggeln?«

»Gegenseitige Kontrolle der Informanten«, schlug Che vor. »Ich muss in meinem Agentenhandbuch nachsehen.«

»Sonst noch Gründe für meinen Einsatz?«, fragte Lina.

»Vielleicht kommt dein Timo nicht an die wichtigen Leute ran. Möglich auch, dass man dich täuschen will. Vielleicht steht der harte männliche Kern auf schöne Frauen mit langen Haaren und verwirrt dreinschauenden Augen.«

»Ist das ein Kompliment?«, fragte Lina.

»Ich seh mal nach, was ich über Nölting finde. Aber ...«

Che unterbrach sich und machte eine Pause.

»Aber?«, fragte Lina.

»Du sitzt doch in dieser Sonderkommission, das heißt, wenn das jetzt nach deiner Extratour noch so sein sollte. Warum fragst du deine Kollegen nicht einfach, was sie über Nölting haben?«

»Zumindest würde ich dann merken, wie sie reagieren.«

Lina versprach, sich sofort nach ihrer Rückkehr bei Che zu melden.

Erst jetzt bemerkte sie, dass der Barkeeper sie beobachtete. Sie war wie selbstverständlich davon ausgegangen, dass er kein Deutsch verstand. Sie machte einen Fehler nach dem anderen.

»Streichhölzer«, sagte sie, um seine Sprachkenntnisse zu testen.

Er sah sie irritiert an.

»Pardon«, sagte sie und musste über sich selbst lachen.

»Keine Paranoia«, sagte sie und bestellte ein weiteres Glas Portwein. Und Nüsse.

Das Pärchen war weiterhin mit sich selbst beschäftigt. Er hatte seinen linken Arm um sie geschlungen, während sie seine Hand streichelte.

Lina ermahnte sich, unbedingt die Distanz zu Timo Nölting wiederherzustellen.

Sie zahlte und fuhr mit dem Lift hinauf. In ihrem Zimmer schaltete sie den Fernseher an und wählte einen portugiesischen Kanal, auf dem »African Queen« in englischer Sprache mit portugiesischen Untertiteln lief. Sie schenkte sich ein Glas Wein aus der Minibar ein und überlegte, wie sie Hanisch und Emmert ihre Abwesenheit erklären sollte.

Das Beste war wahrscheinlich, wenn sie die Chance betonte, die ihr Lissabontrip barg. Aber würde man ihr abnehmen, dass sie keine Möglichkeit gehabt hatte, die Sonderkommission zu informieren?

Sie war wohl kurz eingenickt und wurde wach, als Timo sie sachte rüttelte. Im Fernsehen tuckerten Katharine Hepburn und Humphrey Bogart noch immer den Fluss hinunter.

»Zieh dir bequeme Schuhe an, wir haben noch etwas vor«, sagte Timo.

»Um diese Zeit?«

»Das wird eine echte Überraschung.«

Verschlafen wankte Lina ins Bad, wusch sich das Gesicht mit kaltem Wasser und verließ keine zehn Minuten später an Timos Seite das Hotel.

»Die wirst du brauchen«, sagte er und überreichte Lina eine schwarze Skimütze.

»Du wollest doch das Abenteuer«, beantwortete er ihren fragenden Blick.

Mehrfach wechselten sie die Buslinie, fuhren drei Stationen mit der ratternden Straßenbahn und stiegen schließlich in einen Lieferwagen, der vor einer Burg in der Nähe des Tejo parkte. Drei junge Männer, die weder sie begrüßten noch miteinander ein Wort wechselten, saßen auf einer Bank. Lina und Nölting setzten sich zu ihnen.

Der Wagen rumpelte über das Kopfsteinpflaster und beschleunigte dann.

Sie werden auf einer der Schnellstraßen fahren, die aus Lissabon hinausführen, dachte Lina.

Irgendwann begannen die Männer, in einer Sprache zu flüstern, die Lina nicht zuordnen konnte.

»Hängen wir wieder Transparente auf?«, fragte sie Timo.

»Ibérico-Schweine«, sagte Timo. »Halbwilde Tiere, die in einem großen Gehege frei herumlaufen sollten. Sie werden aber immer öfter in engen Zuchtboxen gehalten.«

»Muss ich die kennen?«

»Aus ihnen wird Pata negra gemacht. Sogenannter Schwarzklauenschinken. Eine Spezialität. Der besondere Geschmack kommt durch den Verzehr von Eicheln der Steineichen und Korkeichen. Und durch Kräuter, die die Schweine fressen.«

Timo fragte die Männer auf Englisch nach ihren Gesichtsmasken und wies sie darauf hin, dass auf dem Gelände höchstwahrscheinlich Kameras installiert sein würden.

Zwei der Männer nickten stumm, der dritte, ebenfalls wortlos, klopfte auf seinen Rucksack.

Nach einer knappen Stunde rumpelte der Wagen in eine Seitenstraße. Nölting schob die Klappe beiseite, die den Laderaum von der Führerkabine trennte. Er gab dem

Fahrer Anweisungen auf Portugiesisch, die Lina nicht verstand.

Der Wagen hielt an, und Timo gab das Zeichen, sich die Gesichtsmasken überzuziehen. Auch wenn er nicht viel Aufhebens darum machte, war Lina davon überzeugt, dass er hier das Sagen hatte.

Gebückt sprangen sie aus dem Wagen.

Lina erkannte in einiger Entfernung ein flaches Betongebäude, das sie für eine Lagerhalle gehalten hätte. Nur spärliches Licht beleuchtete die Wände und einen Grünstreifen vor dem Zuchtbetrieb.

Timo lotste sie bis zu einem dunklen Eingang. Dann zog er eine Präzisionsarmbrust aus seiner Umhängetasche, spannte sie und zielte auf eine Neonröhre. Erst beim zweiten Versuch zerplatzte die Leuchtstoffröhre.

Er gab der Gruppe ein Zeichen, ihm zu folgen, und huschte zu einer Tür. Die Männer legten ihre Taschen ab und zogen Spraydosen heraus. Timo nickte ihnen zu, und sie begannen, mit roter Farbe Parolen an die Wände zu sprühen. Einer von ihnen sah dauernd auf einen Zettel und redete auf seinen Kumpel ein, anscheinend stimmte ein Wort nicht, das sie bereits gesprüht hatten.

Timo zog Lina mit zur Tür und öffnete sie mit einer Art Hightech-Dietrich, der auf einem Akkubohrer steckte. Dann knipste er die Taschenlampe an und wies sie an, dicht hinter ihm zu bleiben.

Ein Teil der riesigen Stallanlage war in das rote Licht der Wärmelampen getaucht. Hier waren die Ferkel versammelt.

Der Gestank ließ Lina fast in Ohnmacht fallen.

Weit und breit war kein Mensch zu sehen. Die automatischen Förderbänder, die an den Gattern entlangführten und mit deren Hilfe die Tiere gefüttert wurden, standen um diese Zeit still. Deutlich zu hören war dagegen das Schmatzen der Pumpen. Die schweren Gummischläuche zitterten bei jedem Anlauf der Pumpen, die im Herzschlagtakt Exkremente absaugten.

Die Schweine standen eng zusammengepfercht in Metallboxen. In manchen Bereichen waren die Vorderfüße der Tiere gefesselt und hochgebunden. Sie quiekten ängstlich, und ihre Augen waren schreckgeweitet.

Lina sah einige Schweine, deren Körper von Abszessen übersät waren. Wenn sie sich ihnen näherte, zuckten sie zurück.

Timo öffnete ein Gatter und legte den Hebel einer Apparatur um. So, wie er sich bewegte, gewann Lina den Eindruck, dass er schon oft hier gewesen sein musste.

Nacheinander kippten die Metallstäbe, die die Tiere eingeklemmt hatten, zur Seite. Lina hatte gelesen, dass durch diese Art von Fesselung zwar größere Fleischmengen erzeugt wurden, die Qualität des Fleisches jedoch deutlich schlechter war. Die Muskeln verkümmerten, während das Gewicht durch die Bewegungslosigkeit anstieg. Trotz hoher »Verendungszahlen« war das Verfahren rentabel. Die Qualität von Fleisch zählte schon lange nicht mehr. Wichtig war ein mit allen Mitteln gedrückter Kilopreis. Für den Geschmack sorgten Zusätze und Aufdrucke wie »Pata negra«.

Heftig gestikulierend bedeutete Timo Lina, in ein Gatter zu gehen, um die Schweine herauszutreiben. Verängstigt drückten sich die Tiere in eine Ecke, bevor sie an Lina vorbei panisch in die Halle preschten.

Durch den Augenschlitz in seiner Maske konnte Lina das Lachen in Timos Augen erkennen. Immer mehr Schweine stürmten in die Halle hinein. Viele von ihnen, deren Muskeln verkümmert waren, schoben sich auf den Kniegelenken hinter ihren schnelleren Leidensgenossen her.

Lina trieb die Schweine durch die Halle auf das geöffnete Tor zu, und tatsächlich drängten die meisten Tiere sofort hinaus ins Freie.

Timo öffnete weitere Stallungen und winkte Lina zu. Er tippte auf die Uhr an seinem Handgelenk und zeigte zur Tür. Höchste Zeit, von hier zu verschwinden.

Lina drückte sich an den bebenden Schweinekörpern vorbei zur Tür. Draußen atmete sie die frische Luft tief ein. Die Schweine waren nun auf dem Vorplatz und liefen irritiert durcheinander. Einige trotteten sogar in die Stallanlage zurück.

Einer der Männer, die die Parolen an die Wände gesprüht hatten, schoss in schneller Folge Fotos. Erschrocken durch das Blitzlicht rasten einige der Tiere in Panik davon.

Lina sah, dass ein Schwein sich im Gebüsch verfangen hatte und verzweifelt versuchte, sich freizustrampeln. Sie rannte zu dem Strauch und bog die Äste auseinander.

»Wir müssen weg!«, rief Timo ihr zu.

Lina drückte mit den Füßen einen Ast zur Seite, doch das Schwein verhedderte sich immer mehr.

»Lass verflucht noch mal das Schwein!«, rief Timo.

Lina ignorierte ihn und spürte, wie ein zurückschnellender Ast in ihr Gesicht schnitt.

Der Schmerz zwang sie in die Knie, aber sie rappelte sich wieder auf und umfasste das Tier. Mit einem heftigen Ruck gelang es ihr, das Schwein ein wenig anzuheben. Es drückte sich mit seinen hinteren Klauen mit zuckenden Bewegungen aus dem Gebüsch und trottete befreit hinaus in die Nacht.

Lina stürmte zu dem Transporter. Der Motor lief bereits.

Die Männer auf der Ladefläche hatten die Masken von den Gesichtern gezogen. Einer sah Lina vorwurfsvoll an, als der Wagen mit durchdrehenden Reifen startete.

Der penetrante Farbgeruch, der von den Overalls der Sprayer ausging, löste bei Lina einen Hustenreiz aus.

Einer sah an sich herunter und begann zu lachen. Sie wirkten alle erleichtert. Lina hatte keine Ahnung, wer die Aktion initiiert hatte, doch wie Profis wirkten sie nicht, sondern eher wie Schüler, denen ein ausgeklügelter Streich gelungen war.

Eine knappe Stunde später hielt der Wagen. Timo klopfte den Männern zum Abschied auf die Schultern. Wie ein Offizier, der seinen Soldaten nach einem erfolgreichen Einsatz gratuliert, dachte Lina. Sie selber nickte ihnen nur stumm zu.

Klar war die ganze Aktion illegal gewesen, und ob es den Schweinen tatsächlich helfen würde, da hatte sie ihre Zweifel. Dennoch empfand sie ein seltenes Gefühl der Zugehörigkeit. So wie damals, als sie mit drei Klassenkameradinnen eine Lehrerin auf der Toilette eingesperrt hatte, weil sie sich von ihr ungerecht behandelt gefühlt hatten. Ein Gefühl der Kameradschaft, miteinander »durch dick und dünn« zu gehen. Ihre Komplizinnen hatten ihr damals auch nur stumm zugenickt. Stolz. Mut. Und das Gefühl, das Richtige getan zu haben.

*

Der Concierge wandte sich dezent ab, als sie mit verschmutzter Kleidung die Hotellobby betraten.

Schweigend fuhren sie mit dem Lift hinauf. Ein dunkelhäutiges Zimmermädchen schob den Reinigungswagen durch den Flur vor eine Tür, taxierte Lina und Timo missbilligend und ging dann weiter über den Gang zu einer anderen Suite.

Timo hielt die Magnetkarte vor den Schließmechanismus ihres Zimmers, als sie plötzlich einen gellenden Schrei aus einem der Zimmer hörten. Sie sahen einander an, und im nächsten Augenblick rannte Lina los. Timo folgte ihr.

Aus einer Suite kam das Zimmermädchen gestürzt. Zitternd und mit weit aufgerissenen Augen blieb sie sekundenlang vor Lina und Timo stehen und rannte dann weiter bis zum Lift.

Lina betrat die hell erleuchtete Suite.

»Ach du Scheiße!«, hörte sie Timo neben sich sagen.

Auf einem cremefarbenen Sofa lag die Leiche einer Frau. Sie war nackt. Auf ihrem Körper war ein Turm aus Konservendosen gestapelt. Ihre Haare waren strahlenförmig auf ein weißes Kissen drapiert, um ihren Kopf waren, wie ein Kranz oder ein Heiligenschein, Farfalle gelegt worden. Mit beiden Händen hielt sie eine Banane umklammert.

Lina machte einen Schritt auf die Tote zu.

»Fleischkonserven«, murmelte sie.

»Verdammt, was denn für'n Fleisch?«, fragte Timo mit heiserer Stimme.

»Pata negra«, sagte Lina. »Dosenschinken vom Porco Ibérico.«

28

Timo Nölting war stundenlang unterwegs, er kommt zurück, und ihr stolpert über eine Leiche?«, fragte Che. »Alles Zufall?«

Er kam mit einer Kanne Grüntee aus der Küche und stellte zwei weiße Schalen auf den Tisch.

»Ich kann mir einfach nicht vorstellen, dass er etwas damit zu tun hat«, sagte Lina.

»Vielleicht ist er ein guter Schauspieler?«

»Dafür war er zu überrascht. Zu entsetzt. Der Anblick der Leiche hat ihm richtig zugesetzt. Und dann diese Fleischkonserven. Das hat ihm echt Angst gemacht.«

»Von seiner Rolle als V-Mann hast du aber auch nichts geahnt«, sagte Che. »Der hält immer neue Überraschungen für dich bereit.«

Lina nickte nachdenklich und steckte sich eine Zigarette an. Sie blies Ringe in die Luft.

»Für den ist das alles ...«

»Was, Lina? Was ist das für den?«

»Ein Abenteuer. Ein Spiel. Er kommt mir vor wie ein Junge, der Streiche ausheckt und sich dann mit großem Vergnügen ansieht, was passiert.«

»Hört sich an, als hättest du was mit ihm.«

Lina unterdrückte einen Hustenreiz.

Gewiss, sie war Che keine Rechenschaft schuldig. Trotzdem fühlte sie sich irgendwie ertappt. Außerdem hatte sie sich unprofessionell verhalten. Sie hatte sich abfüllen lassen. Sie hatte keine Erinnerung daran, was sie alles ausgeplaudert hatte.

»Ich kann mir nicht vorstellen, dass er die Frau im Nebenzimmer umbringt, ihre Leiche zurichtet und dann mit uns zu dem Zuchtbetrieb fährt.«

»Ein lieber Junge«, sagte Che.

»Charmant.«

»Der Mann ist ein Tierquäler.«

»Unsinn!«, sagte Lina.

»Es ist leider wahr. Ich habe einen Zeitungsbericht ausgegraben. ›Jugendlicher wirft Hunde und Katzen von Autobahnbrücken‹.«

»Timo Nölting?«, fragte Lina.

»Sein Name wird da nicht genannt, aber auf dem Foto erkennt man ihn, obwohl er sich inzwischen verändert hat. Die Internetarchive vergessen nichts. Hat für einen mächtigen Wirbel in seinem Heimatdorf gesorgt. Da war dein lieber Timo erst vierzehn. «

»Das muss aber nicht heißen, dass er heute Frauen ermordet und auf perverse Weise drapiert.«

»Nein, muss es nicht«, sagte Che. »Aber zum Bild des edlen Tierschützers passt es auch nicht. Und dann sein Kontakt mit der Polizei. Das stinkt von vorn bis hinten. Außerdem hätte er durchaus genug Zeit für den Mord gehabt.«

Lina nickte und fuhr mit der Hand über den Verband an ihrer Wade. Das strampelnde Schwein hatte sie in seiner Panik getreten, es tat höllisch weh.

»Hat die portugiesische Polizei euch nicht verhört?«, fragte Che.

»Doch. Standardfragen. Ob wir was Auffälliges gehört oder gesehen haben, ob wir die Frau kannten und so weiter.«

Che sah sie an und sagte: »Ich weiß, es ist zwecklos, dich von deinen Privatermittlungen abzuhalten. Aber du solltest wirklich vorsichtiger sein! Nach Lissabon zu reisen, ohne deine Kollegen zu informieren, das war Irrsinn, Lina!«

»Eine tote Frau, drapiert mit Konserven, und das auf derselben Etage, auf der wir ...«

»Ja?«, fragte Che.

»Es kommt mir vor wie eine … eine prompte Antwort. Kaum planen die eine Schweineaktion, schon liegt in unserem Hotel eine Leiche.«

»Das ist bestimmt kein Zufall«, sagte Che mit Nachdruck. »Die Frage ist nur: An wen ist die Botschaft gerichtet? An Nölting? Oder an dich?«

»An mich?«

»Falsche Frage«, sagte Che. »Wer wusste von eurer Reise? Wer war eingeweiht? Wieso nimmt Nölting dich überhaupt mit? Steckt Hanisch dahinter? Hat Hanisch dafür gesorgt, dass du in Kontakt mit den Tierschützern trittst?«

»Zumindest ist Hanisch besessen von der Idee, dass die Tierschützer etwas mit den Morden zu tun haben.«

»Wer immer es auch war, er weiß über eure Schritte Bescheid. Das mit dem Dosenfleisch ist eindeutig. Eine Warnung.«

»Sollte das so sein, benutzt uns jemand als Marionetten.«

»Wir müssen uns um den anderen Mitspieler kümmern«, sagte Che.

»Du meinst …«

»Genau den«, sagte Che. »Mit dem müssen wir beginnen.«

29

Bloß nicht schwitzen!, dachte Hanisch. Schwitzen signalisiert Unsicherheit und Angst. Er hatte die Herausforderungen, die in absehbarer Zeit auf die Branche zukamen, im Detail geschildert. Seine Zuhörer mussten sich fragen, wer eine derartige Mammutaufgabe stemmen konnte. Bestimmt nicht einer, der schwitzte.

Mit einem Tastendruck brachte er die nächste Präsentation an die Wand. Obwohl der Raum abgedunkelt war, spürte er ihre Blicke, die sich mehr für ihn als für seine Thesen interessierten.

»Der Terrorismus wird sich weiche Ziele suchen«, sagte er. »Gleichgültig, aus welcher Ecke er kommt, ob islamistisch, fundamentalistisch, ob von rechts oder von links: Das Ziel wird immer sein, die Panik in der Bevölkerung zu schüren. Das Vertrauen in den Staat, in die Gemeinschaft, zu torpedieren. Jeder ist Zielobjekt. Alle noch so ausgeklügelten Internet- und Briefverkehrsüberwachungen werden uns nicht schützen. Wir brauchen Prävention. Wir müssen initiativ werden!«

Er ließ seinen Blick von einem Jungmanager zu seiner Kollegin wandern und faltete schweigend die vor ihm liegenden Seiten zusammen.

»Ob entführte Flugzeuge oder Bomben in Zügen oder Raketenangriffe auf Kreuzfahrtschiffe – das alles verliert an Attraktivität. Sie werden Ziele suchen, die Frau Klinke in Bienenbüttel und Herrn Klaus Soundso in Frankfurt den Angstschweiß auf die Stirn treiben.«

Er trat einen Schritt zur Seite und schob noch einmal seinen Kopf an das Mikrofon.

»Supermärkte, Restaurants, Imbisse. All diese Orte können wir nur präventiv schützen. Auch wenn es uns nicht gefällt, wir müssen dieselben Arbeitsmethoden anwenden wie die Dienste. Mehr noch, wir müssen sie sogar verfeinern.«

Den Begriff »Dienste« statt »Geheimdienste« hatte er bewusst gewählt. »Dienste«, das vermittelte jedem der hier Anwesenden, dass er ein Insider war. Einer, der sich auskannte. Er unterstrich das Ausmaß der Bedrohung, denn wenn »Dienste« auf den Plan gerufen wurden, ging es um die Sicherheit des Staates.

Flüsternd beschwor er die Notwendigkeit von Personalüberwachung, von Kooperation mit den Sicherheitsbehörden und auch die Anwendung »unüblicher« Methoden.

»Unüblich bedeutet nicht illegal. Wir werden das Sicherheitskonzept in Einklang mit den gesetzlichen Vorschriften aufbauen. Bislang schöpfen wir unsere Möglichkeiten nicht vollständig aus. Und wir können, nein, wir müssen auf geheimdienstliche Praktiken und Erfahrungen zurückgreifen. Niemand wird nach einem Anschlag, dem mehrere Tausend Menschen zum Opfer fallen, eine butterweiche Entschuldigung hören wollen. Schon gar nicht die Presse. Wir brauchen eine kompetente Führung.«

Er projizierte nun ein Bild an die Wand, das eine Straßenszene zeigte. Autofahrer hingen oder kippten tot aus ihren Fahrzeugen. Mitten auf der Straße stand ein Kinderwagen. Eine Frau lag mit grotesk verrenkten Armen auf dem Asphalt.

Er hatte diese Fotomontage eigens für seinen Vortrag erstellen lassen.

Ein Mann aus der ersten Reihe räusperte sich.

»Ja?«, fragte Hanisch.

»Das ist ja schön und gut«, sagte er. »Aber ist nicht all das, was Sie uns hier so plastisch geschildert haben, Aufgabe der Polizei und anderer Sicherheitsdienste?«

Sören Hanisch nickte verständnisvoll.

»Sicher«, sagte er und machte eine Pause.

Langsam kam Unruhe unter den Zuhörern auf. Hanisch sah über den Rand seiner Brille ins Publikum.

»Es *wäre* die Aufgabe der Polizei. Aber seien wir doch ehrlich. Sie kennen die Personalsituation in den Diensten.

Die lächerliche Zahl an Mitarbeitern bei der Lebensmittelüberwachung und den Mitarbeitern der Ordnungsdienste, die die hygienischen Zustände in der Gastronomie überwachen sollten. Die Polizei ist vollkommen überlastet. Und im Ernstfall ... im Ernstfall: Wer hätte denn den Schaden? Wer muss die Kosten verkraften, wer muss die Zeche bei solch einem Anschlag zahlen? Nicht die Polizei. Ich glaube, dass es nicht nur moralische, sondern auch wirtschaftliche Gründe für die vorbeugende Verhinderung derartiger Szenarien gibt. Die Öffentlichkeit wird sagen: Da haben sie jahrelang viel Geld mit Lebensmitteln verdient und vergessen, etwas für die Sicherheit zu tun. Profitgier wird man der Lebensmittelindustrie vorwerfen. Verschärfend hinzu kommt der Schaden durch die Verunsicherung der Kunden. Denken Sie nur an den Schaden, den die Ehec-Seuche verursacht hat: Der ging in die Milliarden. Ein koordinierter Angriff mit kontaminierten Lebensmitteln würde das um ein Vielfaches übersteigen. Solch ein Angriff würde die Demokratie erschüttern.«

Das war jetzt fast ein wenig zu viel gewesen. Er durfte nicht übertreiben. Sie hatten genug. Die gefährdete Demokratie, *das* war der Stich mit dem Florett, der sitzen musste. Jede weitere Zuspitzung konnte nur schaden.

Also ließ er per Knopfdruck das Bild von der Wand verschwinden.

Nach den unzähligen Visitenkarten, die er abgegeben hatte, war dies die entscheidende Bewerbung. Er hoffte, dass er sie alle bekommen hatte. Die Forschen und die Vorsichtigen. Vor allem aber die Sicherheitsfanatiker, die nichts anderes wollten, als in Ruhe ihren Geschäften nachgehen. Entscheidend würde sein, was im inneren Zirkel passierte.

Den zweiten Schritt hatte er bereits in die Wege geleitet. Die Öffentlichkeit musste endlich erfahren, dass und unter welchen Umständen bereits drei Menschen gestorben waren. Die Veröffentlichung der Tatortbilder würde er hinauszögern. Es war besser, die Journalisten mit Details der Auffindesituationen zu füttern. Serienmörder sorgten für Auflagenzahlen und hoben die Leser aus ihren Sofas.

»Killer-Koch« war doch eine schöne Schlagzeile.

30

Lina setzte sich an den Konferenztisch. Sie schob ein paar angebrochene Mineralwasserflaschen und eine leere Fast-Food-Verpackung zur Seite. Der Luft war abgestanden. Drei ihrer Kollegen saßen bereits dort in ihre Laptops vertieft.

Hanisch betrat den Raum und klatschte in die Hände – das Zeichen für die Sitzungseröffnung und den Beginn der Lagebesprechung. Mit Papieren und Blocks in den Händen eilten drei weitere Mitglieder der Sonderkommission herbei.

Aufmerksamkeit heischend hob Hanisch die Hände und genoss sichtlich die Sekunden der Stille.

»Wir haben ein neues Opfer. Und zwar in Lissabon.«

Die Kollegen atmeten hörbar aus.

Lina registrierte Sven Emmerts finsteren Blick. Er hatte auf ihren Alleingang mit einem Wutanfall reagiert. Auf eine Rüge von Hanisch war sie gefasst gewesen, doch der hatte ihre eigenmächtige Reise nach Lissabon überraschenderweise gutgeheißen.

»Dank des Einsatzes der Kollegin Andersen«, begann

Hanisch, »haben wir umgehend von diesem Mord und den Parallelen zu unseren Hamburger Fällen erfahren. Die portugiesischen Kollegen haben uns auf Anfrage bereits Fotos vom Auffindeort geschickt.«

Hanisch befestigte fünf Fotos an der Pinnwand.

»Es ist nicht zu übersehen. Auch diese Leiche wurde wie eine Mahlzeit präsentiert. Da der Täter anscheinend nicht viel Zeit hatte, musste er auf Konservendosen zurückgreifen. Nach ersten Ermittlungen der portugiesischen Polizei handelt es sich bei dem Opfer um eine illegal aus Afrika eingereiste Frau im Alter von 32 Jahren. Sie hat als Barfrau und Gelegenheitsprostituierte gearbeitet.«

»Passt sie in das Raster?«, fragte Mirko Lange, der Lina schon früher durch sein extrem kurz geschorenes blondes Haar aufgefallen war.

»Wir wissen noch nicht, ob das Opfer Haustiere hatte oder in irgendeiner Tierschutzgruppe aktiv war. Wird bearbeitet«, antwortete Sven Emmert.

»Hat sie in dem Hotel gearbeitet?«, fragte Lina.

»Nein, sagen die Kollegen. Die Frau habe ihre Kunden auf der Straße gesucht und meistens heruntergekommene Absteigen genutzt. Weitere Informationen folgen. Gibt es hier jemanden, der Portugiesisch spricht?«, fragte Hanisch in die Runde.

Ein Kollege sah von seinem Laptop auf und sagte: »Ein paar Brocken Spanisch, meine Frau …«

»Wunderbar«, unterbrach Hanisch ihn. »Kümmern Sie sich um die Portugiesen. Ich gebe Ihnen nachher die Kontaktdaten. Sämtliche Ergebnisse sofort auf meinen Schreibtisch. Interessant sind alle Parallelen zu unseren Fällen hier. Mich interessiert, ob es derselbe Täter ist oder ob nur Motivation und Botschaft gleich sind. Wenn es doch nicht so klappt mit der Sprache, da gibt's doch diesen … diesen …«

»Google-Übersetzer«, ergänzte Thorsten Fincke. Er schien der Packesel der Sonderkommission zu sein, offenbar landeten unangenehme oder halb gare Spuren erst mal bei ihm.

»Was haben wir über unser zweites Opfer, diese Frau, die sonntags nachmittags Hunde aus dem Tierheim zum Spaziergang abgeholt hat?«

»Nichts von Belang«, sagte Mirko Lange. »Keine Vorstrafen, keine anderen Einträge. Sie hat unauffällig gelebt.«

»Da brauche ich mehr. Frau Andersen, kümmern Sie sich mit darum?«, sagte Hanisch. »Fragen Sie Bekannte und Verwandte, fahren Sie zu dem Tierheim, wo sie aktiv war. Irgendwo muss sie ihren Mördern begegnet sein.«

»Ihren Mördern?«, fragte Lina.

»Es muss sich nicht zwingend um eine Einzelperson handeln«, sagte Hanisch. »Die Leichen so herzurichten, das Arrangement, es könnte sogar leichter von zwei oder mehreren Personen durchgeführt worden sein. Wir sollten uns in dieser Hinsicht nicht in die Irre führen lassen.«

In knappen Worten informierte Hanisch die Mitglieder der Sonderkommission über die Befunde der Rechtsmediziner und Forensiker.

Täterspuren wurden bislang nicht gefunden. Die Ergebnisse der langwierigen Fusselanalyse standen noch aus.

»Es ist verflucht noch mal so, als hätten sie Neoprenanzüge getragen«, sagte Hanisch. »Spermaspuren, DNA. Alles negativ.«

»Kann es sein, dass die Frau vom Täter befragt wurde? Dass er etwas in Erfahrung bringen wollte?«, fragte Lina.

Hanisch hob die Augenbrauen.

»Folter?«, fragte er mit einem Blick in die Runde, der sagen sollte: Die Frau denkt mit.

Dann schüttelte er den Kopf und sagte: »Keine Fesselungsspuren, keine Anzeichen für Folter. Trotzdem sollten wir darüber nachdenken. Gab es etwas, das die Frauen wussten, was für den Täter von Interesse war?«

»Wir müssen weiter daran arbeiten, ob es Täter-Opfer-Beziehungen gegeben hat«, sagte Thorsten Fincke.

»Sicher«, nahm Hanisch den Faden auf. »Bitte binden Sie auch da Frau Andersen mit ein. Eine ordentliche Prise weibliche Intuition kann da sicher helfen.«

Sven Emmert hatte bislang hauptsächlich geschwiegen. Lina sah ihm an, dass er mit dem Gang der Ermittlungen und Hanischs Auftreten nicht einverstanden war. Doch sein Ausdruck zeugte weniger von Neid als vielmehr von Sorge darum, dass Hanisch begann, Lina immer unkalkulierbareren Gefahren auszusetzen.

Er räusperte sich und sagte: »Ob es einer oder mehrere Täter sind: Sie sind brandgefährlich. Frau Andersen sollte …«

»Ich bin ganz auf Ihrer Seite, Emmert«, unterbrach Hanisch ihn. »Doch uns läuft die Zeit davon. Ich brauche Sie hier alle und mit vollem Einsatz. Dieser spektakuläre Fall in Lissabon und unsere Kontakte zu den Polizeibehörden dort werden von der Presse nicht unbemerkt bleiben. Dafür quatschen die Südeuropäer zu gern.«

Damit war die »große Lagebesprechung« beendet. Der Name Timo Nölting war nicht gefallen.

Hatte womöglich Hanisch selber Lina das Foto geschickt? Aber warum? Etwa, um sie anzustacheln?

*

Lina fuhr mit einem Dienstwagen in den Osten Hamburgs. Die Häuserreihen lichteten sich, machten Einzelhäusern mit gepflegten Vorgärten Platz. Hinter einem Grünstreifen erstreckte sich das Gelände eines Kleingartenvereins, aus dem Kiefern und Zypressen aufragten. Die bunte Mischung aus Holz- und Steinhäusern war von einer hohen Hecke umgeben. Schmale Wege führten hinein.

Lina parkte den Wagen auf dem Grünstreifen, der wie ein wild wuchernder Schutzwall Straße und Schrebergärten trennte.

An windschiefen Strommasten baumelten elektrische Leitungen. Ein paar Spatzen und Amseln besahen sich von dort oben das Geschehen. An einer Brettertafel klebten Vereinsnachrichten übereinander.

Lina steuerte auf das Tierheim gegenüber den Schrebergärten zu.

Vor dem Eingang stand ein Paar, das heftig diskutierte. Der Mann zog hektisch an einer Zigarette und machte den Eindruck, einen Kaufvertrag über ein Schloss unterschreiben zu müssen, das er niemals würde bezahlen können. Lina vermutete allerdings, dass sie über die Wahl eines Hundes oder einer Katze stritten.

An gehissten Flaggen vorbei ging Lina auf ein hohes Eisengitter zu. Rechts daneben führte eine Treppe hinauf, durch zwei schwere Glastüren trat Lina ein.

Sie wurde von einer Frau begrüßt, die erschrak, als sie ihren Dienstausweis zückte. Die Frau schickte Lina gleich weiter zur Leiterin des Tierheims.

Marlene Ockens war eine jung gebliebene Mittvierzigerin. Mit dem Handrücken schob sie ihre widerspenstigen Haare zurück. Ihren Händen konnte Lina ansehen, dass sie kräftig anpackte.

»Sie kommen wegen Claudia, nehme ich an, ich meine wegen Frau Planck?«

Lina nickte. Einen Undercovereinsatz im Tierheim hätte sie dem Supermarkt vorgezogen.

»Frau Planck hatte wenige Freunde«, begann Lina, »soweit wir wissen.«

»Nein, und von ihrer Familie weiß ich auch nichts«, sagte die Leiterin des Tierheims.

Sie starrte sekundenlang ins Leere und meinte dann: »Claudia war eine einsame Frau. Sie hat wenig geredet und schien glücklich zu sein, wenn sie mit den Tieren zusammen war. Es gibt viele solcher Menschen.«

»Sie hat die Hunde ausgeführt?«, fragte Lina.

»Auch, aber nicht nur«, antwortete Marlene Ockens. »Sie hat sich auch um die Katzen, Hamster, Meerschweinchen und Kaninchen gekümmert. Hat einfach mitgearbeitet.«

»Ohne Bezahlung?«, fragte Lina. »Kam Ihnen das nicht seltsam vor?«

Marlene Ockens lachte ein helles, freundliches Lachen.

»Nein, keinesfalls!«, sagte sie dann. »Wir sind chronisch unterbesetzt und dankbar für jede Hilfe. Die Tiere freuen sich über jede Aufmerksamkeit, die sie kriegen. Einige unserer Ehrenamtlichen kommen jeden Tag und besuchen ihre Lieblinge.«

»Aber sie nehmen sie nicht mit zu sich nach Hause?«

»Nein, aufnehmen geht oft nicht. Zu kleine Wohnungen, oder laut Mietvertrag verboten. Manchen ist es auch zu teuer oder einfach zu viel Verantwortung.«

»Werden die Tiere denn meistens auf der Straße gefunden?«, fragte Lina, bemüht, nicht gleich mit der Tür ins Haus zu fallen.

»Viele Wege führen hierher zu uns«, antwortete Marlene Ockens. »Manche Tiere werden vor dem Aufbruch in den Urlaub an einer Leitplanke bei der Autobahnausfahrt festgebunden. Andere werden von der Polizei aus Wohnungen geholt, es gibt richtige Tiermessies, die Dutzende von Katzen halten. Einige Leute binden ihre Hunde oder Katzen hier draußen bei uns am Geländer fest. Kaninchen und Meerschweinchen werden auch schon mal über die Hecke geworfen. Nach Feiertagen wie Weihnachten oder Ostern haben wir Hochkonjunktur.«

Lina nickte und fragte dann: »Hatte Claudia Planck Kontakt mit anderen Tierfreunden?«

»Nicht dass ich wüsste«, antwortete die Tierheimleiterin. »Klar, die Leute, die hier arbeiten, unterhalten sich miteinander. Tiere bieten ja immer Gesprächsstoff und Anknüpfungspunkte.«

Marlene Ockens spielte mit ihrem Kugelschreiber und zeigte auf den Stapel Papiere vor sich.

»Wissen Sie, ich versinke hier in Papierkram. Wir sind wie gesagt völlig unterbesetzt.«

»Können Sie sich vorstellen, warum jemand Claudia Planck ermordet haben könnte?«

Marlene Ockens schüttelte den Kopf.

Lina sah, dass ihr die Tränen in die Augen stiegen.

»Ich bin viel Elend gewöhnt, wissen Sie«, sagte sie. »Aber dass so eine Frau … Es ist unfassbar!«

An der Wand entdeckte Lina Fotos von Männern und Frauen mit Hunden an der Leine.

»Ist Frau Planck auch auf einem der Fotos dort?«, fragte sie.

Marlene Ockens nickte stumm. Sie kam hinter ihrem Schreibtisch hervor, nahm ein Bild von der Wand und sagte: »Sehen Sie da, die Vierte von rechts. Mit dem Schäferhund. Das war letztes Jahr bei unserem Sommerfest.«

Marlene Ockens lächelte traurig.

»Wir machen diese Feste, um Interessenten zu gewinnen. Manchmal verlieben sich die Leute dann spontan in eines der Tiere.«

Lina bat, das Foto mitnehmen zu dürfen. Als sie sich erhob, entdeckte sie ein weiteres Foto an der Wand, das ihr vorher nicht aufgefallen war. Sie ging einen Schritt näher heran.

»Aber das ist doch …«

»Ja, das ist der Herr Kleeberg. Kennen Sie ihn?«, fragte Frau Ockens.

Einen halben Quadratmeter hat sie geschafft. Ein sauberes Viereck inmitten des Schmutzes.

Sie tritt drei Schritte zurück und sieht sich die Wand von der Seite an. Alles wird heller und freundlicher sein, wenn sie erst fertig ist. Gründlich muss sie vorgehen. Ob sie IHN um einen Lappen bitten darf? Der Stoff ihres Ärmels ist inzwischen zerbröselt, den Rest hat sie mit einem Stück Papier bearbeitet.

Sie geht zu der Umfriedung, in der ihre Asselfamilie lebt. Manchmal hört sie ihre wispernden Stimmen.

Nein, sie darf die Asseln nicht vernachlässigen. ER hat ihr diese Verantwortung übertragen. Gewiss, das Säubern der Wand ist eine bedeutende Aufgabe, also muss sie sich die Zeit einteilen.

Alles ist viel einfacher, wenn man füreinander da ist. Warum nur ist sie all die Jahre nicht darauf gekommen? Ihre Eltern haben sich doch auch um sie gekümmert, im Rahmen ihrer Möglichkeiten. Aber sie ist ein undankbares Kind gewesen. Das würde sie ihren Eltern gerne sagen. Zu spät. Sie hat schlimme Dinge getan. Dinge, die nicht wiedergutzumachen sind.

Sie beugt sich über Rodrigo und haucht ihn an. Ein Zucken geht durch seinen Körper, die Beinchen beginnen zu zittern.

»So fühlst du dich wohl, nicht wahr? Du brauchst nur ein wenig Wärme. Kannst nicht alles auf deinen kleinen Asselrücken laden. Es gibt so viel, was man im Leben zusammenhalten muss. Einer allein schafft das doch gar nicht.«

»Das ist wirklich zu schwierig«, hört sie da eine Stimme. Flüsternd und ein wenig heiser. Wer spricht da? Nicht umdrehen!

»Nein«, sagt sie. »Einer allein schafft das nicht. Aber wir müssen uns Mühe geben.«

31

Lina bewunderte eine jahrhundertealte Mumie in hockender Haltung, die Archäologen in einem indianischen Grab gefunden hatten. Max Kleeberg bog in die Abteilung mit Samuraischwertern ab.

Nur vereinzelt besuchten Leute an diesem Werktag das Museum.

Natürlich sollte Kleeberg sie entdecken, das war beabsichtigt. Lina wollte wissen, wie er reagieren würde.

Sie betrachtete afrikanische und polynesische Masken, die sie aus der Dunkelheit anstarrten. Hauptsächlich stellten sie Naturgottheiten dar. Bei Ritualen und an hohen Festtagen waren sie vor Hunderten von Jahren zum Einsatz gekommen. Mit weit aufgerissenen oder geschlossenen Augen hingen sie nun hier im Völkerkundemuseum.

Eine Schulklasse stürmte den Saal. Die gerade noch kreischenden Kinder verstummten allerdings schlagartig, als sie die Masken entdeckten.

Neugierig tasteten die Mutigeren von ihnen an der Absperrung entlang.

Lina zog weiter, ging an Jurten vorbei in einen Raum, wo ein Maori-Gemeinschaftshaus aufgebaut worden war. Auch hier zeigten Schnitzereien fratzenhafte Wesen mit bedrohlichem Blick und aufgerissenen Mündern.

Aus den Augenwinkeln sah sie, dass Max Kleeberg soeben auf die Treppe zusteuerte.

Lina hatte ihn vor dem Gebäude, in dem der Verband seine Büros hatte, abgepasst und spontan beschlossen, ihm zu folgen. Nach der Stippvisite in eine Fleischfabrik im Schanzenviertel war er ins Museum gefahren.

Kleeberg erreichte das Treppengeländer, erkannte Lina und sah sie überrascht an. Sollte er ihr etwas vorspielen, so war er verdammt gut.

»Frau Andersen!«, sagte er und setzte sofort wieder ein Lächeln auf. »Da haben Sie mich aber erwischt.«

»Wobei denn?«, fragte Lina.

»Verfolgen Sie mich etwa?«, fragte Kleeberg.

»Haben Sie sich denn verdächtig gemacht?«, fragte sie.

»Sicher, Sie müssen jede Spur verfolgen, aber wie komme ich zu dieser Ehre?«

»Ich habe Sie unten hineingehen sehen«, log Lina.

»Kommen Sie«, sagte er.

Er führte Lina in den ersten Stock, wo Auslegerboote an Wandhalterungen befestigt waren. Drumherum standen

Tische, an denen einige Besucher mit Speisen und Getränken eine Pause einlegten.

Kleeberg wies auf einen freien Tisch und versprach, Kaffee zu besorgen. Er kam mit zwei Tassen zurück, rührte sich ein Stück Zucker in seinen Kaffee und fragte Lina: »Nun? Was ist so eilig, dass ich Sie offenbar aus den heiligen Hallen des Präsidiums herauszulocken vermag?«

»Sie hatten eine Andeutung gemacht ...«

»Ach ja?«

»Ja. Es gebe in Ihrer Branche und im Verband die Sorge darüber, dass Lebensmittel der Grund für einen terroristischen Angriff sein könnten.«

»Ach, das meinen Sie«, meinte Kleeberg. »Wollen Sie denn nicht wissen, warum ich hier bin?«

»Ehrlich gesagt ...«

»Doch, doch«, unterbrach Kleeberg sie. »Selbstverständlich ist das interessant. Es gibt Lücken zwischen meinen Terminen, da lohnt es sich nicht, zurück ins Büro zu fahren, wissen Sie.«

»Und da gehen Sie ins Museum?«

»Nicht nur. Ich habe mir vorgenommen, die Zeit für angenehme Dinge zu nutzen. Außer in Museen gehe ich auch in Galerien, historische Gebäude, in den Tierpark, eigentlich überallhin. Rein privates Interesse.«

Er lachte wieder und fragte, ob sie auch ein Stück von dem guten Käsekuchen wolle, den es nur hier im Museum gebe.

»Gern«, sagte Lina. Nein, sie würde sich von ihrer Frage nicht ablenken lassen. Max Kleeberg kam zurück und stellte die Kuchenteller auf den Tisch.

»Aber ich wollte nicht ablenken«, sagte er, als hätte er Linas Gedanken gelesen. »Sorge, na ja. Wir haben regelmäßig mit Erpressungsversuchen zu tun. Meistens gelangt das gar nicht erst an die Öffentlichkeit, um keine Nachahmer auf den Plan zu rufen.«

»Hat die Fleisch verarbeitende Industrie vielleicht so etwas wie eine Bürgerwehr aufgestellt?«

»Sie meinen Rollkommandos, die unliebsame Gegner beseitigen?«

Kleefeld sah sie amüsiert an und schob sich ein Stück Kuchen in den Mund.

»Das ist nicht mal ganz ausgeschlossen«, sagte er. »Natürlich niemand aus unserem Verband. Aber im Ausland gibt es durchaus mafiöse Strukturen. Die lassen sich nicht in die Suppe spucken.«

»Und in unserem aktuellen Fall, könnte da eine ausländische Gruppe aktiv geworden sein? Mit Duldung …«

»Unmöglich«, unterbrach Kleeberg.

»Wäre es nicht möglich, dass jemand oder mehrere aus der Fleischindustrie sich von den Tierschützern attackiert fühlten? Jemand, der sich wehrt?«

»Nur wenn Autonome eine bestimmte Firma angreifen. Dann würde es Pamphlete geben, Erklärungen … Also ich müsste davon jedenfalls wissen.«

»Immerhin hat Karen Kreft einen Erpresserbrief geschrieben«, sagte Lina. »Könnte der nicht das Fass zum Überlaufen gebracht haben?«

»Krefts Brief war ja nicht an die Fleischindustrie gerichtet, sondern an die Konzernleitung vom Supermarkt«, erwiderte er.

»Immerhin wollte sie einen der Lieferanten rauskicken. Begeistert waren die sicher nicht. Allein wegen der Schlagzeilen. Es bleibt ja doch immer was hängen.«

»Deshalb nennen wir die Unternehmen nicht. Auch

ganz anders könnte ein Schuh daraus werden«, sagte Kleeberg.

»Und zwar wie?«

»Dass jemand aus der Tierschützerszene einen Mord so inszeniert, dass jeder denken muss: Das kann nur die Fleischindustrie gewesen sein.«

Lina ärgerte sich insgeheim über sich selbst. Hanisch redete ihnen ein, dass sie es mit einem Untergrundkrieg zu tun hatten. Kein Wunder, dass Kleeberg sich amüsierte. Kampfeinheiten der Tierschützer auf der einen und gedungene Rollkommandos auf der anderen Seite. Alles blanker Unsinn.

»Da geht's um viel Geld«, sagte Kleeberg. »Die Leute, mit denen ich im Verband sitze, sind Betriebswirte, die auf die Rendite achten und Panik fahren, wenn der Absatz einbricht. Das kann einzelne Firmen schon an den Rand des Ruins führen. Da wird mit harten Bandagen gekämpft. Aber die haben andere Mittel.«

»Verbesserte Bewachung oder Überwachung?«

»Zumindest tun sie alles, um die Öffentlichkeit zu beruhigen. Man lässt die eigene Firma von gekauften Laboratorien überprüfen, verstärkt die Qualitätskontrollen und so weiter.«

»Sie sind nicht gerade ein typischer Verbandsvertreter.«

Max Kleeberg lachte.

»Das sind doch keine Geheimnisse. Ab und zu gibt es einen Fernsehbeitrag, oder eine Illustrierte stürzt sich auf das Thema, und drei Wochen später ist alles vergessen. Letztlich zählt das Corpus amygdaloideum.«

»Wie bitte?«

»Entwicklungsgeschichtlich unsere älteste Hirnregion. Wenn die sagt, du brauchst jetzt diese oder jene Energiezufuhr, kommt man mit Willen und Diätplan dagegen nicht an. Wissen Sie, wie man Kinder am besten dazu bringt, Gemüse zu essen?«

Lina schüttelte den Kopf.

»Sie müssen Zucker zusetzen. Sie werden sehen, mit welchem Hochgenuss Kinder Brokkoli, Möhren oder Salat wegputzen. Fett und Zucker sind unschlagbar.«

»Kann man da nicht gleich eine Pizza aufwärmen?«

»Richtig«, sagte Kleeberg. »In Deutschland werden täglich 750 000 Pizzen gegessen. Was im Salami- oder Kochschinkenbelag drin ist, will niemand wissen. Heute riechen die Leute ja nicht mal mehr an den Lebensmitteln. Wenn Rucola nach Diesel stinkt und Tomaten nach Chemie, kümmert sich kaum einer drum. Dagegen ist Fleisch geradezu harmlos. Sehen Sie, und schon halte ich wieder Vorträge.«

Lina musste lachen. »Sehr beruhigend«, sagte sie. »Kannten Sie eigentlich eines der Opfer?«

»Nein«, sagte Kleeberg. »Wie kommen Sie darauf?«

32

Soll ich dir die Einkaufstüten tragen?«, fragte Che und blieb vor einem Verkaufswagen mit französischen Spezialitäten stehen. Lina sah sich die verschiedenen Pasteten, Rillettes, Käse und backfrischen Croissants an. Daneben lagen Schinken, frische Poularden und eine Auswahl französischer Weine.

Um diese Zeit, vormittags, kauften neben den Anwohnern auch die Touristen ein. Der Isemarkt zog sich über einen Kilometer unter einer U-Bahn-Trasse entlang.

Vor einem Verkaufswagen, in dem hausgemachte Süßwaren aller Art verkauft wurden, hatten sich gleich vier Schlangen gebildet.

Lina lotste Che durch einen Pulk von Müttern mit Kinderwagen zu einem Stehtisch.

»Erstaunlich wenige Rollatoren unterwegs«, stellte Che fest.

»Ich mag diesen Geruch, den Duft nach frischem Gemüse und Bratwurst«, sagte Lina.

»Deine Sonderkommission lässt dir erstaunlich viel Zeit«, erwiderte Che. »Ich dachte, da sitzt man in einem stickigen Büro und lässt die schlechten Witze der Kollegen über sich ergehen.«

»Hanisch glaubt, dass ich als Soldatin auf der Straße mehr tauge.«

»Oder er hält dich schön weit vom Schuss«, erwiderte Che.

Lina erzählte Che von Kleeberg und sah spöttisch auf seine Umhängetasche. Che hatte sie wohl zur Tarnung mitgenommen. Er schien das mit ihrem kleinen Undercovereinsatz viel dramatischer zu sehen als sie.

»Hast du eine Erklärung dafür, warum Kleeberg lügt?«, fragte Lina. »Er muss Claudia Planck gekannt haben.«

»Wird dir nicht so gefallen. Er ist ein gern gesehener Gast in Tierheimen in Norddeutschland. Sein Verband betreibt da so eine Art Charity-Unterstützung, und er liefert die Schecks ab, verteilt Anerkennungen und Gratifikationen für ehrenamtliche Mitarbeiter.«

»Die Fleischfabrikanten unterstützen Tierheime?«

»Imagepflege«, meinte Che. »Manchmal landet das als Notiz in der Tageszeitung, und alles ist gut.«

»Und sonst?«, fragte Lina.

»Kleeberg hat früher mal bei einem inzwischen nicht

mehr existierenden regionalen TV-Sender gearbeitet. Nichts Besonderes. Und vor ein paar Jahren wurde er beim Verband als PR-Manager eingestellt.«

»Eine Sackgasse nach der anderen«, sagte Lina. »Geht's doch um einen verrückten Einzeltäter? Jemand, dem es Spaß macht, Unruhe zu stiften.«

»Und der Geschmack am Morden gefunden hat«, sagte Che. »Immerhin hat er dir in Lissabon eine Leiche direkt ins Nebenzimmer geliefert.«

»Wäre nicht das erste Mal, dass Täter mit der Polizei spielen. Kommen sich überlegen und mächtig vor.«

»Wenn Nölting als V-Mann für Hanisch arbeitet, und daran lässt das Foto keinen Zweifel, dann wird er gequatscht haben.«

»Dann gibt es kaum eine Chance, den Kreis derjenigen einzugrenzen, die vom Trip nach Lissabon wussten.«

»Alles Polizisten jedenfalls«, sagte Che. »Aber dass der Mörder dich im Visier hat, weißt du ja, seit du im Schanzenviertel überfallen worden bist. Allerdings ...«

»Allerdings was?«

»... wissen wir nicht, ob er die Tierschützerin Lina Andersen oder die Polizistin Lina Andersen angreift. Das alles ist ein heilloses Durcheinander. Und es kann echt gefährlich werden für dich, Lina. Willst du nicht vorübergehend ins Präsidium ziehen und dir dort ein Notbett für die Nacht reinstellen?«

Der Isemarkt war zusehends voller geworden. Vor dem Gemüsestand der Familie Gonschorowski gegenüber bildete sich nun ebenfalls eine endlose Schlange. Ein Junge quengelte laut, zerrte an der Hand seiner Mutter herum und versuchte sich loszureißen.

Che hatte von der Isestraße her laute Motorgeräusche

gehört und hinübergesehen. Plötzlich riss er seine Augen weit auf. Mit einem Satz sprang er auf Lina zu und stieß sie mit voller Wucht zur Seite.

Lina spürte etwas Hartes an ihrem Kopf, dann schoss ein Insekt knapp an ihr vorbei und krachte in die seitliche Scheibe des Verkaufswagens. Sie hörte das Zersplittern von Glas und verlor das Bewusstsein.

33

So früh wird der Tod dich nicht erlösen«, murmelte er. Oh, nein! Ein Leichtes wäre es gewesen, den Pfeil genau in ihre Stirn einschlagen zu lassen. Er hätte seine Arme abstützen können. Seine Hand war ruhig. Einatmen und Ausatmen, dann krümmen.

Absolute Konzentration. Kein Gedanke mehr im Kopf, der hätte stören können. Kein Schweiß. Fast wie in Zeitlupe. Gut, er hatte zwei Tage auf diese Gelegenheit gewartet. Doch was waren schon zwei Tage!

Sechs Stunden hatte der Junge im Krankenhaus um sein Leben gekämpft. Sechs Stunden! Das war eine sehr lange Zeit im Leben eines Kindes.

Diese Frau sollte ihn im Nacken spüren, bevor es so weit war. Noch hatte er Zeit.

Er warf die Armbrust auf den Beifahrersitz und legte seine Jacke darüber. Dann drückte er das Gaspedal durch und bog mit hohem Tempo in die Grindelallee ein. Nach ein paar Kilometern drosselte er die Geschwindigkeit. Jetzt nur nicht auffallen. Er schaltete einen Sender mit klassischer Musik ein, um sich zu beruhigen, und folgte den Hinweisschildern zu einem Möbelhaus.

Früher hatte er Ausflüge mit dem Jungen gemacht. Der hatte sich so gern durch die Gegend kutschieren lassen. Und so viele Fragen gestellt. Es war schon erstaunlich, was Kindern in diesem Alter durch den Kopf ging.

Er konnte sich nicht daran erinnern, selber jemals so neugierig gewesen zu sein. Zwar hatte auch er viele Bücher gelesen, doch in der Schule war ihnen das Fragen nicht beigebracht worden. Still sitzen und nicht auffallen. Zuhören. So viele Jahre hatte er »still gesessen«.

Er fuhr auf den Parkplatz und fand einen Platz ziemlich am Rand. Ein Stück entfernt versuchten zwei Leute, einen sperrigen Karton auf ihrem Dachgepäckträger zu befestigen. Keine Gefahr. Die waren beschäftigt. Für sie, wie für alle anderen, war er nur ein alter Mann auf dem Weg zu einem billigen Mittagessen im Restaurant des Möbelhauses.

Er stieg aus dem Wagen und kniete sich mit breitem Rücken vor das vordere Nummernschild. Dann entfernte er die schwarzen Streifen aus Isolierband, mit denen er die Buchstaben und Ziffern auf dem Schild verändert hatte. Schließlich riss er auch hinten rasch die Klebestreifen ab und überlegte, ob er nicht tatsächlich eines der Tagesgerichte zu sich nehmen sollte, wenn er schon mal hier war. Er hatte Appetit wie schon länger nicht mehr. Er verschloss die Autotüren, entsorgte die Isolierbandstreifen in einer Mülltonne und ging vor zum Eingang des Möbelhauses.

34

Nicht ins Krankenhaus!«, jammerte Lina. Doch die Rettungssanitäter in ihren roten Westen nahmen keine Notiz davon.

»Hey!«, sagte Che. »Du hast ganz schön was abbekommen. Gebrochen ist nichts, aber du musst auf eine Gehirnerschütterung untersucht werden. Bist mit dem Kopf auf die Kante da geknallt.«

Er zeigte durch die offen stehende Wagentür hinaus auf die Ablagefläche der Imbissbude, auf der normalerweise Kunden ihre Taschen abstellten. Einer der Sanitäter stopfte die leere Verpackung von einer Spritze in seinen Koffer, dann wurde die Tür geschlossen. Lina protestierte, doch der Fahrer sah sich nur müde um und schüttelte den Kopf.

»Wir dürfen Sie jetzt nicht mehr laufen lassen«, sagte er. Das Universitätskrankenhaus sei in der Nähe. Sie könne sich ja von dort auf eigenen Wunsch entlassen. Aber sie müssten sie dort abliefern, was dann passierte, sei ihnen egal.

Der Wagen setzte sich in Bewegung.

»Mach das Gebläh an«, sagte der Beifahrer zu seinem Kollegen. Im nächsten Moment sah Lina das an den Häuserwänden reflektierende Blaulicht und hörte die Sirene. Der Wagen beschleunigte.

»Was war das?«, fragte Lina.

Che zog einen Bolzen aus der Tasche.

»Metall.«

Linas Blick verriet, dass sie nicht verstanden hatte.

»Entweder eine Art Bolzenschussgerät oder eine Armbrust.«

»Wie bitte?«

»Der Mann hat in aller Ruhe sein Fenster wieder hochgekurbelt und ist weggefahren.«

Lina versuchte sich aufzurichten, spürte jedoch einen stechenden Kopfschmerz. Che drückte sie sanft auf die Liege zurück.

»Bei dir wirken nicht mal Beruhigungsmittel, was?«, meinte er und bedachte den Sanitäter mit einem vorwurfsvollen Blick.

Der zuckte die Achseln und legte Lina ein Blutdruckmessgerät an.

»Konntest du ihn erkennen?«, fragte Lina.

»Keine Chance«, sagte Che. »Heruntergezogener Hut, große Sonnenbrille.«

»Hast du meine Kollegen angerufen?«

Che schüttelte den Kopf.

Der Sanitäter räusperte sich und sagte, er habe das erledigt.

»Ist Vorschrift. Meistens sind wir längst unterwegs, wenn die kommen«, sagte er mit einem stolzen Grinsen. »Die Gesundheit der Opfer geht vor. Ihre Kollegen werden Sie nachher im Krankenhaus besuchen.«

Lina verdrehte die Augen. Sie sah schon das Gesicht von Sven Emmert vor sich, der versuchen würde, sie zum Innendienst zu verdonnern.

»Das mit dem Bolzen müssen Sie der Polizei schon mitteilen«, sagte der Sanitäter, jetzt auch an Che gewandt. »Wir sind bis jetzt von einem Unfall ausgegangen, Kopfverletzung durch Stolpern. War das ein Anschlag?«

Che versicherte ihm, dass sie alle Einzelheiten mit der Polizei besprechen würden.

»Aber der Bolzen hat Sie doch nicht etwa getroffen?«,

fragte der plötzlich unsicher gewordene Sanitäter Lina dennoch. »Irgendwo am Körper?«

Nachdem Lina verneint hatte, legte er ihr einen Tropf an, den er an einem Haken befestigte.

»Nur zur Beruhigung«, sagte er.

»Was für eine Einkerbung ist das?«, fragte Lina und zeigte auf das Metallstück, das Che noch immer in der Hand hielt.

»Ein Buchstabe und eine Zahl«, antwortete Che. »H 74.«

Lina nickte und spürte sofort wieder den stechenden Schmerz.

»Du weißt, was das bedeutet?«, fragte Che.

Lina schloss die Augen und tat so, als hätte sie seine Frage nicht gehört.

H 74! Das »H« stand für Hoheluftchaussee, und »74« war ihre Hausnummer.

35

Und es war tatsächlich ein Unfall, so wie Sie es angegeben haben?«, fragte die Krankenschwester bei der Aufnahme.

»Ja. Ich bin ausgerutscht«, beteuerte Lina. »Der Asphalt muss dort wohl rutschig gewesen sein.«

»Ist der Mann, der bei Ihrer Einlieferung dabei war, Ihr Freund?«, bohrte die Schwester nach.

Lina stutzte, dann begriff sie und begann zu lachen.

»Oh nein, nein«, sagte sie. »Keine häusliche Gewalt. In diesem Fall wirklich nicht. Ich bin Polizistin.«

Die Krankenschwester nickte. Doch ihr Ausdruck verriet, dass sie Lina kein Wort glaubte. Grußlos verschwand sie ins Schwesternzimmer.

Trotz der festgestellten Gehirnerschütterung verließ Lina schon vier Stunden später das Krankenhaus. Auf eigenen Wunsch, und mit dem Versprechen, sich zu schonen. Zum Abschied ermahnte der diensthabende junge Arzt sie, im Fall von Übelkeit, Schwindelgefühl oder Kopfschmerz unbedingt sofort wiederzukommen. Er drückte ihr eine Packung Kopfschmerztabletten in die Hand und wünschte eine gute Besserung.

Noch im Foyer der Klinik schluckte Lina eine der Tabletten und fuhr mit dem Taxi ins Präsidium. Im Fahrstuhl begegnete sie Sven Emmert, der sie ansah, als wäre sie von den Toten auferstanden.

»Wieso bist du nicht im Krankenhaus?«, fragte er.

»Es ist nichts weiter«, sagte sie, »ich muss dann nur noch mal hin zur Nachuntersuchung.«

Bis jetzt hatte sie sich nicht getraut, die Beule abzutasten, die die Haut über der Stirn zum Zerreißen spannte.

»Du lässt dich krankschreiben!«, sagte Emmert.

»Ausgeschlossen«, antwortete Lina.

Sie sah ihn an. Wenn sie ehrlich war, hatte er sich verändert. Er zeigte ihr gegenüber Respekt, und seine Sorge um sie war echt.

»Woher weißt du, dass ich im Krankenhaus war?«

»Die Kollegen von der Streife. Es gibt einen Augenzeugen, der behauptet, dass eine Kugel direkt neben dir in den Marktwagen eingeschlagen ist.«

»Und?«, sagte Lina mit Unschuldsmiene.

»Außer der kaputten Scheibe haben wir nichts finden können«, sagte er. »Hast du mitbekommen, wer das war?«

Lina schüttelte den Kopf.

»Lina, wir müssen uns aufeinander verlassen können.

Es ist wichtig, dass du mit deinen Informationen rüberkommst.«

»Es war Zufall«, sagte sie und hoffte, dass Che nicht auf die Idee kam, einem ihrer Kollegen etwas von der Armbrust und dem Bolzen zu verraten. Für Sven wäre das ein willkommener Anlass, mich von dem Fall abzuziehen, dachte sie.

Lina stieg im dritten Stock aus, Emmert fuhr weiter hinauf in die Personalabteilung.

Mirko Lange sah von seinem Computerschirm auf und starrte sie neugierig an.

»Geht's wieder?«, fragte er.

Kollege Fincke ging direkt zur Tagesordnung über.

»Was war im Tierheim? Was Interessantes? Wann kommt der Bericht?«

»Max Kleeberg ist auf einem Foto verewigt, das im Büro der Leiterin hängt. Also könnte er Claudia Planck gekannt haben«, sagte sie und schlug vor, das zu recherchieren.

»Kleeberg also«, sagte Lange. »Unser Fleischfuzzi.«

»Kleeberg treibt sich überall und nirgends rum«, sagte Fincke gleichmütig. »So einer macht sich die Finger nicht schmutzig.«

»Wurde er überprüft?«, fragte Lina.

»Natürlich«, sagte ihr Kollege. »Wir gehen hier allen Hinweisen nach. Ist nicht wie bei den sogenannten Döner-Morden.«

Er warf einen flüchtigen Blick in Richtung Hanischs Büro und widmete sich dann wieder seinen Papieren. Lina gab ihren Bericht über die Tierheimrecherche in den Computer ein und begann, ihre Anmerkungen und Notizen durchzuarbeiten. Der Stapel war während ihrer Abwesenheit erheblich gewachsen.

Hanisch kam aus seinem Büro hereingestampft und sah sie verwundert an.

»Laut Emmert sind Sie doch im Krankenhaus!«

»Nur ein kleiner Unfall«, beschwichtigte Lina ihn sofort.

»Wenn ich zwei Dinge nicht mag, Frau Andersen, dann sind das Kollegen, die mit Informationen hinter dem Berg halten ...«

»Welche Informationen?«, fragte Lina und tat überrascht.

»... und ich mag es auch nicht, wenn die Dinge aus dem Ruder laufen. Wir müssen hier alle Hand in Hand arbeiten. Was haben Sie während Ihrer Arbeitszeit auf einem Wochenmarkt zu suchen?«

»Ich habe einen Informanten getroffen«, sagte Lina.

Hanisch kniff die Augen zusammen.

»Von einem Informanten haben Sie mir noch nichts erzählt. Wer ist das?«

»Ein Kleinkrimineller, mit früheren Kontakten zur Tierschützerszene, hat denen Einbruchswerkzeuge geliefert, Dietriche und so.«

Noch bevor sie ihren Satz beendet hatte, wusste sie, dass sie einen schweren Fehler begangen hatte. Mit der Lüge über Che wollte sie sich dafür rechtfertigen, dass sie ohne Genehmigung auf eigene Faust ermittelte.

»Verflucht, das ist kein Informant, das ist ein Zeuge«, sagte Hanisch. »Schaffen Sie ihn her!«

»Ich weiß weder seinen vollen Namen noch seine Adresse«, sagte Lina, doch Hanisch ließ sich nicht abschütteln.

»Ist mir egal, schaffen Sie ihn her!«

Er stampfte zurück zu seinem Büro. Bevor er die Tür erreichte, drehte er sich noch einmal um und bellte: »Und kommen Sie ja nicht auf die Idee, ihn auf eigene

Faust zu befragen. Geben Sie mir Bescheid, wenn er da ist!«

»Bis ich den aufgetrieben habe …«

»Ihnen wird schon was einfallen«, sagte Hanisch und ließ die Bürotür hinter sich zufallen.

Lina widmete sich wieder dem Papierberg auf ihrem Schreibtisch. Das meiste waren Aktennotizen. Alle von Hanisch. Bei der Menge musste er jede Viertelstunde eine abgesondert haben.

Die Gerichtsmedizin hatte bestätigt, dass Claudia Planck in den letzten Monaten ihres Lebens rapide an Körpergewicht verloren hatte. Dies hatte zu einer Ausbildung von Bauchlappen geführt. Hinweise auf sexuellen Missbrauch waren nicht gefunden worden. Auch keine Folterspuren.

Ein Teil der Notizen betraf Informationen über das soziale Umfeld von Claudia Planck. Sie hatte nach einer Scheidung zurückgezogen gelebt. Ihr Exmann war wieder verheiratet und lebte in Süddeutschland. Laut seinen Angaben hatte er nach der Scheidung keinen Kontakt mehr zu ihr gehabt. Eine Nachfrage bei seinem Arbeitgeber hatte ergeben, dass er zur Tatzeit in einem Büro in München gesessen und Versicherungsfälle bearbeitet hatte.

Auf dem letzten Blatt stand fett gedruckt: »Umfeldanalyse Tierheim, recherchiert von Kollegin Andersen, fehlt noch. Bislang keine Ansatzpunkte für weitere Ermittlungen.«

So also tadelte Hanisch die Leistungen seiner Mitarbeiter, mit einem knappen Vermerk, der auf den fehlenden Bericht hinwies.

Der nächste Papierstapel behandelte die Ergebnisse zum Mord in Lissabon. Auch dort fehlten brauchbare Spuren. Die Rechnung für das Zimmer, in dem die Tote gefunden worden war, war bar beglichen worden. Auf den technisch unzulänglichen Überwachungsvideos des Hotels waren Gesichter nicht zu identifizieren. Nicht einmal das Opfer hatte man auf den Aufnahmen ausmachen können. Die Frau war 34 Jahre alt und hatte ein Kind in Brasilien. Seit wann sie in Lissabon als Gelegenheitsprostituierte gearbeitet hatte, blieb unklar. Polizeilich aufgefallen war sie vor drei Jahren. Ein Freier hatte behauptet, sie hätte ihm Geld gestohlen.

Lina betrachtete das Foto der dunkelhäutigen Frau. Sie hatte geglättete Haare, ihre Augen waren mit einem leuchtenden Blau geschminkt. Um ihren Hals hing ein Goldkettchen mit dem Schriftzug »Love«.

Die Frage der deutschen Sonderkommission, ob das Opfer Haustiere gehalten hätte oder im Tierschutz engagiert war, hatten die portugiesischen Kollegen verneint.

Alles deutete darauf hin, dass die Prostituierte ein Zufallsopfer war. Eine, die der oder die Täter benutzt hatten, um Macht zu demonstrieren.

Auf Linas Schreibtisch lag auch eine Anfrage an Interpol, ob es auch in anderen Ländern Fälle wie die in Lissabon oder Hamburg gab.

Lina schrieb ein knappes Protokoll über ihren Besuch im Tierheim und erwähnte darin auch das Foto von Max Kleeberg im Kreis von Mitarbeitern des Tierheims.

»Verflucht!«, rief plötzlich Mirko Lange neben ihr. »Das darf doch nicht wahr sein!«

Lina sah überrascht auf. Lange sprang vom Stuhl und stürmte in das Büro von Hanisch.

Sekunden später kamen beide zurück aus Hanischs Büro gestürzt und starrten gemeinsam auf den Bildschirm.

»Das ist doch nicht zu fassen!«, sagte Hanisch.

Lina entdeckte Schweißperlen auf seiner bleichen Stirn.

»Zum Teufel, was soll das?«, schnaufte er. »Sofort alle Einzelheiten zu der Frau ausdrucken!«

*

Keine halbe Stunde später saßen sie alle wieder im Konferenzraum.

»Sind das die Ergebnisse unserer Interpolanfrage?«, fragte Sven Emmert.

»Nicht ganz«, antwortete Hanisch. »Seit einem Jahr stellen wir DNA-Muster vermisster Personen ins Netz. Die tschechische Polizei hat uns jetzt einen Treffer gemeldet.«

»Eine vermisste Person aus Hamburg in Tschechien?«, fragte Thorsten Fincke mit gewohnt ausdrucksloser Miene.

Hanisch nickte. »Die Überreste haben Gärtner auf dem jüdischen Friedhof von Prag gefunden.«

»In Prag?«, fragte Lina.

»Die Kollegen dort gleichen das routinemäßig mit den Datenbanken ab. Sie haben dem Fund zunächst keine besondere Aufmerksamkeit geschenkt ...«

»Es wird eine Leiche gefunden, und die messen dem keine Bedeutung bei?«, fragte Emmert.

»Die hatten mit einem Polizistenmord zu tun. Laut Auskunft des Kollegen, mit dem ich telefoniert habe, werden Knochen von Menschen jüdischen Glaubens häufig dort auf dem Friedhof *eingeschmuggelt*.«, Das letzte Wort betonte er sonders.

»Ist das dort eine Art Hobby?«, fragte Mirko Lange.

»Gläubige Juden aus Amerika oder Asien werden gern auf dem jüdischen Friedhof in Prag beerdigt. Der berühmte Rabbi Löw liegt dort, und die Totenruhe währt auf jüdischen Friedhöfen ewig. Aber das ist jetzt nebensächlich«, sagte Hanisch mit einem Blick, als wollte er gleich Blitze in die Runde schießen.

»Sie haben Knochenreste gefunden?«, fragte Sven Emmert.

»Genau«, sagte Hanisch. »Wie immer wurden die analysiert, und siehe da …«

Er dunkelte den Konferenzraum ab und warf mit dem Beamer das Foto einer Frau an die Wand.

»Jenny Sinthof«, sagte er. »Anfang 30. Stammt aus Niedersachsen. Vermisst gemeldet seit vier Monaten.«

Das Foto zeigte eine ernst dreinblickende Frau. Ihr Haar war blondiert und kurz geschnitten, auf einer Seite rasiert.

»Wurden die Knochen so vergraben, dass sie gefunden werden mussten?«, fragte Emmert.

»Schlecht einzuschätzen«, antwortete Hanisch. »Sie waren ein paar Zentimeter tief im Boden.«

Thorsten Fincke sah vom Schirm seines Notebooks auf und sagte: »Wegen Platzmangels werden die Toten dort in einigen Lagen übereinander bestattet. Wie hat man bemerkt, dass die Knochen da nicht hingehören?«

Hanisch räusperte sich, und ohne den Blick vom Foto der Frau abzuwenden, antwortete er: »Sie befanden sich in einer Tupperdose.«

»Und was hat sie gemacht? Beruflich meine ich? War sie vielleicht Tierärztin?«, fragte Fincke.

»Nein. Köchin«, antwortete Hanisch. »Sie war Köchin in einem Restaurant.«

»Ist die Frau bei euch, Rodrigo? Könnt ihr sie sehen? Und warum redet ihr nicht mehr mit mir?«

Sie wendet sich wieder der Wand zu, auf der der Tänzer erschienen war. Bei seinem nächsten Besuch würde er sich über die Sauberkeit wundern. Sie sieht sein Lächeln. Seine weißen Zähne. War sie es, die ihm die Hand gereicht hat? Sie weiß es nicht. Es ist nicht wichtig.

»Sag, Esmeralda, wie viele Kinder hast du großgezogen? Oder verliert man als Asselmutter den Überblick?«

Sie muss lachen. Wie es wohl ist, wenn Hunderte von Nachkommen aus den Eiern schlüpfen, die man gut in einer Betonritze verborgen hatte? Ähneln sie einander?

Mercedes, die Tochter, scheint zu kränkeln. Sie steht schief auf ihren Beinchen, und ihr Chitinpanzer bebt.

»Oder seid ihr am Ende gar keine Familie? Habe ich euch nur zusammengewürfelt?«

»Sie leben in ihrem Kosmos«, sagt da eine Frauenstimme hinter ihr laut und deutlich.

Sie wirbelt herum. Doch außer ihr und den Asseln ist niemand im Raum. Ist es wieder dieser Traum, den sie schon ein paar Mal hatte? Stundenlang ist sie durch Gänge geirrt, hat an opulent gedeckten Tafeln gesessen und Stimmen gehört. Es wird applaudiert und gemurmelt. Doch an das, was gesagt wird, kann sie sich nicht erinnern.

Der dicke Rodrigo läuft im Kreis, als wollte er sein Terrain abstecken. Genauso ist sie früher selber im Kreis gelaufen.

»Alles weiß machen und ein neues Leben beginnen«, murmelt sie.

Vielleicht ist es ja genau so. Dass Menschen kein Sinnesorgan haben, das Zeit empfinden kann. Das hat sie gelesen. Zeit, das sei der Ablauf der Erkenntnisse. Deshalb erscheine einem die Hinfahrt zu einem unbekannten Ort immer länger als die Rückfahrt, weil man das, was man sehe, nicht mehr verarbeiten müsse.

So gesehen hüpft sie nur von einem Ereignis zum nächsten.
Was ist, wenn sie liegen bleibt?
Wird die Zeit stillstehen?

36

Haben Sie so etwas schon mal gesehen?«, fragte die Gerichtsmedizinerin und wies auf die zugedeckte Liege.

Lina nickte und atmete langsam aus. Sicher hatte sie mit ihrem Kollegen Alex von der Streife Wohnungen betreten, in denen Tote wochenlang gelegen hatten. Irgendwann bemerkte ein Nachbar den Geruch oder dass der Briefkasten überquoll.

Lina hasste solche Einsätze. Sie konnte das Gefühl nicht abschütteln, in das Intimste eines Menschen einzudringen, der am Abend ins Bett gegangen und nicht mehr aufgewacht war.

»Na ja. Gut durchfeuchtete Wasserleichen sind schlimmer«, meinte die Medizinerin und hob mit geübter Handbewegung das lindgrüne Laken von den Knochen.

Der Täter hatte sie zersägt, um ihre Knochen in der Tupperdose unterzubringen. Die zehn Zentimeter hohe und dreimal so lange Dose stand auf der Liege bei einer Ansammlung von Knochen, die nebeneinander aufgereiht waren.

»Der war mit Konzentration dabei«, sagte die Ärztin. Mit behandschuhten Händen hielt sie die Tupperdose in die Höhe.

»Auf der Dose sind keine Finger- oder Handspuren. Sehen Sie hier?«

Sie hielt ihr die Dose hin und deutete auf Kerben am Klappverschluss.

»Ich hatte gehofft, hier würde etwas DNA drinstecken und auch anderer Schmutz. Fehlanzeige. Möglich, dass er die Dose in ein Desinfektionsmittel getaucht hat.«

»Oder sie war fabrikneu«, sagte Sven Emmert, der plötzlich hinter Lina stand.

Die Ärztin stellte die Dose zurück auf die Liege und nahm ein einzelnes Knochenstück in die Hand.

»Auch die Knochen hat er uns sauber hinterlassen«, sagte sie. »Wahrscheinlich hat er sie abgekocht. Es grenzt an ein Wunder, dass die tschechischen Kollegen für einen Abgleich taugliche DNA-Spuren gefunden haben. Sehen Sie hier.«

Sie hielt Emmert und Lina den Knochen entgegen. Lina erkannte Einritzungen, die quer verliefen.

»Er hat das Fleisch mit einem Messer von den Knochen gelöst?«, fragte Emmert.

»Sieht nicht so aus«, meinte Lina. »Dann müssten es Längsrillen sein.«

»Gut beobachtet«, sagte die Rechtsmedizinerin anerkennend. »Respekt. Und dann hier, diese Einkerbungen.«

»Was bedeuten die?«, sagte Emmert kurzatmig. Er hustete in ein Taschentuch und murmelte, das müsse wohl an den Desinfektionsmitteln liegen.

»Kommen Sie«, sagte die Ärztin und ging zu einem Archivschrank. Darauf lag ein aufgeschlagenes Buch. Auf der einen Seite war ein Foto mit dem gleichen Spurenbild.

»Dies hier auf dem Foto ist ein Rinderknochen«, sagte sie.

»Und was hat man damit angestellt?«, fragte Emmert und nickte mit düsterer Miene, als ahnte er die Antwort bereits.

»Gegessen«, sagte die Rechtsmedizinerin. »Das sind Messerspuren, und die Einkerbungen stammen von menschlichen Zähnen. An den Knochen hat jemand genagt.«

*

Lina und Sven Emmert fuhren gemeinsam zurück ins Präsidium und informierten die Sonderkommission.

»Nicht auch noch Kannibalismus!«, brüllte Hanisch und knallte den Stapel Papier, den er in der Hand hielt, auf den Tisch. »Verflucht noch mal! Jetzt sieht es so aus, als hätten wir den Täter gestört, als der mit gutem Appetit zulangen wollte.«

»Die Frage ist doch, wo er die anderen Leichenteile entsorgt hat«, sagte Lina. »Und warum versteckt er identifizierbare Knochen so plump, dass man sie findet, ja, finden *muss*?«

»Nur weiter«, ermunterte Hanisch sie.

»Er hätte sie ins Meer oder in den Fluss werfen können.«

»Oder auf eine Mülldeponie, da wären die doch zwischen normalen Essensresten niemals aufgefallen«, sagte Mirko Lange.

»Und wenn er das obendrein getan hat?«, fragte Hanisch. »Wenn wir die Frauen nur noch nicht entdeckt haben?«

Zusammen mit Emmert und Lina setzte Hanisch eine detaillierte Anfrage an die europäischen Polizeibehörden auf. Er schickte das Schreiben an die Übersetzungsdienststelle.

»Und was sollen die Kollegen damit machen?«, fragte Emmert.

»Die Augen aufhalten«, sagte Hanisch. »Ich will mir nicht noch mal ans Bein pissen lassen, weil ich angeblich was falsch interpretiert habe. Angeblich waren wir vom BKA es ja, die diesen NSU-Mist verbockt haben.«

»Die werden sicher nicht anfangen, ihre Mülldeponien zu durchwühlen«, sagte Emmert.

»Vielleicht ist er seiner Handschrift treu, und sie müssen nur auf diese Behälter achten«, sagte Lina.

»Tupperdosen«, sagte Emmert verächtlich.

Auch Hanisch schüttelte den Kopf. »Leichen als Essensreste getarnt. Was ist da bloß im Gange?«

Unter dem Vorwand, ihren Kontaktmann, der die Tierschützer mit Einbruchswerkzeug ausgestattet hatte, auftreiben zu müssen, machte Lina sich auf den Weg zu Che.

*

Sie fuhr Umwege und nahm kleine Straßen, um sicherzugehen, dass sie nicht verfolgt wurde. Das fehlte gerade noch, dass Che wegen ihrer Notlüge festgenommen wurde.

Weil sie ihn in seiner Wohnung nicht antraf, ging sie hinüber ins Hotel »Reichshof«. Che saß bei einem Cocktail an der Bar und las eine englische Tageszeitung.

»Du bleibst deinen Gewohnheiten treu«, sagte sie.

»Hier kann ich mich am besten konzentrieren«, meinte er.

»Auch wenn du eine alte Times liest?«

»Bist du hier, um über mein Privatleben zu diskutieren?«

»Ich möchte mit dir mal auf Kreuzfahrt gehen«, sagte Lina. »Auf einem Edelkutter. Nicht so ein Kahn, auf dem man sich um das Büfett prügeln muss. Sondern mit Kellnern, die einem die Drinks an die Liegestühle bringen. Du im weißen Anzug, ich mit einer Perlenkette um den Hals. Sonnenaufgang über den Bermudas.«

»Seit wann stehst du so früh auf?«

»Durchtanzte Nächte …«

»Verschon mich mit deinen Horrorgeschichten«, sagte Che. »Was ist so eilig?«

»Sieht man mir das an?«, fragte sie kokett.

»Eigentlich nicht«, sagte Che grinsend. »Du siehst immer aus, als hättest du Restless Legs im Kopf. Also?«

»Kannibalen«, sagte Lina.

»Nein, bitte nicht!«, rief Che aus und faltete die Hände wie zum Gebet.

Sie klärte ihn über den neuesten Stand der Dinge auf. Im Präsidium sei die Hölle los, und selbst das Bundesinnenministerium habe sich eingeschaltet und wolle informiert werden.

»Was denn nun?«, sagte Che. »Erst die armen Tierschützer, dann die Fleischindustrie, und nun sind Kannibalen am Werk?«

»Was sollen wir tun?«, fragte Lina und presste die Lippen zusammen.

»Aha«, sagte Che. »Der Polizeivirus hat dich endgültig erwischt. Wolltest du nicht zurück zum Streifendienst? Hast du nicht überlegt, den Job an den Nagel zu hängen? Und jetzt heißt es *wir*!«

»Frauen sind ermordet worden, Che. Wir wissen nicht mal, wie viele es sind.«

»Da ist er, der Korpsgeist«, sagte Che. »Erzähl mir nie wieder, wie sehr dieser Polizeiverein dir auf die Nerven geht.«

»Hast du im Netz was über Kannibalismus gefunden?«

»Da geistern jede Menge Fans im Internet und in Chaträumen herum. Die sind harmlos.«

»Harmlos?«, fragte Lina. Sie nahm einen kräftigen Schluck von Ches Mojito und bestellte sich beim Barkeeper einen Kognak.

»Die versprechen einander, dass sie Teile vom jeweils anderen essen, wenn's mal vorbei ist. Muss wohl was Erotisches haben«, sagte Che. »Aufgegessen werden, die Kraft und Potenz gehen auf den anderen über, derjenige, der verspeist wird, darf zu Lebzeiten das Gefühl haben, dass er ein Teil des anderen wird. So'n Scheiß törnt die an.«

»Und woher weißt du das?«

»Ich hab mal ein Seminar über solche Riten besucht. So was gibt's in pervertierter Form auch heute.«

»Das ist nicht dein Ernst, oder?«

»Doch, doch. Im Ernst. Britische Siedler im nordamerikanischen Jamestown ...«

»Bitte hör auf«, sagte Lina.

Che zuckte mit den Achseln. »Früher gehörte es zum Kriegsbrauch. Zufällig Robinson Crusoe gelesen? Da kommen Bewohner der Nachbarinsel und verspeisen am Strand ...«

»So genau will ich das nicht wissen«, sagte Lina. »Sieh doch mal nach, ob Karen Kreft Kontakte zu dieser Szene hatte.«

»Lina, da wird niemand umgebracht. Die malen sich das aus, fantasieren rum. Ein perverses Rollenspiel.«

»Gewaltfantasien, die man auf den eigenen Körper richtet?«

»Im Körper eines anderen weiterleben«, sagte Che.

»In seinem Darm. Na toll.«

Lina bestellte einen zweiten Kognak und stürzte ihn unter dem verwunderten Blick des Barkeepers hinunter.

»Hanisch sucht dich«, rückte sie dann endlich mit der Sprache raus. »Du bist ein Zeuge.«

Che hob sofort abwehrend die Hände.

»Ich helfe dir gern, Lina. Friere mir den Hintern ab, stehe an zugigen Häuserecken, um Leute zu observieren. Aus allem anderen lässt du mich raus, ja? Meine Erfahrungen mit Angehörigen deines Berufsstandes sind nicht so, dass ich sie wiederholen will.«

»Vertickst du wieder leer stehende Villen?«, fragte Lina.

»Nichts Kriminelles mehr«, meinte Che. »Aber seitdem ich dich kenne, zerbröselt mein Vorsatz.«

*

Lina fuhr mit dem Bus bis zur Hoheluftchaussee. Als sie ausstieg, winkte ihr eine der thailändischen Frauen aus dem Imbiss zu.

Lina ging hinein und kaufte zwei Flaschen Bier. Als sie wieder auf die Straße trat, bemerkte sie einen Bauzaun, den man ein paar Meter entfernt errichtet hatte. Sie rissen also die ersten Häuser ab. So war es immer. Kaum fühlte sie sich irgendwo heimisch, wurde abgerissen oder saniert.

Lina öffnete die Haustür und stieg die Treppen hinauf.

In der Wohnung warf sie ihre Jacke über den weißen Ledersessel und öffnete eine der beiden Bierflaschen.

Sie sah den Anrufbeantworter blinken und drückte auf den Wiedergabeknopf.

Sie hörte zuerst ein Räuspern, dann ein Hüsteln, und dann sagte eine Männerstimme: »Ich werde dich holen, Karen. Verlass dich drauf.«

37

Lina drückte sich an der Kasse vorbei und nickte der überraschten Katja Sandig zu.

»Wohl Blut geleckt, was?«, fragte sie, während sie die vor ihr liegenden Waren eines Kunden scannte.

»Ist der Chef oben?«, fragte Lina und deutete auf die verspiegelten Fenster des erhöht liegenden Büros.

»Lager«, antwortete Katja Sandig und grinste breit.

Lina ging am Pfandflaschenautomaten vorbei und orientierte sich im Halbdunkel. Wie immer standen hier Gitterwagen mit Flaschen, Einkaufswagen voller Kisten mit Obst und Gemüse und daneben Berge leerer Verpackungen.

Sie quetschte sich an einem Plastiksack mit zusammengedrückten Einwegflaschen vorbei und drückte die Tür zur Warenannahme auf.

Klaus Bader hatte den Arm an die Wand gelegt und den Oberkörper nach vorn gebeugt. Erst als er erschrocken herumfuhr, erkannte Lina ein mit dem Rücken zur Wand stehendes Mädchen. Das schwarze T-Shirt wies sie als Praktikantin aus.

»Frau Andersen?«, fragte Bader verwirrt.

»Störe ich?«

»Nein, nein! Aber wurden Sie nicht zu einer Schulung …«

»Ja, und ich muss auch gleich wieder gehen.«

»Ähm … geht es Ihnen gut?«

»Haben Sie vielleicht eine Erklärung dafür, warum mich jemand mit Karen Kreft verwechselt?«

»Ich verstehe nicht ganz?«

»Na gibt es zum Beispiel Kunden, denen Sie gesagt haben, ich sei Karen Kreft? Oder werde ich in Ihren Büchern unter diesem Namen geführt?«

Klaus Bader schüttelte verständnislos den Kopf.

»Nein, nein. Hier geht alles korrekt zu. Sie haben zwar Krefts Spind benutzt, aber das sehen die Kunden ja nicht.«

»Hat denn jemand nach ihr gefragt?«, sagte Lina.

»Geht es um meine Frau?«

»Wie bitte?«

»Hat meine Frau Sie angerufen?«

»Warum sollte sie das tun? Was reden Sie da?«

»Meine Frau ist eifersüchtig. Und da dachte ich …«

»Die denkt doch nicht, dass ich Ihnen …«

»Der Kittel!«, rief Klaus Bader auf einmal. »Sie haben doch Frau Krefts Kittel getragen! Kommen Sie!«

Vor der Umkleidekabine hing ein Spiegel, neben dem ein Schild prangte mit der Aufschrift: »So sieht Sie der Kunde. Alles in Ordnung?«

Bader öffnete Karen Krefts unverschlossene Spindtür und zog den Arbeitskittel heraus.

»Sehen Sie?«

Lina musste näher herangehen, um das Namensschildchen lesen zu können. Es war ihr gar nicht aufgefallen, als sie den Kittel getragen hatte.

»Das wäre doch eine Erklärung für die Verwechslung, oder«, meinte Bader erleichtert.

»Aber wie kommt die Person an meine Telefonnummer?«, fragte Lina.

»Werden Sie belästigt, Frau Andersen? Stalking?«

Da Lina nicht antwortete, fuhr er fort: »Ich kann mich mal bei unseren Leuten hier umhören.«

Lina folgte ihm zurück in den Verkaufsraum. Jens Olsen stand hinter der Fleischtheke und nickte ihr freundlich zu.

»Kommen Sie wieder zurück?«, fragte Klaus Bader beim Abschied. »Ich könnte Sie hier gut gebrauchen.«

»Mal sehen«, antwortete Lina und war froh, dass ihr Handy klingelte. Sie hob die Hand zum Gruß und nahm beim Hinausgehen das Gespräch entgegen.

»Hanisch hier.«

»Ich komme gerade aus dem Supermarkt.«

»Vergessen Sie den Supermarkt!«, bellte Hanisch ungehalten. »Wir brauchen Sie hier.«

»Noch eine Leiche?«, fragte Lina.

»Wie es aussieht, braucht die Rechtsmedizin neue Kühlfächer.«

*

Als Lina im Präsidium eintraf, saß die komplette Sonderkommission versammelt im Konferenzraum. Hanisch sortierte mit fahrigen Bewegungen irgendwelche Kopien. Er klopfte mit den Fingerknöcheln auf den Stapel und sah in die Runde.

»Gleich zur Sache. Unsere Kollegen aus Europa haben weitere Knochenfunde aus den Akten gezogen!«

»Gibt's einen Bezug zu unserem Täter?«, fragte Thorsten Fincke, dessen dunkle Brille schief auf der Nase saß.

»Das kann man wohl sagen«, brummte Hanisch. »Aus irgendeinem Grund wurde das nie bei Interpol gemeldet. Niemand hat recherchiert, ob die Funde aus den jeweiligen Ländern miteinander zu tun haben könnten. Eine verfluchte Sauerei ist das. Da machen wir für Kriminelle die Grenzen auf, und trotzdem wühlt jede Bundespolizeibehörde in ihrem eigenen Mist.«

»Und der Bezug zu …«, sagte Fincke und wurde sofort von Hanisch unterbrochen.

»Drei Knochenfunde. Alle verstaut in Tupperdosen.«

»In welchem Zeitraum?«, fragte Fincke.

»Ich schätze mal um die drei Jahre«, sagte Hanisch. »Und zwar in Spanien, Dänemark und Frankreich. Dazu kommt unser Fund aus Tschechien.«

»Wissen wir, wer die Toten sind?«, fragte Mirko Lange.

»Keine Treffer. Kein Wunder, denn die wenigsten Vermissten tun uns den Gefallen, vor dem Abtauchen ihre DNA zu schicken.«

»Also wissen wir auch nicht, ob die Opfer aus Deutschland stammen«, schlussfolgerte Sven Emmert. »Sicher ist nur, dass da einer menschliche Knochen in Tupperdosen entsorgt.«

»Er legt eine Spur«, sagte Lina leise und mehr zu sich selbst.

»Sie meinen, der will uns in die Irre führen?«, fragte Thorsten Fincke.

»Entweder ist es ein Ritual, mit dem er seine Allmacht beweisen und zugleich seinen persönlichen Friedhof über ganz Europa verteilen will, oder aber er verfolgt ein ganz bestimmtes Ziel«, sagte sie.

Sven Emmert nickte und sagte: »Klingt plausibel.«

»Wie wär's mit einem europäischen Kannibalenverband?«, sagte Mirko Lange. »Man lädt zum Essen Gäste ein. Hört sich total absurd an, aber es gibt solche Leute anscheinend wirklich.«

»Unsinn«, widersprach Hanisch. »Wenn da wer eine Spur legt, die uns erst jetzt auffällt, muss mehr dahinterstecken.«

»Er gibt sich jedenfalls Mühe«, sagte Lina.

Hanisch beauftragte zwei Kollegen damit, telefonisch Kontakt mit Dänemark, Spanien und Frankreich aufzunehmen.

»Wir brauchen Nahaufnahmen«, sagte er. »Ich will wissen, ob Messer- und Bissspuren vorhanden sind. Handelt es sich um die gleichen Tupperdosen? Emmert, Sie machen den Rechtsmedizinern Dampf. Außerdem müssen wir mit der Umfeldanalyse der identifizierten Opfer weiterkommen. Sie müssen ihrem Mörder irgendwo begegnet sein. Frau Andersen ...«

Lina war in Gedanken versunken und sah erschrocken auf, als sie ihren Namen hörte.

»Sie haben doch Psychologie studiert«, sagte Hanisch und sah sie an, »ich meine, wie müssen wir uns so einen Täter oder eine Tätergruppe vorstellen? Und dass die nicht mit rollenden Augen unterwegs sind, weiß ich schon.«

»Dazu müssten die psychologischen Forensiker ein gründliches Profil erstellen«, sagte Lina. »Da gibt's mehrere Möglichkeiten.«

»Psychologengeschwätz«, sagte Hanisch. »Versuchen Sie's doch mal. Spontan. Ein paar Vermutungen. Ins Blaue.«

Lina richtete sich auf.

»Es könnte eine Gruppe sein, eine Sekte etwa, die derartige Rituale vollzieht.«

»Rituale?«, fragte Hanisch gedehnt.

»Menschliche Opfer und das gemeinsame Verspeisen von Körperteilen.«

»Mit Gesang und Tanz, was?«, meinte Hanisch. »Na großartig.«

»Wahrscheinlich gibt's auch eine Art Sektenführer.«

Hanisch wandte sich an Lange: »Überprüfen Sie das. Es gibt doch Sektenstellen. Weiter, Frau Andersen, Sie sprachen von mehreren Möglichkeiten.«

»Auch ein Einzeltäter wäre denkbar«, sagte Lina. »Einer, der seine perversen Neigungen auslebt …«

»Darauf würde ich meinen Arsch verwetten!«

»… oder sich an einer bestimmten Personengruppe rächt.«

»Und das Gemeinsame ist, dass die Opfer alle was mit Tierschutz zu tun hatten. Die meisten jedenfalls«, sagte Hanisch. »Entschuldigung. Und weiter?«

»Er will uns seine Macht demonstrieren. Ein Spiel.«

»Spiel mit der Polizei?«, fragte Hanisch.

»Mit der Polizei, der Öffentlichkeit, weiß der Teufel«, mischte Sven Emmert sich ein.

»Aber daran muss er erst später Spaß gefunden haben. Sonst hätte er die Knochen damals im Ausland auffälliger präsentiert, sodass sie schneller gefunden werden. Also muss er zuerst einen anderen Grund gehabt haben. Selbst jetzt bei geöffneten Grenzen ist es nicht ganz ohne, mit Knochen im Gepäck die Grenzen zu überqueren«, sagte Fincke.

»Richtig«, meinte Emmert. »Grenzkontrollen gibt es zwar nicht mehr, aber Patrouillen und fallweise Überprüfungen schon. Allein wegen des illegalen Rauschgifthandels, wegen Schwarzgeld und Menschenhandel und was sonst noch so über die Grenzen rutscht.«

»Schön, er geht jedenfalls Risiken ein«, sagte Hanisch. »Warum, verflucht? Warum schmeißt er das Zeug nicht in die Elbe, den Rhein oder irgendeinen gottverdammten Teich.«

»Oder verbuddelt es in den Dünen«, fügte Lange hinzu.

»Da steckt eine Absicht dahinter. Er hält die Fäden in der Hand. Und das ist ihm wichtig«, sagte Lina.

»Können wir Fluglisten abgleichen?«, fragte Hanisch in die Runde. »Ist doch möglich, dass wir einen Treffer haben bei den Passagieren, die in die entsprechenden Länder gereist sind.«

»Dazu müssten wir wissen, wann die Knochen wo abgelegt wurden«, sagte Thorsten Fincke. »Außerdem weiß ich nicht, wie lange die Fluggesellschaften ihre Listen aufbewahren.«

»Dann finden Sie's raus«, sagte Hanisch. »Dass wir eine Stecknadel im Heuhaufen suchen, ist klar. Oder hat jemand eine bessere Idee?«

Er blickte erwartungsvoll in die Runde.

»Nicht? Gut. Beginnen wir also mit der normalen Bullenarbeit. Gehen Sie vier Jahre zurück.«

»Und wenn er nicht geflogen, sondern mit dem Auto gefahren ist?«, fragte Lina.

»Haben wir Pech gehabt. Wir müssen es versuchen.«

»Eine Möglichkeit wäre da noch«, sagte Thorsten Fincke.

»Und die wäre?«, fragte Hanisch.

»Kreditkartenunternehmen«, antwortete Fincke.

»Was meinen Sie?«, fragte Hanisch ungeduldig. »Nun rücken Sie schon raus damit.«

»Soweit ich weiß, werden dort die Daten von Abbuchungen länger aufbewahrt«, sagte Fincke. »Vielleicht stoßen wir bei den Unternehmen auf Leute, die im fraglichen Zeitraum in die jeweiligen Länder gereist sind. Das werden natürlich immer noch Tausende, wenn nicht Zehntausende sein.«

»Dann müssen wir die eben eingrenzen. Geschlecht. Alter. Beziehungen zu den Opfern. Setzen Sie sich dran! Die richterliche Verfügung zur Dateneinsicht habe ich spätestens in drei Stunden.«

Eine der Sekretärinnen steckte ihren Kopf zur Tür herein.

»Nicht jetzt!«, brüllte Hanisch.

Lina sah der Sekretärin an, dass sie all ihren Mut zusammennahm.

»Herr Hanisch, Sie sollten sich das trotzdem ansehen. Es ist an die Sonderkommission gerichtet und hat mit dem Fall zu tun.«

»Muss das denn jetzt sein?«, stöhnte Hanisch.

»Ja«, sagte sie. »In Ihrem Posteingang.« Sie verschwand und schloss die Tür.

»Scheiße!«, sagte Hanisch. Er öffnete auf dem vor ihm stehenden Notebook seine E-Mails.

»Aha. Ein Filmchen«, meinte er dann.

Der Beamer warf eine verwackelte Szene an die Leinwand. Offenbar ging jemand mit einer Kamera durch einen Gang in einem Souterrain oder Keller.

»Wurde ja Zeit, dass sich die Idioten zu Wort melden«, brummte Hanisch.

Lina erkannte seltsame Halterungen an den Wänden.

Eine Hand öffnete eine Eisentür, die in einen hell beleuchteten Raum führte. Die Kamera wurde auf einem Stativ befestigt. Nach einem Ruckeln des Bildes waren eine Küchenanrichte und ein Herd zu sehen. In der Mitte vom Herd stand ein Käfig, in dem ein Kaninchen saß. Es knabberte an einer Mohrrübe.

Ein Mann mit Nylonmaske und Kochmütze kam hinter der Anrichte hervor. In der Hand hielt er ein Hackmesser.

»Willkommen, willkommen«, hörte man eine grotesk verzerrte Stimme.

»Zumindest hat sich da einer richtig Mühe gegeben«, sagte Mirko Lange.

»Was soll das sein?«, fragte Hanisch. »Eine Kochshow?«

»Heute gibt es Kaninchen«, sagte der Maskierte. Neben dem Herd befanden sich nun einige Zutaten. Kräuter wie Petersilie und Basilikum, Milchtüten und Zwiebeln sowie diverse Messer, Löffel und Kellen. Applaus war zu hören, die Kamera machte einen Schwenk ins Publikum, das vornehmlich aus Frauen bestand.

»Das sieht reingeschnitten aus«, sagte Lina. »Auch der Applaus zuerst. Aus irgendeiner Fernsehshow.«

»Zu unserem Freund hier«, sagte der Maskierte. »Geht's dir gut, kleiner Sören?«

Alle im Konferenzraum hörten Hanischs unterdrücktes Stöhnen. »Die Sau will uns verarschen!«, sagte er.

»Unser Freund hier hatte ein angenehmes Leben. Nicht wahr, Sören?«

Wieder Applaus. Der Koch öffnete den Käfig, packte das Kaninchen bei den Ohren und zog es heraus.

»Das tut ihm nicht weh«, sagte er. Er hielt sich das Tier nah vors Gesicht, ihre Nasen berührten sich beinahe.

»Niedlich, nicht wahr?«

Er drehte sich um und ordnete mit der linken Hand ein Petersilienbüschel in einem Glas neben dem Herd. Dann wandte er sich wieder dem Kaninchen zu, holte weit aus und schlug ihm mit dem Küchenbeil den Kopf ab.

Der Körper des Kaninchens zuckte, Blut quoll aus seinem Hals.

Man hörte ein Stöhnen und etliche Schreie aus dem Publikum. Eine dilettantisch hineingeschnittene Sequenz zeigte erstaunte und entsetzte Gesichter. Einige Zuschauer hatten die Hände vors Gesicht geschlagen.

»Ja, das hat ihm wehgetan«, sagte der Koch und winkte munter in die Kamera.

»Und was haben wir hier?«

Er hob eine mit silberner Folie bedeckte Plastikschale in die Höhe, zog die Folie ab und präsentierte der Kamera ein Fertiggericht, das aus matschigen Kartoffeln, verkochtem Brokkoli und einer braunen Masse bestand.

»Das ist ein Kaninchenragout, und es war … Nennen wir es Sven.«

Lina sah Emmert erschrocken an, der reglos die Leinwand anstarrte.

»Sven hatte nicht so viel Glück«, sagte der Koch und zog hinter der Anrichte eine Flasche Flüssiggas hervor.

»Sven wurde vergast. Nicht so schön, nein, nicht so schön. Aber das ist euch egal, nicht? Vor allem, wie die Scheiße schmeckt, nicht? Denn es gibt ja das hier.«

Er schüttete aus einer Dose ein Pulver in die Masse und sagte: »Ein wenig Glutamat, Pökelsalz und die unverzichtbaren Es.«

Schwenk ins Publikum.

»Das war's für heute«, sagte der Koch. »Wenn Sie wollen, schalten Sie doch morgen Abend wieder ein.«

Applaus war zu hören, dann wurde die Leinwand schwarz.

»Tierschützer!«, rief Hanisch aus. »Verflucht, ich hab's doch gewusst!«

»Der weiß nicht nur, dass es eine Sonderkommission gibt, sondern auch, wer sie leitet«, sagte Emmert mit belegter Stimme.

»Sofort in die Kriminaltechnik mit der Scheiße!«, ordnete Hanisch an. »Wo wurde das aufgenommen? Ich will alles wissen über diesen Clown! Größe, Haarfarbe, alles, was die Techniker rausfinden.«

»Er liebt mich«, sagt sie in ihr Asselgehege hinein.

»Hörst du, Rodrigo, und du, Esmeralda? Es ist Liebe. Reine, wahrhafte Liebe. So, wie sie sein soll.«

ER hatte an ihrem Haar gerochen und die weiße Wand bewundert. »Mein Mädchen«, hatte er gesagt. Mein Mädchen!

Sie hatte es von Anfang an gewusst. Dies war eine Vorbereitung. Eine Prüfung. Nach all dem Hungern, nach all den einsamen Nächten war es nun bald geschafft. Nicht mehr lange, und er würde für immer bei ihr sein.

Er war neben den Asseln in die Hocke gegangen, und auch wenn sie es nicht sehen konnte, weil er eine Maske trug, er hatte sicher gelächelt.

Sie muss warten. Warten, bis er sein Geheimnis lüftet. Sie in den Arm nimmt. Sich offenbart.

Sie faltet die Wolldecke, die er ihr mitgebracht hat, und fährt fort, die Wand zu säubern. Je weißer der Hintergrund, desto unbeschwerter wird der Tänzer darauf tanzen. Der Tänzer, der die Hand der Frau in seine nimmt, ist ein Band, das ER zwischen ihnen geknüpft hat.

Sie rückt die Pappwand des Asselterrains zurecht und pustet den Staub weg.

»Es ist ein Festtag! Wie feiert ihr einen Festtag?«

Sie sollte mit diesem Unsinn lieber aufhören. Fehlt noch, dass ER sie für verrückt hält. Auch wenn sie glaubt, die Stimmen der Asseln zu hören. Es kann nicht wahr sein. Asseln sprechen nicht.

Mit der Frau, die in ihrer Zelle auftaucht, ist das etwas anderes. Sie flüstert und tuschelt und lacht sie aus. Aber die Frau wird keine Chance bei ihm haben. Jetzt nicht mehr. Das weiß sie genau.

Sie reißt einen Streifen Pappe von der Umfriedung der Asseln und faltet ihn klein. Dann legt sie ihn um ihren Ringfinger.

Ja, nun ist sie verlobt. Eine Verlobung ist ein Versprechen, denkt sie. Nichts und niemand wird das lösen können.

»Im Himmel geschlossen«, sagt sie und wiederholt das Wort Himmel. Langsam spricht sie es aus. Es kitzelt in ihrem Bauch, macht ein wohliges Gefühl. Noch einmal sagt sie: »Im Himmel«, nickt versonnen und küsst den Pappring an ihrem Finger.

38

Lina sah sich das Video mehrmals hintereinander an. Ein grausames und zugleich stümperhaftes Werk mit verzerrter Perspektive und schlecht eingeschnittenen Publikumsszenen. Aufschlussreich waren allerdings die Kameraschwenks. Da der Koch keine Fernsteuerung bediente und auch sonst keinerlei Technik im Bild zu sehen war, gab es möglicherweise einen Komplizen. Oder mehrere.

Sie ging in den Pausenmodus und zoomte einzelne Bilder näher heran.

»Was gefunden?«, fragte Hanisch im Vorbeigehen. Als Lina den Kopf schüttelte, meinte er: »Die Techniker finden was. Die finden immer was.« Es klang wie eine Beschwörung.

Sie betrachtete den herangezoomten Hintergrund der Szene, so gut es bei der miserablen Qualität ging. Es sah aus, als hingen schmutzig graue oder beigefarbene Laken an den Wänden. Dann ging sie noch einmal zurück an den Anfang des Videos, dieser Gang, der aussah wie in einem Keller, oder war es in einem Bunker?

Die Metallteile an den Wänden ähnelten Handlaufträgern.

Lina rief ihren privaten E-Mail-Account auf und schickte das Video an Che. Vielleicht fiel ihm ja etwas auf, das sie übersehen hatte. Vorausgesetzt, er sah es sich an. Denn angeblich renovierte er im Altenstift eine Wohnung. Sie baute auf seine Neugier. Und darauf, dass er sie nicht im Stich lassen würde. Sie hatte ihm nichts von ihrer Nacht mit Timo Nölting erzählt. Sie und Che waren eben Freunde. Besondere Freunde. Keinem ihrer bisherigen Liebhaber hatte sie so sehr vertrauen können wie Che. Für sie war das immer noch ein Wunder. Etwas, das sie auf keinen Fall durch zu viel Nähe zerstören wollte.

Ihr Magen knurrte, und sie ging hinunter in die Kantine. Es war bereits halb zwei, und die Frau hinter der Speisenausgabe sah sie vorwurfsvoll an.

»Gemischter Salat mit Lachsstreifen ist noch da, Spaghetti Bolognese und Kotelett mit Kartoffelsalat auch.«

Lina nahm den Salat und eine Schüssel Götterspeise, griff sich eine Cola aus dem Kühlregal und bezahlte an der Kasse.

Nur ein paar vereinzelte Kollegen saßen um diese Zeit noch in der Kantine.

Während Lina den nach nichts schmeckenden Salat vom Teller gabelte, musste sie an Alex denken, mit dem sie Streife gefahren war. Sie hatten sich ihr Mittagessen meistens in dem thailändischen Imbiss bei ihr nebenan in der Hoheluftchaussee geholt. Die Thailänderinnen hatten ihren Spaß daran, Alex mit großen Portionen zu bedenken. Weil er doch ein so starker Mann sei. Sicher hatten sie darauf gewartet, dass er einmal platzte oder einfach aufgab, doch Alex schlug sich stets wacker und leerte seine Teller.

Auf dem Tisch standen Essig und Öl, doch Lina stellte die Salatschüssel zurück auf das Tablett. Stattdessen widmete sie sich der Götterspeise, die mit einem Schuss Vanillesoße übergossen war.

»Wir brauchen dich oben«, sagte Sven Emmert, der heruntergekommen war und sich zu ihr an den Tisch setzte. »Lina, ich bin heilfroh, dass du aus dieser Undercovernummer raus bist.«

»Wieso bin ich raus? Man könnte …«

»Du bist verbrannt, Lina. Diese Rolle nimmt dir im Supermarkt oder in den Tierschützergruppen niemand mehr ab. Vergiss es.«

»Ich weiß nicht«, sagte Lina und löffelte ihre Götterspeise. Waldmeisteraroma.

»Was gibt's oben Neues?«, fragte sie. »Will Hanisch die nächste Besprechung?«

»Hanisch!«

Sven verzog spöttisch das Gesicht. »Die Techniker haben tatsächlich was im Video entdeckt.«

»Ja? Was denn?«, fragte Lina.

»Auf der Anrichte lag ein Knochen.«

»Das soll in einer Küche vorkommen.«

»Ein menschlicher Oberschenkelknochen.«

»Ich hab nur ein Nudelholz gesehen«, sagte Lina.

»Die Filmqualität ist mies, aber sie haben mit irgendwelchen Pixelmanipulationen ein klares Bild rausholen können. Kein Zweifel: Es ist ein menschlicher Knochen.«

»Also stammt das Video höchstwahrscheinlich von unserem Täter, nicht von einem Trittbrettfahrer.«

»Er zeigt sein Können, oder was er dafür hält«, sagte Sven Emmert.

»Und haben die Techniker noch mehr gefunden?«

»Sie arbeiten dran. Die Körpergröße des Kerls lässt sich nicht leicht bestimmen. Zu verzerrt das Ganze. Denkbar, dass er auf einem Podest hinter der Anrichte steht.«

Nachdem Lina ihr Tablett auf dem Kantinenwagen abgestellt hatte, fuhren sie und Emmert hinauf in den zweiten Stock.

Wie üblich sah Thorsten Fincke mit ausdrucksloser Miene nur kurz von seinem Bildschirm auf, über den gerade Tabellen mit Namen rasten, vermutlich die Daten der Kreditunternehmen.

»Wir sehen uns später«, meinte Sven und verschwand im Flur.

Lina spielte erneut das Video ab und stoppte an der Stelle, an der der Knochen, den sie für ein Nudelholz gehalten hatte, für einen flüchtigen Augenblick ins Bild kam.

Die Sekretärin steckte ihren Kopf ins Büro, sah sich um und stellte sichtlich erleichtert fest, dass Hanisch nicht anwesend war.

»Der Film wurde zeitgleich bei YouTube eingestellt«, sagte sie.

»Das müssen wir stoppen«, sagte Thorsten Fincke, der sofort sein Suchprogramm ausblendete und YouTube aufrief. Unter dem Titel »BizarrKoch80019« wurde er fündig.

»Haben sich das schon Leute angesehen?«

»Na klar. Zu spät«, sagte Fincke. »Die Fangemeinde schart sich um den Meister.«

»So schnell? Kann das sein?«, fragte Lina.

»Schon mehr als 30000 Betrachter.«

Er stand auf und eilte in Hanischs Büro.

Der ließ über Fincke ausrichten, dass sie das weiterlaufen lassen sollten.

»Der Chef will wissen, was sich bei den Kommentaren abspielt«, verkündete Fincke. »Sie sollen da dranbleiben, Frau Andersen.«

»Der Täter wird nicht so dumm sein, seinen eigenen Film zu kommentieren und uns dadurch auf seine Fährte zu setzen«, sagte Lina.

»Bei seiner Selbstverliebtheit kann man das nicht so genau wissen.«

»Dafür ist er zu schlau«, sagte Lina. »Könnten wir ihn denn über die IP-Adresse seines Computers kriegen?«

»Eher nicht«, sagte Thorsten Fincke.

»Aber Computer hinterlassen doch Spuren!«

»Falsche Fährten«, sagte Fincke. »Für wenig Geld kann man sich bei russischen Anbietern Programme runterladen, die falsche IP-Adressen vorgaukeln. Andere stellen nicht verfolgbare Identitäten zur Verfügung.«

»Und das geht so einfach?«, fragte Lina.

»Ist üblich bei Hackern, Betrügern und Konsorten. Man hat nur dann Glück, wenn die Cyberkriminellen für Sekunden die Tarnung fallen lassen.«

Fincke zuckte mit den Schultern und widmete sich wieder seinem Rechner.

Lina überflog die 120 Kommentare auf der YouTube-Seite. Fast im Minutentakt kamen neue hinzu. »Supergeil!«, »Hartes Zeug!«, »Die ganze Wahrheit?« oder »Mucki ist tot!« wechselten sich mit wüsten Beschimpfungen ab, die dem Koch galten. Der Täter musste einen Heidenspaß daran haben.

»Was tun wir, wenn er uns in seinem nächsten Beitrag mit vollem Namen nennt?«, fragte Lina Fincke.

»Nichts. Was sollten wir dagegen tun?«

»Er könnte auch Fotos oder gar Videos der von ihm in Szene gesetzten Tatorte ins Netz stellen.«

»Internetruhm«, sagte Fincke. »Millionen Betrachter, gesperrte Seiten, da klopft sich jeder Spinner selbst auf die Schulter.«

Die Medien hatten wegen fehlender Details bisher zurückhaltend über die Mordfälle berichtet. Das würde sich schlagartig ändern, wenn der Täter sich öffentlich mit den Morden brüstete.

»Recht hat er«, postete da einer. Ein anderer hielt alles für ein gut gemachtes Fake. Er stellte Mutmaßungen an, welche Firma dahinterstecken könnte. »Wann zieht er den Müsliriegel aus dem Hut?«, endete der Kommentar.

»Was Brauchbares dabei?«, fragte Hanisch, der ihr über die Schulter sah.

Lina verneinte und kopierte sämtliche Kommentare in eine Textdatei.

»Ich läute mal bei ein paar alten BKA-Jungs an«, sagte er und verschwand in sein Büro.

Lina und Thorsten Fincke waren allein im Büro. Mirko Lange war in Hanischs Auftrag unterwegs. Fincke schob sein aschfahles Gesicht dicht vor den Schirm.

»Wir sollten die NSA um Hilfe bitten«, sagte er. »In deren Speichern ist alles, was wir wissen wollen. Und die haben die besten Analyseprogramme.«

»Soll ich einen Antrag hinschicken?«, fragte Lina.

Auf Finckes Gesicht erschien tatsächlich so etwas wie ein Lächeln.

Lina kopierte drei aus der Flut von Kommentaren, die inzwischen schon im Halbminutentakt gepostet wurden. Ein Nutzer verwies auf Seiten mit den »geilsten perversen Filmen, mit echten Köpfungsszenen aus Kriegsgebieten«, wie er lüstern anmerkte.

Im Netz konnte jeder seinen Voyeurismus ausleben, nach Lust und Laune und anonym.

Da stieß Thorsten Fincke plötzlich einen kehligen Laut aus.

»Wen haben wir denn da?«, rief er. »Frau Andersen! Wir haben einen Treffer!«

39

Wie geschwind sie zu Prinzessinnen wurden, sich mädchenhaft bewegten, wie ihre Aufregung vibrierte!

Hatte er erst ihren Widerstand gebrochen, ihnen den Trotz ausgetrieben, bewegten sie sich wie huschende Seelen durch seinen Schrein. Wurden demütig, sobald sie erkannten, was er für sie auf sich nahm. Wie viel Mühe und Liebe sich hinter seiner Maske verbarg.

Sie mussten nur rasch zum »Nullpunkt«. Von da an ging es aufwärts, und sie begannen zu leuchten. Waren dankbar für jede Aufmerksamkeit, für jede Zuwendung. Nicht alle waren sie zu gebrauchen, das war normal. Es gab auch die Frauen, die seine Mission nicht begriffen.

Dennoch: Sie hatten zu ihm gefunden. Sie hatten ihn in ihrer Verzweiflung angefleht, er möge sich ihrer annehmen.

Er öffnete die Flasche Wein und schenkte sich ein. Für jede von ihnen hatte er einen Plan, der sie den steilen Weg hinauf in die Reinheit führte. Konnte ein normaler Mensch das verstehen und anerkennen, was er hier für die Menschheit tat? Gab es da draußen jemanden, der seine Signale zu deuten vermochte?

Er rief die Musikbibliothek auf seinem Tablet auf. Sanft musste er sie aus der Stille locken. Mozart? Oder ein Stück von Brahms? Chopin? Mit Chopin glitten sie wie auf Engelsflügen hinaus aus dem Lärmen ihrer Gedanken. Fort aus ihren Zweifeln und der Todesangst. Chopin schaffte Vertrauen in die Schöpfung, die er ihnen zu Füßen legte, damit sie sie schmecken, riechen, fühlen und hören konnten. Nein, Dank verlangte er keinen. Er wusste ja, was er für sie opferte. Er war der Wäscher ihrer Seele.

Er bedauerte, dass er seinem Werk nun nicht mehr im Verborgenen nachgehen konnte. Doch das Fundament seiner Kathedrale war gelegt, und die Menschheit durfte einen Blick darauf werfen.

Er betrachtete sein Modell aus Legosteinen, das er auf dem Tisch aufgebaut hatte. Es würde ein gewaltiges Gebäude werden. Mit einem finsteren Kellerbereich, der durch das Beiseiteschieben einer Zwischendecke plötzlich ausgeleuchtet werden konnte. Von der Finsternis ins Licht. Für den oberen Bereich hatte er große Fenster vorgesehen, die den Blick in den Himmel freigaben.

Doch das hatte noch Zeit. Er erhob sich aus dem Sofa und öffnete die Tür zum Nebenzimmer.

Stolz betrachtete er sein Werk. Es war die minutiöse Nachbildung der Etage. Eine Miniaturwelt, die sich über den Fußboden des Zimmers ausbreitete. Auf Zehenspitzen ging er durch diese Welt, damit keine der Barbiepuppen in ihren Zellen umfiel.

»Na, Mädchen?«, sagte er. »Habt ihr gut geschlafen?« Dann beugte er sich hinunter zu der Zelle, in der Nummer 74 untergebracht war. Einen Namen musste sie sich noch verdienen. Er sah auf das Areal aus Pappstücken, das sie für die Asseln gebaut hatte. Er hatte eine Streichholzschachtel dafür verwendet. Er zog einen unbeschriebenen Notizzettel aus der Hosentasche und heftete ihn an die Wand über der Pritsche. »Du machst Fortschritte«, sagte er.

Vorwurfsvoll sah er die Barbiepuppen an, die im Regal hockten. Ihre Kleider waren zerschnitten, schwarze Tränen kullerten aus ihren Augen. Manche hatten ihre Haare verloren. Und bei einigen hatte er die Umrisse von Knochen auf die Plastikärmchen gezeichnet. Es waren genau acht von ihnen.

»Bedaure«, sagte er. »Ihr werdet es erst im nächsten Leben schaffen.«

Er ging in die Hocke und setzte Nummer 74 auf die Pritsche. »Du hast keine Ahnung, wie nah du dem Ziel bist«, sagte er. Er strich der Puppe mit den Fingerkuppen über die Haare. Überall hatte er solche Pritschen aufgestellt und weiße Plastikrosen darauf verteilt.

Er warf einen Blick auf die drei belegten Zellen. »Nein, ich vergesse euch nicht. Ich weiß, dass ihr euer Bestes gebt. Bei mir wird jede Anstrengung belohnt.«

Er zog einer Barbiepuppe das Kleid hoch und zupfte vorsichtig ein Wattebüschel heraus.

»Das brauchst du nicht mehr, meine Kleine. Siehst du, wie gut das geht? Hättest du gedacht, dass du noch einmal schlank wirst in diesem Leben?«

40

Lina hatte sich mit Che in der »20up Skybar« im Empire Riverside Hotel an der Hamburger Hafenkante verabredet.

Durch die riesigen Panoramafenster konnte sie das geschäftige Treiben im Hamburger Hafen beobachten. Direkt unter ihr zogen Barkassen, Kutter und Fähren vorbei. Ein Containerschiff wurde von Schleppern in den Hafen gezogen. Die gelben Lampen färbten den Nebel ein, der dicht über dem Wasser lag. Aus dem Dunst ragten die Hafenkräne heraus. Einige hievten Container aus den Schiffsbäuchen.

Lina rückte noch näher ans Fenster und trank einen Schluck Bier. Außer ein paar Hotelgästen umlagerten hier vorwiegend Jungmanager die Stehtische und genehmigten sich einen Absacker.

Lina liebte den Ausblick und genoss das Ambiente der Bar. Wenn hier erst die Touristen einfielen, würde sich das vermutlich bald ändern.

»Für ein karges Polizistengehalt sind deine Ansprüche schon erstaunlich«, sagte Che, der sich neben sie gesetzt hatte.

»Bei 400 Euro Miete kann ich mir das erlauben. Und vergiss die Bestechungsgelder nicht. Soll ich dich einladen?«

»Sehr ungern. Ich kann das aber auch auf die Spesenrechnung setzen.«

»Akzeptierst du Ratenzahlung?«, fragte Lina.

»Nein. Ich hatte eher an Vorkasse gedacht.«

Eine Kellnerin trat lächelnd an ihren Tisch, und Che orderte einen Mojito. »Mit Havanna Club?«, versicherte er sich.

»Selbstverständlich«, sagte die Kellnerin und tänzelte in ihren Ballerinas Richtung Bar.

»Keine auffälligen Postings bei den Kannibalen«, sagte Che.

»Schon seltsam, dass bis jetzt kaum was über die Tatumstände nach außen gedrungen ist.«

»Wie geht das?«, fragte Che. »Ich meine, der Öffentlichkeit einfach alles zu verschweigen?«

»Darüber entscheiden Innenministerium und BKA-Führung. Ist bei Entführungen üblich und wird unter Ermittlungstaktik verbucht.«

»Aber bei einem Mörder, der junge Frauen brutal umbringt und zu einer Speise drapiert? Muss man da nicht warnen?«

»Unterstelle einfach einen terroristischen Hintergrund, und schon wird ein Informationsstopp verfügt«, sagte Lina.

Che nippte am Mojito, den die Kellnerin ihm gebracht hatte.

»Vielleicht haben wir einen Treffer«, sagte Lina.

»Wieso?«

»Na ja, es ist sehr vage«, sagte Lina. »Er war in mindestens drei Ländern unterwegs, in denen Leichenteile gefunden wurden.«

»Wer?«

»Timo Nölting«, sagte Lina.

Che atmete hörbar aus.

»Ich hab's geahnt! Und mit dem fliegst du nach Lissabon!«

»Ich kann ihn mir als Täter einfach nicht vorstellen«, sagte Lina. »Ich musste ihn beruhigen, als wir die Leiche im Hotel gefunden haben. Ich hab's dir ja schon erzählt.«

»Das sagt gar nichts. Bei ihm laufen die Fäden zusammen.«

»Ich weiß, dass man einem Serienkiller seine Taten nicht ansieht. Aber Nölting?«

Lina drehte das Glas in ihren Händen hin und her.

»Ist dir das zu einfach? Zu naheliegend?«, bohrte Che nach.

»Wenn der Täter, wer auch immer er ist, schon früher gemordet hat, muss er einen Grund dafür haben, die Opfer jetzt plötzlich wie Kunstobjekte zur Schau zu stellen«, sagte Lina nachdenklich.

»Der Kick«, sagte Che. »Für den Kick braucht er immer mehr. Und so richtig geil wird's, wenn er das öffentlich vorführt. Der wird wegen der Nachrichtensperre fuchsteufelswild sein.«

»Angenommen, der Täter hat Kontakt zu Hanisch«, spann Lina den Faden weiter.

»Hast du inzwischen eine Ahnung, wer dir das Foto in Lissabon hat zukommen lassen?«, fragte Che.

Lina schüttelte den Kopf. Auszuschließen war nicht einmal, dass Nölting selbst das arrangiert hatte. Denn hielt sie Nölting erst einmal für einen Polizeiinformanten, kam er als Täter nicht mehr infrage.

»Hast du dir das gnadenlose Video angesehen?«, fragte Lina.

Che wühlte in seiner baumwollenen Umhängetasche, zog sein Notebook heraus und klappte es auf.

»Was ist mit euren Technikern«, fragte er. »Haben die was gefunden?«

»Abgesehen von dem Menschenknochen nur, dass der Film laienhaft zusammenmontiert wurde, möglicherweise eigene Aufnahmen, Fernsehmitschnitte und YouTube-Schnipsel.«

Ches Gesicht hellte sich auf.

»Mehr nicht?«, fragte er. »Wirklich? Mehr nicht?«

Lina schüttelte den Kopf. Sie wusste, dass Che jetzt mit einer Überraschung aufwarten würde.

»Sieh es dir an!«, sagte er und drückte auf den Startknopf.

»Das hab ich stundenlang getan«, murmelte Lina und beugte sich vor.

»Achte mal nicht auf den Knochen, sondern konzentriere dich auf die Publikumseinblendungen.«

Als das Video abgelaufen war, sah Che sie erwartungsvoll an und meinte: »Und?«

»Das typische Publikum aus Fernsehshows. Klatschen. Geräuschkulisse vom Band.«

Che schüttelte mit einem überlegenen Lächeln den Kopf und spielte das Video von vorn ab. Dann stoppte er es und zoomte eine Gruppe von Frauen im Publikum heran.

»Da stimmt was mit den Proportionen nicht, und irgendwie … auch mit den Schatten nicht«, sagte Lina.

»Ganz genau. Er hat drei Frauen da reinmontiert. Die drei gucken in eine andere Richtung als alle anderen.«

Lina fielen ihre ausdruckslosen Gesichter auf.

»Erkennst du sie?«, fragte Che.

Er vergrößerte den Ausschnitt, bis er pixelig wurde.

Lina stöhnte auf. »Jenny Sinthof und Claudia Planck«, rief sie aus. »Das müssen sie sein! Knochen von Jenny Sinthof wurden auf dem Prager Friedhof gefunden. Claudia Planck ist unser zweites Opfer hier in Hamburg.«

»Und die dritte Frau solltet ihr mit einem Bilderkennungsprogramm durch eure Datenbanken laufen lassen. Würde mich nicht wundern, wenn ihr eine passende Vermisstenanzeige findet!«

41

Lina ging gemächlichen Schrittes die Hafenstraße entlang.

Sie hatte, während sie noch mit Che beisammensaß, eine E-Mail von Mirko Lange auf ihr Smartphone erhalten. Wahrscheinlich hatte er sie nicht erreicht, weil sie das Handy kurz nach Betreten der Hotelbar ausgestellt hatte. Nicht gerade professionell, wenn man an einem Fall arbeitete, aber sie hatte sich ungestört mit Che unterhalten wollen. Außerdem ging ihr diese ständige Erreichbarkeit auf die Nerven. Als Grund für ihr Treffen hatte Lange nebulös »neue Spurenlage« geschrieben.

Che hatte sich auf den Weg gemacht, um das Video auf

weitere Details unter die Lupe zu nehmen. Wichtig war alles, was auf den Ort hinweisen konnte, an dem das Video aufgenommen worden war. Lina vermutete, dass Che sich schon diebisch darauf freute, die Technikexperten im Präsidium vorzuführen.

Auf keinen Fall durfte Hanisch erfahren, dass und vor allem wem sie das Video weitergeleitet hatte. Das fiel unter §353b StGB, »Verrat von Dienstgeheimnissen«, so hatte Lina es in ihrer Ausbildung gelernt. Auch nach ihrem »Zeugen« hatte Hanisch mehrmals gefragt und sie gedrängt, ihn »ranzuschaffen«.

Sie marschierte an den mit bunten Graffitis besprühten Häusern der Hafenstraße und der direkt daneben gelegenen Grundschule vorbei. Dann bog sie rechts ab in eine Seitenstraße und ging durch einen Toreingang in einen Hinterhof. Überall lagen Mülltüten herum, manche waren aufgerissen, einige waren durchwühlt worden. Dem beißenden Gestank nach war der Hof auch beliebt als öffentliches Pissoir. Was für Spuren sollten hier sein, die mit ihrem Fall zu tun hatten? Möglich, dass Mirko Lange sich wieder einmal zu wichtig nahm.

Vor ihr ragte ein Speicher auf, dessen Ladeluken seit Jahrzehnten niemand gestrichen hatte, vor sich hin rostende Rohre und vermodernde Holztüren, einige der Fenster waren mit Brettern notdürftig zugenagelt. Sie suchte nach einem Namensschild am Eingang, doch es gab keines.

Lina drückte eine Stahltür auf und betrat eine Art Vorraum. Vor ihr stand ein alter verstaubter Schreibtisch, dahinter war eine blinde Glasscheibe, die den Vorraum von einer Werkstatt abtrennte. Rechts führte eine Treppe in den zweiten Stock. Zu hören war nichts. Seltsamerweise war die Werkstatt hell beleuchtet. Links von dem Schreibtisch ging ein Flur ab, rechts führte eine Treppe offenbar eine Etage höher.

Sie rief unter Mirko Langes Nummer an. Niemand meldete sich.

Laut rief sie einige Male »Hallo?« und »Herr Lange?«, dann ging sie durch den Flur bis zu einer riesigen Schiebetür, die offenbar den Zugang zum Nachbargebäude eröffnete.

Wahrscheinlich ist Lange noch unterwegs, dachte sie. Sicher würde es nicht schaden, wenn sie sich hier schon mal umsah.

Sie schob die Tür auf und betrat eine aufgeräumte Werkhalle.

In der Mitte standen zwei restaurierte Traktorenoldtimer und ein alter BMW. Die Wagentüren lehnten an der Wand. Auch die Umrisse einer Fahrzeuggrube, über der das Auto stand, konnte sie erkennen. In der Luft hing der Geruch von Dieselöl und Lack.

Mit einem Knatschen wurde die Schiebetür hinter ihr zugezogen. Sie wirbelte auf dem Absatz herum und tastete gleichzeitig nach ihrer Waffe. Mit einem dumpfen Klacken erloschen die Neonlampen an den Wänden.

»Hallo?«, rief Lina. »Lange? Sind Sie das?«

Das Dröhnen eines auf Metall geschlagenen Gegenstandes unterbrach sie.

Sie streckte ihre Arme aus und tastete nach der Wand. Vorsichtig ging sie drei Schritte vorwärts und stieß mit dem Knie gegen etwas Hartes.

Wieder ein Dröhnen, es klang, als würde Metall gegen Metall geschlagen. Diesmal kam es allerdings aus einer anderen Richtung. Sie vernahm schlurfende Schritte, dann ein leises Ächzen.

»Mirko Lange?«

Lina richtete ihre Waffe in die Richtung, in der sie die Schritte vermutete, und ruderte mit ihrem linken Arm durch die Dunkelheit.

Etwas in ihrer Nähe begann auf einmal zu rattern. Sie hörte ein leises Kichern.

Lina hielt die Luft an. Mit äußerster Anspannung bewegte sie sich weiter vorwärts, so geräuschlos sie konnte, ihre Waffe starr in die Dunkelheit gerichtet.

»Wer ist da?«, fragte sie dann mit bemüht fester Stimme, doch statt einer Antwort hörte sie nur erneut ein heftiges Schlagen auf Metall.

Lina wich auf Zehenspitzen ein paar Schritte zurück, tastete sich in eine andere Richtung weiter. Nichts.

Plötzlich leuchtete eine Taschenlampe grell auf. Lina wurde geblendet und konnte nur schemenhaft jemanden erkennen. Die Person trug offenbar eine Maske. Sie hob ihre Waffe und schoss in die Luft. Der Schuss war ohrenbetäubend laut.

Lina spürte plötzlich den Atem von jemandem in ihrem Nacken. Sie fuhr herum, strauchelte, riss irgendetwas um. Gegenstände fielen scheppernd zu Boden.

»Ich bin von der Polizei«, presste sie hervor.

Keine Antwort.

»Was wollen Sie?«

Plötzlich begriff sie, was für eine Maske es war. Der oder die Unbekannte trug ein Nachtsichtgerät!

Vorsichtig ging sie ein paar Schritte rückwärts, bis sie mit der Hand Beton fühlte.

Mit dem Rücken zur Wand, die Waffe nach vorn gerichtet, tastete sie nach einem Lichtschalter. Wieder ein metallisches Krachen.

Da machte jemand Jagd auf sie. Er musste Mirko Langes E-Mail-Adresse gefälscht haben. Sie wusste, dass das technisch kein Problem war. Und noch etwas war sicher: Wer immer sie da jagte – er kannte die E-Mail-Adresse eines Kollegen, der an diesem Fall arbeitete. Oder verbarg sich gar jemand aus dem Präsidium hinter dem Unbekannten?

Lina schob sich an der Wand entlang und suchte weiter fieberhaft nach einem Lichtschalter.

Sollte sie getötet werden? Warum dann dieses Katz- und Maus-Spiel?

Plötzlich spürte sie einen Luftzug. Sie duckte sich, während über ihr etwas gegen die Wand prallte.

»Was wollen Sie?«, wiederholte sie.

»Angst?«, hörte sie da eine gedämpfte Stimme. »Ja. So ist es, wenn man Angst hat. Angst zu sterben.«

»Ja. Ich habe Angst«, sagte Lina. »Ich will nicht sterben.«

»Wer will das schon?«, sagte die Stimme. »Aber sterben müssen wir am Ende doch alle.«

Lina ertastete etwas Eckiges. Ein Kippschalter! Sie holte tief Luft, drückte den Schalter hinunter und ging gleichzeitig in die Hocke. Dabei fiel ihr die Waffe aus der Hand. Zitternd tastete sie auf dem Boden herum, fand sie jedoch nicht mehr.

Klackend flammte eine Neonröhre auf.

Lina blinzelte und sah sich suchend um. Plötzlich konnte sie ihn erkennen. Er stand ganz ruhig vor einem der Regale an der Wand. In der Hand hielt er eine Kurbel, wie man sie in Autowerkstätten verwendet.

»Nun ist es zu Ende«, sagte er. »In einer ungemütlichen Autogarage. Das hätte dem Kleinen gefallen!«

»Welchem Kleinen?«

»Dem Jungen, den du umgebracht hast.«

»Ich habe niemanden umgebracht«, sagte Lina.

»Was willst du mir da erzählen?«

»Ich bin nicht Karen Kreft«, sagte Lina.

»Mir ist egal, wie du heißt und warum du es getan hast. Für mich zählt nur eines. Der Junge ist tot, und es war kein Unfall. Hörst du? Kein Unfall. Und auch du wirst nicht an einem Unfall sterben.«

Er ließ die Kurbel fallen und kam in gebückter Haltung auf sie zu.

»Woher haben Sie die E-Mail-Adresse von Mirko Lange?«

»Ein Zettelchen in deinem Kittel, Karen.«

Tatsächlich, sie erinnerte sich daran, die Adresse für den Notfall in ihre Kitteltasche gesteckt zu haben.

Verzweifelt suchte sie nach etwas, womit sie sich verteidigen könnte. Im funzeligen Licht sah sie, dass es mehrere Werkstattgruben gab. Sie lief auf eine der Gruben zu und sprang hinein. Sie hatte gehofft, hier einen Ausgang zu finden, doch es gab nur die nackten Seitenwände. Ein Betongrab, dachte sie und drehte sich um.

Der Mann kletterte in aller Ruhe hinter ihr her in die Grube. Lina sprang in die Höhe, erwischte die obere Kante der Grube und zog sich mit einem Klimmzug hinauf. Doch im letzten Moment rutschte sie wieder ab und landete auf dem Boden. Als sie sich umdrehte, stand der Mann direkt vor ihr und schüttelte tadelnd den Kopf.

Er musste in den Sechzigern sein, volles, graues Haar, drahtige Augenbrauen. Sie roch seinen Atem und seinen Schweiß.

Plötzlich erlosch das Licht.

»Wer …«, begann der Mann, doch dann brach er ab.

Lina hörte Schritte.

Da war noch jemand in der Werkstatt!

Im nächsten Moment hörte Lina ein klatschendes Geräusch. Der Mann neben ihr stöhnte laut auf.

Im Blitz eines abgefeuerten Schusses erkannte Lina eine dunkel gekleidete Gestalt oben am Grubenrand.

Lina riss ihre Arme in die Höhe. Dabei rutschte sie aus, und ihr Kopf schlug gegen die Betonwand.

Nicht der Kopf!, dachte sie, nicht schon wieder …

Dann stürzte sie in eine bodenlose wattige Dunkelheit.

42

Hanisch knallte den Hörer wütend auf.

Verflucht noch mal! Er brauchte Ergebnisse. Irgendetwas. Die Dinge liefen immer weiter aus dem Ruder. Und kam ihre Hilflosigkeit heraus, dann schreckte man damit die Falschen auf, welche, die rein gar nichts davon verstanden. Sesselfurzer mit ihren ach so klugen Ratschlägen.

Das Innenministerium wurde ungeduldig. Er stellte sich die grinsenden Visagen derer vor, die jetzt beim Bundeskriminalamt das Sagen hatten. Versteckten sich hinter ihren Meetings und Teamkonferenzen, und keiner hatte die Eier, etwas zu entscheiden.

Noch gefährlicher als diese weich gekochten Schnösel waren die Industrievertreter. Kleeberg hatte ihm unmissverständlich klargemacht, dass vernünftige Sicherheitskonzepte das eine waren, rasche Aufklärung und eindeutige Ergebnisse das andere.

Dass er Timo Nölting würde festnehmen müssen, war ein Jammer. Der Mann war eine hervorragende Quelle. Etwas undurchsichtig, ja, aber er hatte brauchbare Informationen geliefert. Genau genommen hatten Nöltings Berichte dafür gesorgt, dass er, Hanisch, bei den autonomen Tierschützern den Überblick behielt. Ja, er konnte ihnen sogar so viel Spielraum lassen, dass sie zwar als Bedrohungspotenzial in den Köpfen blieben, jedoch keinen großen Schaden anrichten konnten.

Nach einer Festnahme müsste er Nölting mit dem Vorwurf konfrontieren, auf eigene Faust gehandelt zu haben. Auf seine Tätigkeit als Informant durfte er sich nicht berufen. Das gehörte zum Spiel, kostete ihn allerdings eine Menge Zeit.

Er polterte in den Konferenzraum.

»Fincke, machen Sie den Antrag auf Haftbefehl gegen Timo Nölting fertig und schreiben Sie ihn schon mal zur Festnahme aus.«

»Haben wir was gegen ihn?«, fragte Fincke.

»Zum Vorfühlen allemal. Und bringen Sie ihn zu mir. Ich führe die Befragung durch. Niemand sonst! Verstanden?«

»Aber wieso gleich ein Haftbefehl?«, fragte Fincke. »Was soll ich beim Haftrichter denn anführen? Bei der Beweislage haut ein Anwalt den sofort wieder raus.«

»Macht nichts«, sagte Hanisch.

»Wenn wir ihn laufen lassen müssen …«

»… sieht die Staatsanwaltschaft, dass wir hier nicht schlafen. Und ich will das jetzt auch nicht diskutieren.«

Fincke nickte und lud das benötigte Formular hoch.

Hanisch ging in sein Büro. Er nahm eine Schachtel aus der Schublade seines Schreibtisches, zog eine Tüte der Spurensicherung heraus und betrachtete den Teelöffel, der darin aufbewahrt war.

»Staatsanwaltschaft«, zischte er verächtlich. »Ihr pisst mich nicht mehr an. Ihr nicht!«

43

Trotz der Decke, die jemand über sie ausgebreitet hatte, fröstelte Lina. Es roch feucht und säuerlich. Sie hob den Kopf und spürte einen stechenden Schmerz, der über den Nacken in ihren Kopf schoss. Wenn sie sich bewegte, gab die Pritsche unter ihr ein knarzendes Geräusch von sich.

Die Zelle maß wohl um die zehn Quadratmeter. Eine Fensterauslassung war mit derben Brettern zugenagelt. Die Wände waren schmutzig vergilbt, nur über ihrer Liege strahlte ein quadratischer weißer Fleck.

Eine altertümliche Stehlampe beleuchtete den Raum. Auf einem Hocker stand ein Teller mit belegten Broten, in deren Mitte eine kleine Vase mit einem Strauß Vergissmeinnicht.

Lina hatte keine Ahnung, wie sie hierhergekommen war.

Da war dieser Mann mit der Maske gewesen, der sie angegriffen hatte. Er hatte sie für Karen Kreft gehalten. Denn im Supermarkt hatte Lina Karen Krefts Kittel getragen und so die Verwechslung unbeabsichtigt herbeigeführt. Ihr gab er die Schuld am Tod des Jungen durch verunreinigtes Hackfleisch.

Doch wenn er sie umbringen wollte, warum war sie dann jetzt in dieser Zelle? Und was war mit dem zweiten Mann, der zuletzt hinzugekommen war? Wer hatte geschossen?

Lina drehte sich zur Seite und roch einen vanilleartigen Duft. Bodylotion, dachte sie.

Auch das Laken duftete danach. Sie richtete sich vorsichtig auf. Auf dem Terrazzoboden neben der Pritsche waren vier Pappstücke zu einem Quadrat aufgestellt worden. Als sie genauer hinsah, entdeckte sie vier Asseln, die sich in den Ecken gegen die Pappe drückten.

Lina stand auf, ging zur Tür und rüttelte daran. Sie presste ihr Ohr auf das Metall. Nichts.

Was um Himmels willen ging hier vor?

Sie hatte den bitteren Geschmack einer Medizin auf der Zunge. Hatte man ihr irgendetwas eingeflößt, um sie zu betäuben?

Bestimmt würde Fincke Alarm schlagen, wenn sie nichts von ihr hörten, bestimmt suchten die Kollegen längst nach ihr. Oder rechneten sie womöglich damit, dass sie einmal mehr auf eigene Faust unterwegs war? Aber sie mussten doch davon ausgehen, dass sie nicht sofort wieder verschwinden würde. Sicher war das alles nicht. Allenfalls Che würde aktiv werden, wenn er nichts mehr von ihr hörte.

Lina beugte sich über die Asseln und entdeckte einen Kronkorken, der mit Brotkrumen und feuchten Papierkugeln gefüllt war.

Plötzlich begriff sie: Das hier war der Zeitvertreib einer wahrscheinlich langsam irre werdenden Gefangenen gewesen! Lina wurde eiskalt vor Schreck.

Was war mit der Frau geschehen, die vor ihr hier eingesperrt war? Die Forensiker gingen davon aus, dass zumindest Claudia Planck längere Zeit in Gefangenschaft gelebt hatte. War dies ihr Gefängnis gewesen?

Lina versuchte, sich zu beruhigen.

War ihr erster Angreifer von dem zweiten Mann erschossen worden?

Lina untersuchte das verbarrikadierte Fenster. Sie drückte fest gegen die Verschalung. Tatsächlich gelang es ihr, zwei Bretter auseinanderzuschieben. Sie spähte durch die Ritze. Dahinter waren blinde Fensterscheiben mit Gitterstäben davor.

Welchem Zweck mochte das Gebäude hier früher gedient haben? War es tatsächlich eine verlassene Spedition? Eine Räucherei? Sie sah sich in der Zelle um, ob irgendwo etwas liegen geblieben war, Haargummis oder Spangen, etwas, das auf die Frau schließen lassen könnte, die vor ihr hier gewesen sein musste. Dann hockte sie sich auf die Pritsche und starrte die herumkrabbelnden Asseln an.

Sie fühlte sich seltsam bleiern, wahrscheinlich die Nachwirkungen des Betäubungsmittels.

Das Quietschen eines zur Seite geschobenen Riegels riss sie aus dem Schlaf. Ihr Herz begann zu rasen, als sie ihn wenige Meter entfernt stehen sah. Er trug eine Maske, sagte kein Wort, sondern nickte ihr nur zu.

In den Händen hielt er ein Tablett. Behutsam, als wolle er nicht stören, stellte er es auf dem Boden ab und verschwand wieder. Abermals quietschte der Riegel ohrenbetäubend.

Lina rieb sich die Augen, stand auf und holte sich das Tablett, auf dem sie Zahnbürste und Zahnpasta, eine Flasche Mineralwasser, ein mit Käse belegtes Brot und eine Tüte Orangensaft vorfand.

Wie lange wollte er sie hier festhalten? Oder würde er sie in der Zelle sterben lassen? Er verbarg sich hinter einer Maske, gab ihr zu essen und hielt Abstand. Noch. Das ließ hoffen.

Sie wunderte sich, dass sie nicht völlig in Panik verfiel. Es musste an dem Betäubungsmittel liegen.

Sie entledigte sich ihrer Kleidung und tastete ihre Haut

nach Einstichstellen ab. Nichts. Als sie ihre Jeans wieder überstreifte, fiel ihr ein, dass er sie wahrscheinlich durch eine Kamera beobachtete. Sie kniff ihre Augen zusammen und untersuchte die Wände. An der Decke waren ein paar Löcher, aus denen Kabelenden baumelten. Ideale Verstecke für eine Kamera, die nicht mal besonders klein sein musste. Doch sie fand nichts.

Sie legte sich wieder auf die Pritsche und fiel in einen unruhigen Schlaf.

Sie träumte von Schweinen und Rindern, die durch die Straßen von Lissabon irrten. Zwischen ihnen lief Timo Nölting. Er hielt eine Fahne in die Höhe. Auf einem Tisch lag eine Frau, deren Körper mit Spaghetti bedeckt war. Lina wusste nicht, ob die Frau noch lebte. Ihre Augen blieben geschlossen. Beim Aufwachen hörte Lina einen Schrei, dann ein Schluchzen. Sie blieb mucksmäuschenstill liegen und lauschte angestrengt. Leise hörte sie aus der Ferne das Weinen einer Frau.

Die Zellentür wurde wieder geöffnet, und ein Mann kam herein. Er war kleiner als der andere, er bewegte sich geschmeidiger. Etwas an ihm kam Lina bekannt vor.

Immer noch blieb sie ruhig. Alles kam ihr vor wie ein Rollenspiel, an dem sie teilnahm.

Mit einer Geste wies der Mann sie an, auf den Gang hinauszutreten. Er folgte ihr auf dem Fuß. Klassische Musik erklang. Der Gang, den sie aus dem Video wiedererkannte, wurde durch Kerzen beleuchtet, die in antiken Kandelabern an der Wand steckten. Wie in einem kitschigen Vampirfilm, dachte Lina. Sie sah sich nach ihrem Begleiter um, der ihr mit einem geringen Abstand folgte.

Steinstufen führten hinunter in einen hell erleuchteten Saal.

An einer gedeckten Tafel saßen vier stumpf vor sich hin stierende Frauen, denen immer wieder die Augen zuzufallen schienen. Standen sie unter Drogen? Linas Begleiter rückte einen Stuhl vom Tisch weg und gab ihr ein Zeichen, sich zu setzen. Lina nahm Platz. Es blieb ihr nichts anderes übrig, als mitzuspielen.

Die Frauen, die ihre Hände sittsam im Schoß gefaltet hatten, nahmen keinerlei Notiz von ihr. Lina erschrak darüber, wie blass und ausgemergelt sie waren.

Auf dem Tisch standen verschiedene Tellergedecke, daneben Kristallgläser und poliertes silbernes Besteck. Auch an edle Stoffservietten hatte der ominöse Gastgeber dieser bizarren Inszenierung gedacht. In der Mitte stand eine mit Wein gefüllte Karaffe. Noch immer war im Hintergrund klassische Musik zu hören.

Lina sah sich um. Eine Wand im Saal war mit einem weißen Tuch abgedeckt. Vielleicht befand sich dahinter die Küchenanrichte, die Lina in dem Video gesehen hatte. Denn rechts und links der Tafel standen Kameras auf Stativen, die auf ihre kleine Tischgesellschaft gerichtet waren. Vermutlich wurden sie hier gefilmt.

An der Wand gegenüber entdeckte Lina einen Eisenring, dessen Halterung mit einem Rosenornament verziert war.

Plötzlich verstummte die Musik, und sie hörte das Brummen eines Lautsprechers. Jemand räusperte sich.

»Guten Abend, meine Damen«, sagte jemand. Die Stimme klang verzerrt. Lina versuchte vergeblich, eine Tonfärbung oder einen Akzent zu erkennen. Wieder ein Räuspern. »Fürchte dich nicht, Lina. Dies ist nur eine Einladung. Begrüßen wir unseren Gast, Lina Andersen. Willkommen zu unserem Festmahl. Kommt, Mädchen, nicht so schüchtern.«

Die Frauen hoben ihre Hände und begannen monoton zu klatschen. Als die Frau rechts von ihr leicht nach vorne kippte, bemerkte Lina die Stromkabel, die an ihrem Stuhl aus Metall befestigt waren.

Man legt Wert auf Erziehung, dachte Lina, wer nicht spurt, muss fühlen.

»So, wir können beginnen«, sagte die Stimme. »Alle bereit?«

Linas Tischgenossinnen nickten artig. Sie legten ihre Hände neben die Teller. Aus der Dunkelheit löste sich eine Gestalt mit einer Suppenterrine in den Händen. Sie trat heraus aus dem Schatten und näherte sich langsam dem Tisch. Ein Mann. Er trug die Terrine wie eine Standarte vor sich her.

Lina erstarrte vor Schreck.

»Timo?! Was machst ...«, fragte sie.

Sein eisiger Blick ließ sie auf der Stelle verstummen. Offenbar sollten die anderen Frauen nicht erfahren, dass sie einander kannten. Oder gehörte das alles zu dieser perversen Inszenierung?

Timo trug ein dunkles Jackett. Sein Hemd war bis zum Hals zugeknöpft. Nur die Turnschuhe passten nicht zu diesem Aufzug.

Lina beugte sich vor, doch er wendete sich von ihr ab. Nachdem er alle Suppenteller gefüllt hatte, verschwand er mit der Terrine wieder in die Dunkelheit.

Dann wurde ein Deckenfluter aufgedreht, der die Tischgesellschaft in grelles Scheinwerferlicht tauchte. Wieder schnarrte der Lautsprecher.

»Willkommen zu unserer kleinen Show«, sagte dieselbe verzerrte Stimme. »Heute erweisen wir Jennifer die Ehre. Carla, schlürf nicht so!«

Sofort ließ die Angesprochene den Löffel sinken und senkte betroffen ihren Blick.

»Also? Was ist drin in der Suppe?«, fragte die Stimme. »Oregano, Safran und? Nun kommt schon Mädchen, strengt euch an!«

»Pfeffer«, antwortete die Frau rechts neben Lina. Sie strich eine Haarsträhne hinters Ohr, hielt ihren Blick jedoch weiterhin starr auf den Teller gerichtet.

Lina kostete die Suppe, die sich als sehr schmackhaft erwies.

»Pfeffer!«, sagte die Stimme. »Ist das etwa alles, was euch dazu einfällt?«

»Petersilie«, sagte eine andere Frau.

»Unsinn, Mädchen. Die Basis der Suppe ist … nun? Jennifer. Es ist Jennifer! Habt ihr sie denn schon vergessen? Es ist Jennifer. Einen Applaus für Jennifer.«

Die Bedeutung dieser Worte drang nur langsam in Linas Hirn. Sie verspürte einen heftigen Würgereiz, beugte sich rasch zur Seite und übergab sich.

»Einen Applaus für Jennifer!«, wiederholte die Stimme. »Was ist?«

Die Frauen legten mit bedächtigen Bewegungen die Löffel neben ihre Teller und applaudierten zaghaft.

»Meine Mädchen!«, sagte die Stimme. »Siehst du, wie schlank sie sind, Lina? Wie sie gelernt haben, alles wieder zu schmecken? Respekt zu haben?«

Linas Gedanken überschlugen sich. Die anfängliche Belustigung, mit der sie dieser abstrusen Zeremonie bis jetzt beigewohnt hatte, war schlagartig verflogen. Das hier war kein makabrer Spaß, kein Kostümball, kein Rollenspiel, in dem alle so taten, als seien sie Burgfräuleins im Mittelalter, umgeben von rauen Rittern und smarten Grafen.

Die Stimme klang jetzt, als käme sie von einer Kanzel.

»Nehmt davon, denn das ist der Leib euresgleichen. Es ist Jennifers Leib.«

Es knackte im Lautsprecher. Das Licht wurde gedimmt. Die Frauen standen der Reihe nach auf, verbeugten sich vor dem Tisch und gingen langsam hinaus auf den Gang.

Lina blieb unschlüssig am Tisch sitzen. Aus den Augenwinkeln konnte sie erkennen, dass es weder eine weitere Tür noch Fenster in dem Saal gab.

Plötzlich spürte sie knochige Finger, die nach ihrer Hand tasteten und sie umschlossen.

»Komm«, flüsterte eine Frau.

Lina sah sie an und fragte: »Wer bist du?«

Doch die Frau wiederholte nur: »Komm.«

Lina erhob sich und ließ sich von der Frau hinaus auf den Gang führen.

»Ich bin Lina«, versuchte sie es erneut. »Und du? Wie heißt du? Wie lange bist du schon hier?«

»Zu kurz«, antwortete die Frau. »Doch bald ist es so weit. Es dauert nicht mehr lange. Bestimmt nicht. Es kann nicht mehr lange dauern.«

In ihrer Zelle angekommen versetzte die Frau Lina unvermittelt einen kräftigen Stoß. Lina stürzte, rappelte sich hoch und wollte wieder hinaus auf den Gang, doch die Frau hielt sie fest.

»Ich bin Karen«, sagte sie dann. »Karen Kreft. Wir haben alles für dich vorbereitet. Grüße Rodrigo, Esmeralda und Mercedes von mir. Und Jack.«

Dann schloss sie die Zellentür und schob den Riegel vor.

44

Wie, Sie wissen nicht, wo Frau Andersen steckt?«

Sven Emmert baute sich vor Mirko Langes Schreibtisch auf.

»Ich habe Anweisungen gegeben, dass hier zu zweit ermittelt wird«, herrschte er Lange an. »Sind Sie wahnsinnig, sie allein loszuschicken?«

»Hab ich nicht. Sie hat sich nicht mal gemeldet.«

»Sie haben also keine blasse Ahnung, wo sie sein könnte?«

»Ich habe eine Streife zu ihrer Wohnung geschickt, aber dort ist sie nicht.«

»Was ist mit ihrem Handy?«, fragte Emmert.

»Da war keine Ortung möglich. Ist wohl nicht eingeschaltet.«

»Ach, das zumindest wissen Sie«, sagte Emmert. »Das hier ist Teamarbeit, falls das noch nicht zu Ihnen durchgedrungen sein sollte!«

»Sie wissen doch, wie Frau Andersen ist«, sagte Lange. »Von mir lässt die sich doch nichts sagen. Wenn die sich was in den Kopf gesetzt hat …«

»… muss ich trotzdem wissen, wo sie sich rumtreibt.«

»Ich …«

»Dass Frau Andersen undercover im Supermarkt und in Tierschützergruppen ermittelt hat, haben Sie aber schon mitbekommen, oder? Die Frau ist gefährdet!«

»Ich dachte …«

»Verschonen Sie mich!«, polterte Sven Emmert ihn an.

»Wir wissen, wo sie sich ausgeloggt hat. Vielleicht …«

»Und das sagen Sie erst jetzt?«, brüllte Emmert nun völlig fassungslos.

Er notierte die Ortung. Laut Stadtplan gab es dort eine längst stillgelegte Fabrik. Dann riss er einen Telefonhörer aus seiner Verschalung und beorderte einen Streifenwagen zu der Adresse.

»Die Kollegen sind schon vor ein paar Minuten los«, sagte der Beamte in der Funkzentrale. »Anwohner wollen einen Schuss gehört haben.«

Emmert wartete zehn Minuten und ließ sich dann per Funk mit der Streife verbinden.

»Wir sind gerade angekommen«, sagte der Beamte.

»Und?«, fragte Emmert.

Der Polizist räusperte sich.

»Wir haben hier einen Toten«, sagte er.

»Was heißt hier?«

»Eine Art Werkstatt für Freizeitbastler. Autos restaurieren und so.«

»Was ist mit dem Toten?«

»Erschossen.«

»Und wo ist Frau Andersen?«

»Keine Spur von ihr. Alles deutet auf einen Kampf hin. Umgeworfene Regale, zwei deutlich erkennbare Einschusslöcher in der Decke. Und Blut.«

»Und Frau Andersen ist nicht da? Haben Sie alles durchsucht? Sie könnte verletzt sein.«

»Wir haben überall nachgesehen. Hier ist niemand mehr, nur ein paar Oldtimer und die Leiche und …«

»Und?«

»Wahrscheinlich Frau Andersens Dienstwaffe. Aus der Waffe wurde geschossen.«

»Scheiße!«, rief Emmert. »Sie rühren sich nicht von der Stelle! Und lassen Sie ja niemanden rein. Ich komme und bringe Verstärkung mit.«

Emmert stürzte zur Tür. Dann drehte er sich zu Mirko Lange um.

»Was ist?«, fragte er ihn.

Der blonde junge Polizist schnappte seinen Einsatzgürtel, an dem Pistolenhalfter, Taschenlampe, Handschellen und Funkgerät befestigt waren, und streifte seine Lederjacke über.

Emmert wartete mit demonstrativer Ungeduld an der Tür.

»Jetzt dürfen Sie die Scheiße wiedergutmachen, die Sie angerichtet haben.«

45

Lina schlug die Augen auf und sah sich verwirrt um. Aber wie war das möglich? Sie war in ihrer Wohnung. Wie war sie hierhergekommen? Oder träumte sie nur?

Ihre Zunge fühlte sich geschwollen an, und sie hatte einen faden Geschmack im Mund. Ihr Wohnzimmer schien zu schwanken wie ein Ponton.

Eben war sie doch noch in dieser Zelle gewesen! Auf einer Pritsche.

Sie stand mit Mühe auf, schleppte sich in die Küche, füllte ein Weinglas mit Wasser und spülte ihren Mund aus. Sie ging zum Fenster und sah hinaus.

Draußen raste ein Krankenwagen mit Blaulicht und Sirene in Richtung Universitätskrankenhaus.

Keine Frage, sie war in der Hoheluftchaussee. In ihrer Wohnung. In ihrer Küche.

Lina füllte das Glas erneut mit Wasser und starrte auf ihre ramponierten Fingernägel. Erst jetzt kehrte ihre Erinnerung nach und nach zurück.

Sie hatte auf der Pritsche gelegen und mit ihren Fingern am Gestell und den Füßen entlanggetastet. Dabei hatte sie eine Nachricht ertastet. Sie hatte das Bettgestell beiseitegeschoben und ein Wort entziffert.

»Hilfe«, hatte da gestanden.

Die Einkerbung sah aus wie mit den Fingernägeln hineingeritzt.

Und diese Karen Kreft. Eine der Frauen dort hatte sich tatsächlich für Karen Kreft ausgegeben. War es am Ende gar nicht Karen Krefts Leiche gewesen, die sie gefunden hatten? War das möglich? Sie war davon ausgegangen, dass die Forensiker die Identität der Toten durch eine DNA-Analyse abgesichert hatten. Allerdings – warum hätte man die DNA analysieren sollen, wo doch ihre Identität unbestritten zu sein schien.

Lina trank das Glas leer, torkelte ins Wohnzimmer und ließ sich in ihren weißen Ledersessel fallen.

Gelber Dampf. Plötzlich war aus einer unscheinbaren Öffnung in der Zellenwand gelber Dampf aufgestiegen. Sie hatte keine Luft mehr bekommen und versucht, die Öffnung mit den Händen abzudecken. Es war ihr nicht gelungen. Dann hatte sie versucht, das Ganze mit einer Decke abzudichten. Ohne Erfolg. Danach muss sie das Bewusstsein verloren haben. Wie sie allerdings aus der Zelle wieder zurück in ihre Wohnung gekommen war, daran gab es nicht mal eine verschwommene Erinnerung. Sie muss bewusstlos gewesen sein.

Lina griff zum Telefon und wählte Ches Nummer.

»Lina?!«, meldete der sich völlig entgeistert.

»Ja, oder denkst du, hier spricht ein Gespenst?«, fragte sie.

»Um Gottes willen! Deine gesamte Kollegenschar sucht dich. Wo steckst du?«

»Im Ernst?«

»Machst du Witze? Du warst zwei Tage verschwunden. Man hat deine Dienstwaffe in einer Hobbywerkstatt gefunden, und einen sehr toten alten Mann.«

»Nicht schon wieder!«, stöhnte Lina. »Woher weißt du das alles überhaupt?«

»Emmert hat mich angerufen.«

»Sven? Er weiß von dir?«, fragte Lina.

»Sonst hätte er hier nicht angerufen. Er war sehr freigiebig mit seinen Informationen. Du hast ihm doch nicht erzählt, dass ich gelegentlich ein wenig für dich recherchiere?«

»Ich habe ihm nichts erzählt.«

»Wo warst du?«

»Ich habe nicht die geringste Ahnung. Auch nicht, wie ich wieder zurückgekommen bin. Kannst du kommen?«

»Auf der Stelle!«, antwortete Che und bat sie, sofort Entwarnung im Präsidium zu geben.

Lina versprach es, trennte die Verbindung und wählte Emmerts Nummer. So straff und präzise sie konnte, berichtete sie ihm, was ihr zugestoßen war.

»Und du hast keine Ahnung, wo sich dieses Verlies, in dem du warst, befindet?«, fragte er.

»Nicht die leiseste«, sagte Lina.

»Könnte es in der Nähe dieser Werkstatt sein?«

»Wir müssen die Frauen da unbedingt rausholen!«

»Klar.«

»Was ist mit meiner Waffe?«, fragte Lina.

»Deine Waffe?«

»Ich hab sie in der Werkstatt verloren.«

»Mach dir keine Sorgen, wir können uns Scharmützel mit der Internen jetzt nicht erlauben. Das kommt später. Wir haben den Toten als Großvater des kleinen Luca identifiziert, das ist der Junge, der an dem Hackfleisch durch einen Allergieschock gestorben ist.«

»Der Mann hat mich für Karen Kreft gehalten. Übrigens, Karen Kreft …«

»Bist du in deiner Wohnung sicher? Kannst du die Tür verrammeln?«, fragte Emmert. »Dein Entführer muss da schließlich irgendwie reingekommen sein.«

»Ja. Alles gut. Danke für die Fürsorge«, sagte Lina.

»Was ist mit Karen Kreft? Ist sie dir erschienen und hat dir verraten, wer sie umgebracht hat?«

»So ungefähr«, sagte Lina. »Eine der Frauen hat behauptet, sie sei Karen Kreft.«

»Dann muss sie ihr jedenfalls begegnet sein. Woher sonst sollte sie den Namen kennen?«

»Ich habe zwar nur ein altes Foto von ihr gesehen«, meinte Lina, »aber es könnte sogar stimmen.«

»Was könnte sogar stimmen?«

»Dass sie Karen Kreft ist. Es gibt eine gewisse Ähnlichkeit. Auch wenn sie sich verändert hat.«

Emmert holte tief Luft.

»Aber das würde alles auf den Kopf stellen«, sagte er dann.

»Wahrscheinlich. Wir müssen von vorn anfangen«, sagte Lina.

»Ich werde das von den Rechtsmedizinern überprüfen lassen.«

Lina versprach, gegen neun im Präsidium zu sein, und beendete das Telefonat.

Timo Nöltings Anwesenheit bei dem surrealen Stelldichein hatte sie Emmert verschwiegen, da sie befürchtete, dass man sich im Präsidium an ihm festbeißen würde. Sie wollte sich zuerst einmal selber mehr Klarheit über ihr Erlebnis verschaffen.

Kurz danach läutete Che. Ausgerechnet er, der so gut wie nie Alkohol trank, schwenkte eine Flasche Wein.

Er machte Licht, und Lina wurde jetzt erst bewusst, dass sie im Halbdunkel saß. Auch ihr Zeitgefühl war völlig durcheinandergeraten.

Nachdem sie die Flasche entkorkt und zwei Gläser eingeschenkt hatte, berichtete sie Che von ihrer Gefangenschaft.

»In welcher Verfassung waren die Frauen?«, fragte Che, als sie geendet hatte.

»Wir müssen uns beeilen«, sagte Lina nur und beschrieb ihm, wie das Verlies ausgesehen hatte.

»Hast du die Asseln nicht sofort gesehen?«, fragte er.

»Die Asseln?«, fragte sie verständnislos.

»Ja. Die Asseln. Wieso hast du sie erst so spät gesehen?«, fragte Che. »Da gibt es einen kleinen Pappkäfig, in dem Asseln herumkrabbeln. Das fällt doch eigentlich sofort auf.«

»Nicht auf Terrazzoboden.«

»Terrazzo?«, fragte Che.

Über sein Gesicht huschte wieder einmal ein rätselhaftes Lächeln.

46

Habt ihr die Identität von Karen Kreft noch mal überprüft?«, fragte Lina.

»So schnell geht das nicht«, sagte Emmert. »Ein DNA-Test mit Haarproben aus ihrer Wohnung läuft gerade.«

»Was ist mit dem alten Mann? Wurde er mit meiner Waffe erschossen?«

»Kein Zweifel«, antwortete Hanisch.

»Ich habe Lange losgeschickt. Der befragt die Familie

des Jungen«, ergänzte Emmert. »Wir müssen wissen, seit wann sein Großvater dir im Nacken saß. Und ob sie irgendwas wissen über Leute, mit denen er zu tun hatte.«

»Ihr meint, dass der große Unbekannte vorher Kontakt zu ihm aufgenommen hat?«, fragte Lina.

»Das ist genau die Frage«, meinte Hanisch. »Schließlich war er in der Werkstatt. Entweder ist er Ihnen gefolgt, oder er wusste von dem Hackfleischskandal.«

Emmert nickte und sagte: »Die Fragen lauten: Warum ist er in die Werkstatt gekommen und hat dich vor dem Alten gerettet? Warum hat er dich entführt und dann plötzlich wieder freigelassen? Was zum Teufel will er?«

»Möglich, dass er Ihnen Karen Kreft vorführen wollte. Falls sie es tatsächlich sein sollte«, sagte Hanisch und sah Lina an.

»Aber warum sollte er sich die Mühe machen, eine Tote für Karen Kreft auszugeben, die echte Karen Kreft zu entführen, einzusperren und sie mir dann zu präsentieren?«, fragte Lina.

»Vielleicht will er uns von den Ermittlungen in der Tierschützerszene abbringen, Verwirrung stiften und sich einen darauf runterholen. Keine Ahnung«, sagte Hanisch.

»Nichts an dem Verhalten des Täters erscheint logisch«, sagte Emmert. »Ein Zickzackkurs. Wir tappen nach wie vor im Dunkeln und hangeln uns nur von einer Mutmaßung zur nächsten.«

»Das Ganze hat irgendwie religiöse Züge«, sagte Lina.

»Seh ich auch so«, pflichtete Emmert ihr bei. »Rituale, Beschwörungsformeln, ein paar Drogen und die Stimme eines Obergurus aus dem Off. Was stellt er mit den Frauen an? Ich meine, bevor er sie umbringt?«

»Er zwingt die Frauen auf sadistische Weise psychisch

in die vollkommene Unterwerfung, er erzieht sie, macht sie hörig«, sagte Lina.

»Ja. Ein perverser Witzbold«, stimmte Hanisch zu.

»Der seine Macht auskostet«, sagte Emmert.

Lina sah ihre Fingernägel an und sagte: »Was mir noch immer nicht klar ist – wenn es stimmt, dass er schon jahrelang Frauen gefangen hält und tötet, warum macht er das erst jetzt öffentlich?«

»Weil er immer mehr auf den Geschmack gekommen ist«, meinte Hanisch.

Lina erwiderte nichts darauf. Es schüttelte sie noch immer bei dem Gedanken, dass sie von dieser Suppe gegessen hatte. Zum Glück hatte sie sich sofort erbrochen. Dieses Detail hatte sie den Kollegen gegenüber verschwiegen und stattdessen behauptet, die Suppe nicht angerührt zu haben.

»Es muss einen plausiblen Grund dafür geben«, wiederholte sie. »Irgendetwas ist da passiert.«

»Unsinn«, widersprach Hanisch. »Der hält sich für den Messias. Das ist Sendungsbewusstsein. Schaut her, ich weise euch den Weg zu Gott oder zu Satan oder zu wem auch immer.«

Hanischs Handy klingelte. Er nahm das Gespräch an.

»Wir sitzen hier in kleiner Runde, ich stelle mal auf laut«, sagte er dann.

»Wir müssen an die Öffentlichkeit«, hörten sie Max Kleeberg sagen. »Jemand aus dem Präsidium hat gequatscht.«

»Gibt's Nachfragen von der Presse?«, fragte Hanisch.

»Das Telefon steht seit einer guten Stunde nicht mehr still.«

»Und warum landen die bei Ihnen?«

»Sie wissen, dass der Großvater des Jungen auf Rachefeldzug war. Und jetzt wollen sie rauskriegen, ob das mit dem verpanschten Hackfleisch stimmt und ob Lebensmittelhersteller oder Supermärkte erpresst wurden. Die lassen nicht locker. Wir müssen uns was ausdenken.«

»Verweisen Sie die Leute an unsere Presseabteilung«, sagte Hanisch.

»Nur wenn Sie mir zusagen, dass sie von eurer Abteilung nicht billig abgespeist werden. Ihre Pressestelle redet im Moment von Nachrichtensperre. Das macht die Journalisten doch erst heiß. Gibt es inzwischen wenigstens neue Ergebnisse?«

»Kann man wohl sagen«, sagte Hanisch. »Ich werde Ihnen später berichten. Wir haben hier ... Na, jedenfalls, es geht hoch her.«

»Das will ich auch hoffen!«, knurrte Kleeberg.

Nach Beendigung des Telefonates setzte Hanisch sich auf die Kante von Linas Schreibtisch.

»Sehen Sie wirklich keine Chance, Ihr Verlies wiederzufinden? Ich kann ohne Weiteres den Einsatz von ein paar Hundertschaften verfügen. Eine Hundestaffel kriege ich auch. Wir brauchen nur einen winzigen Anhaltspunkt. Was für Geräusche haben Sie dort gehört? War da eine Autobahn in der Nähe? Oder haben Sie ein Schiffshorn gehört? Kreischende Kinder? Verflucht, irgendwas?«

Lina schüttelte den Kopf und wiederholte, sich an nichts dergleichen erinnern zu können.

»Was ist mit dieser E-Mail, mit der Sie angeblich in Langes Namen in diese Falle gelockt wurden? Gibt's Möglichkeiten, das zurückzuverfolgen?«

»Das läuft über ausländische Webseiten. An so eine falsche Absenderadresse kommt man ganz leicht. Das hinterlässt keine Spuren.«

»Willst du dich nicht lieber ein paar Tage krankschreiben lassen?«, fragte Sven Emmert. Er klang ehrlich besorgt.

Lina musste an die ausgemergelten Frauen denken, die dort vollgepumpt mit Drogen gefangen gehalten wurden, und sie schüttelte vehement den Kopf, noch bevor Emmert protestieren konnte.

Wieder läutete Hanischs Handy. Er hob ab.

»Verstehe«, sagte er ins Handy, während er Lina und Emmert ansah.

»Der DNA-Schnelltest hat keine Übereinstimmung erbracht. Die Tote, die wir für Karen Kreft hielten, ist also eine andere. Der Abgleich mit unserer Vermisstenkartei läuft. An einen Treffer glaube ich nicht.«

»Was ist mit Nölting«, fragte Sven Emmert.

»Nicht aufzufinden«, sagte Hanisch. »Für mich ist der Mann auf der Flucht.«

»Öffentliche Fahndung?«, fragte Emmert.

»Ich muss mich diesbezüglich erst mit dem Innenministerium absprechen. Die sollen entscheiden, womit wir an die Öffentlichkeit gehen. Panik hilft uns nicht.«

Hanisch zupfte an seinem Hemdkragen und verschwand in sein Büro.

Lina meinte, sie wolle einer Idee nachgehen und sei deshalb für ein paar Stunden nicht im Präsidium.

»Keine Alleingänge«, sagte Sven. »Worum geht's denn?«

»Ich möchte noch mal bei der Familie des kleinen Luca nachhaken«, antwortete sie.

»Okay, Lina. Aber ich möchte, dass du übers Handy jederzeit erreichbar bist. Wir dürfen nichts mehr riskieren. Zur Sicherheit gebe ich dir einen GPS-Sender mit, den du bei dir trägst.«

»Willst du mich überwachen?«, fragte Lina.

»Aus irgendeinem Grund hat der Täter ein besonderes Ding mit dir laufen. Er wollte dir sein Werk zeigen, seine Mission, weiß der Teufel, wie er das nennt. Was ist, wenn er dir noch mehr in der Art zeigen will?«

»Ist gut. Ihr könnt mich auf Schritt und Tritt verfolgen.«

»Nur im Notfall. Versprochen.«

Lina nickte. Unter den gegebenen Umständen konnte sie froh sein, dass man sie überhaupt aus dem Präsidium weggehen ließ.

*

Eine gute halbe Stunde später las sie Che am Hauptbahnhof auf.

»Und worauf stürzen Sie sich jetzt, Frau Kommissarin?«, fragte Che.

»Die Vermisstenfälle werden durchkämmt. Sie suchen in Claudia Plancks Umfeld.«

»Die zweite Tote?«

»Ja. Möglich, dass es Gemeinsamkeiten gibt.«

»Und die Tierschützertheorie ist vom Tisch?«, fragte Che.

»Nein. Wird weiter verfolgt. Auch wenn Karen Kreft noch lebt – es muss einen Grund geben, warum er sie gefangen hält.«

»Eine Theorie von vielen.«

»Wir müssen sein Scheißgefängnis finden!«, sagte Lina. »Was ist mit dem Terrazzoboden? Warum hat der dich so begeistert? Den gibt's doch überall in der Stadt. Geh mal ins Strafjustizgebäude oder in sonst was für Ämter.«

»Halt, halt, halt! So einfach ist das nicht!«, sagte Che. »Terrazzo ist was Besonderes.»

»Was soll das heißen?«

»Dass wir deinen Dienstausweis brauchen.«

47

Was war hier eigentlich los? Warum kamen sie nicht voran?

Er musste diesen faulen Säcken Beine machen. Was trieben die nur den ganzen Tag?

Hanisch stürzte aus seinem Büro und trat absichtlich gegen einen Plastikbehälter. Lange und Fincke fuhren herum und starrten auf den Abfalleimer, der über den Boden rollte und gegen ein Schreibtischbein stieß.

»Was ist mit Nölting?«, herrschte er sie an. »Der Kerl kann ja nicht vom Erdboden verschluckt sein.«

»Er verfügt über glänzende Kontakte ins Ausland«, sagte Thorsten Fincke.

»Was ist mit den Fluglinien?«

»Kein Treffer, nicht unter seinem Namen«, sagte Mirko Lange. »Wir sollten auch damit rechnen, dass er per Auto oder Zug geflohen ist. Wir hatten sogar mal jemanden, der mit dem Fahrrad nach Nordspanien abgehauen ist.«

»Na dann mal los, an die Arbeit! Gibt's Verwandte, bei denen er sich verstecken kann? Hat er Freunde in der Umgebung? Was ist mit seinen Bankunterlagen? Hat er eine Ferienwohnung? Zahlt er Pacht für einen verschissenen Schrebergarten? Machen Sie den Mann ausfindig.«

»Aber dazu werden wir Wochen brauchen«, sagte Mirko Lange.

»So viel Zeit habt ihr nicht!«, bellte Hanisch. »Ich brauche ihn sofort. Gehen Sie die kurzen Wege, keine großen Anfragen, über alle Daten, die Sie kriegen können.«

Er ging einen Schritt auf seine Bürotür zu und drehte sich noch einmal um.

»Wenn man erst mal bei den Kollegen unten im Archiv gelandet ist, dann kann's Jahre dauern, bis man wieder den Fahrstuhl in eine der oberen Etagen benutzen darf. Sie glauben ja gar nicht, wie die da unten sich über neue Mitarbeiter freuen, die mit ihnen im Aktenstaub wühlen. Richtig froh wären die!«

Er knallte die Tür hinter sich zu.

Wahrscheinlich trägt auch Emmert zum Stillstand bei, der Mann hat einen Narren an der Andersen gefressen, dachte er.

Er musste dringend das Ganze wieder zu einer zielorientierten Ermittlung machen. Kleeberg saß ihm im Nacken. Ein falsches Wort von dem Mann, und sein neuer Job war gestorben.

Den Rest seines Berufslebens Junkies und rumänischen Einbrecherbanden hinterherzujagen und in ihre grinsenden Fressen zu schauen, wenn sie im Verhörraum saßen, dazu hatte er keine Lust. Ganz abgesehen davon, dass die Diebesbanden aus Rumänien, Bulgarien und Russland Kinder losschickten. Die musste er am Ende laufen lassen, weil sie unter den Jugendschutz fielen. Doch selbst wenn sie die Drahtzieher erwischten und abschoben, schafften Menschenhändler umgehend Nachschub heran.

Nölting! Wo zum Henker steckte der Scheißkerl? Eigentlich hatte er damit gerechnet, dass der sich melden und ihn um Hilfe bitten würde. Oder hatte Nölting Wind davon bekommen, dass Hanisch seine Hand nicht mehr schützend über ihn halten konnte?

Hanisch ging ans Fenster und kurbelte die Jalousie nach oben.

Er konnte unmöglich aufgeben, was er jahrelang unter großen Mühen aufgebaut hatte.

Wolkenfetzen trieben am Himmel entlang. Seit drei Wochen wechselte sich ein Tiefdruckgebiet mit dem nächsten ab. Das Grau kroch in die Hirne der Menschen.

Er zog Nöltings Akte aus seiner Schublade und musterte den Teelöffel mit dessen Fingerprints. Es war keine große Sache, den Löffel zu den Tatortasservaten zu legen und mit einer Registrierungsnummer zu versehen.

»Wo hast du dich verkrochen?«, fragte er stellvertretend für Nölting den Löffel.

Und was war mit dem Mann, der hinter diesem ganzen Horror steckte? Er war bestens informiert. Er war ihnen immer um mindestens einen Schritt voraus. Und verhängnisvolle Fehler hatte er keine gemacht.

Oder doch?

Einen Hinweis gab es, den er überprüfen musste. Damit konnte er auf keinen Fall warten, bis sie Nölting aufgetrieben hatten.

Ein lückenlos aufgeklärter Fall war seine Mitgift, sein Entree. Jeder dieser sauberen Herren würde es von sich weisen, aber nichts törnte so an wie der Sieg über einen unsichtbaren Feind.

48

Der Museumsleiter war außer Haus, hieß es. Seine Sekretärin schickte Lina und Che zu jemandem, der für die laufenden Ausstellungen verantwortlich war.

Neugierig las der Linas Dienstausweis und fragte: »Und Sie wollen allen Ernstes in den Keller?«

»Na ja, wollen weniger als müssen«, antwortete Che, den Lina als ihren Praktikanten vorgestellt hatte. »Wir brauchen die hier archivierten Architektennachlässe. Alle Baumeister, die Anfang des 20. Jahrhunderts aktiv waren. Es geht um öffentliche Gebäude und Industrieanlagen.«

»Dann mal ab in den Untergrund«, sagte der Mann und winkte ihnen, ihm zu folgen.

Durch ein Treppenhaus, das im Unterschied zu dem ansonsten sehr gepflegten Museum dringend eines Anstrichs bedurft hätte, ging es in das durch Stahltür und Alarmanlage gesicherte Untergeschoss.

»Es sind aber nur die Unterlagen berühmter Architekten geordnet. Höger, Schumacher, Kallmorgen, Lundt«, klärte der Ausstellungsmacher sie auf und sah sie mitfühlend an. »Da müssen Sie sich selber durch Kisten und Akten wühlen. Und vollständig ist auch längst nicht alles. Viele Papiere aus Nachlässen sind im Privatbesitz.«

»Hast du dir darüber Gedanken gemacht, wie lange das dauert?«, zischte Lina Che ins Ohr.

»Hast du etwa eine bessere Idee?«

Hinter der Stahltür führten weitläufige Gänge in verschiedene Richtungen.

»Diese Archive hier sind bis an den Rand vollgestopft«, sagte der Ausstellungsmacher. »Dort hinten stehen Möbel, die uns gestiftet wurden, alte Ladeneinrichtungen, Designerstücke. Um die Ecke gibt's eine Abteilung mit Teppichen, Gobelins, historischer Kleidung. Dort brauchen wir zwecks Konservierung eine spezielle Luftfeuchtigkeit.«

Sie gingen vorbei an den Archiven und einer Abteilung mit Gemälden, die es wegen Platzmangels nicht bis in die Dauerausstellungen schafften.

Der Mann öffnete eine Tür, hinter der auf Rollwagen Kisten und Rollen mit Skizzen und Bauzeichnungen lagerten. Sie waren vor an der Wand befestigten Zetteln gruppiert, auf denen die Namen der jeweiligen Architekten standen.

Der Museumsmensch machte ein trauriges Gesicht, als er sich Lina und Che zuwandte.

»Die bekannteren Architekten finden Sie in den Stahlschränken nebenan. Am besten, Sie arbeiten das nach dem Verzeichnis durch.«

Er verschwand hinter einem Regal und kam mit zwei dicken Bänden wieder heraus.

»Das sind die Architekten, die offiziell bei der Architektenkammer gemeldet waren. Die Liste ist chronologisch geordnet, das sollte Ihre Suche etwas leichter machen.«

Nachdem er noch einmal bedauert hatte, dass der Architekturspezialist des Museums für ein paar Tage auf Dienstreise in Brasilia sei, drückte er Lina seine Visitenkarte in die Hand und verabschiedete sich.

»Wenn ich Ihnen weiterhelfen kann, rufen Sie mich an, kurioserweise funktioniert das mit dem Empfang hier unten.«

»Wenn du rausfinden willst, wo Terrazzoböden eingebaut wurden, brauchst du die Lieferlisten«, sagte Lina.

»Das sieht schlimmer aus, als es ist«, entgegnete Che. »Ich suche mir die infrage kommenden Architekten raus und gehe die Baupläne durch. Die waren damals enorm stolz auf diese neue Technik aus Italien, das wurde bestimmt irgendwo vermerkt.«

Er schlug das Verzeichnis bei dem Jahr 1890 auf, in dem laut Wikipediaeintrag die ersten Terrazzoleger nach Hamburg gekommen waren.

»Ich bring dir Essen und eine Matratze«, meinte Lina.

»Das können nicht so viele Industriegebäude gewesen sein«, erwiderte Che. »Du sagst, du hättest durch ein Fenster Tageslicht gesehen. Also kann es eigentlich kein Keller sein.«

Che schien Spaß an dieser Puzzlearbeit zu haben. Auch wenn Lina die Sache für nahezu aussichtslos hielt, war es immer noch besser, als nichts zu tun und auf den nächsten Schachzug des Täters zu warten.

Lina schob einen Rollwagen mit Kartons zur Seite, als ihr Handy den Eingang einer E-Mail signalisierte. »Bitte ansehen«, hatte Sven Emmert geschrieben und seiner Nachricht einen YouTube-Link angefügt.

Lina wuchtete ein paar Kisten vom Wagen und setzte sich auf die Ladefläche. Che setzte sich neben sie, und sie rief die YouTube-Seite auf.

Das Video begann, man sah wieder die Anrichte wie schon beim letzten Mal, hinter der der maskierte Koch mit seiner weißen Schürze stand. Diesmal waren rote Flecken darauf. »Heute haben wir das gute Stück Fleisch schon vorbereitet«, sagte er mit verzerrter Stimme. »Ein durchwachsenes Schulterstück.« Er gab das Fleisch in den Topf. Tosender Applaus.

In oberlehrerhaftem Ton sprach er über ausgewogene Ernährung.

»Der ist ja verrückt«, sagte Che. »Komplett verrückt.«

»Wir wollen ja nicht an den falschen Stellen Pfunde ansetzen«, sagte der Koch und fasste sich an den Bauch. »Das werde ich jetzt köcheln lassen.«

Während er umrührte, hielt er einen Vortrag über artgerechte Tierhaltung und über das Bewahren der Schöpfung.

»Wanderprediger ist er also auch noch«, meinte Che.

Wieder wurde das applaudierende Publikum hineingeschnitten.

»Eine gemeinsame Mahlzeit spendet Kraft.«

Da erschien Timo Nölting im Bild. Er trug wieder eine Suppenterrine durch den Speisesaal.

»Das ist ...«

Weiter kam Lina nicht. In der folgenden Szene sah sie sich selber am Tisch sitzen und einen Löffel zum Mund führen. Dass sie sich übergab, sah man nicht. Neuer Schnitt. Eine Handkamera bewegte sich durch einen Hotelflur, den Lina sofort wiedererkannte.

»Lissabon! Das Hotel!«, rief sie.

Sie sah Nölting und sich selbst schlafend im Bett.

»Du wirst zum Internetstar«, sagte Che.

Lina schüttelte entsetzt den Kopf. Allein die Vorstellung, dass der Kerl so nah vor ihrem Bett gestanden hatte, verursachte ihr Übelkeit.

Das Video endete mit einem weiteren Vortrag über Fleischqualität und zeigte Schweine, die sich gegen ein Gitter drückten.

»Bei der Aktion war er also auch dabei und hat gefilmt«, sagte sie fassungslos.

»Bist du sicher?«

»Ja. Ich erkenne den Hof dort eindeutig wieder.«

Linas Handy läutete, es war Hanisch.

»Kommen Sie umgehend ins Präsidium«, sagte er. Seine Stimme klang so gepresst, als würde er all seine Kraft zusammennehmen, um nicht loszubrüllen.

Sie spürt es: Dies ist die letzte Prüfung.

Noch einmal muss sie alles loslassen. Wie schnell gerät man doch in die Fänge der Nebensächlichkeiten, denkt sie.

Sie erinnert sich an die Kellerasseln, denen sie die Freiheit geraubt hat, eigensüchtig, wie sie ist. Der tanzende Mann an der Wand fällt ihr ein. Und dass der Weg zu ihm versperrt ist.

Drei Meter in der Länge und zwei in der Breite misst jetzt ihr Reich. Sie lauscht. Hört von Ferne einen tropfenden Wasserhahn. Wie das Ticken einer Uhr.

Sie setzt sich auf die Pritsche. Wie sehr sie sich nach ihm sehnt. Hofft, dass er seinen Glauben an sie nicht verliert. Grübelt, wie sie ihm ihre Dankbarkeit beweisen kann.

Sie zieht an einem Fädchen, das sich aus der Matratze gelöst hat, und drückt es zurück. Lange kann es nicht mehr dauern, dann wird er ihr das weiße Kleid der Reinheit überstreifen, von dem er gesprochen hat. Doch vorher muss sie ihm zeigen, zu welchem Opfer sie bereit ist. Welche Mitgift sie mitbringt in diesen Bund.

Sie faltet die Decke zusammen und legt sie auf die Pritsche. Dann kriecht sie auf den Fußboden, der sie mit schneidender Kälte in Empfang nimmt. Sie legt sich auf den Rücken und stemmt mit einem Knie die Pritsche leicht in die Höhe. Dann schiebt sie ihre flache Hand unter das hölzerne Bein.

Die scharfen Kanten bohren sich in ihren Handteller.

Sie muss das aushalten. Das ist schließlich nicht zu viel verlangt. Sie blickt mit einem Lächeln an die Wand.

Ob die Neue auch Besuch von ihm bekommt? Der Gedanke, ihn womöglich mit der Neuen teilen zu müssen, schmerzt sie.

Aber nein, sie darf nicht an ihm zweifeln. Der Schmerz in ihrer Hand lenkt sie ab. Das ist gut, denkt sie. Sie muss nur Geduld haben. Wieder fährt ihr Blick zur Wand. Wird dort doch der Tänzer erscheinen?

49

Als Lina das Büro betrat, sahen Hanisch und Emmert sie düster und stumm an. Ihre Gesichter verrieten, dass sie bereits Gericht gehalten hatten. Was jetzt folgen würde, waren Urteilsverkündung samt Strafmaß und Vollzug.

Das Video. Dutzende Erklärungen waren ihr eingefallen. Weshalb sie mit Nölting im Bett lag. Wieso er bei dem makabren Essen dabei war. Natürlich sah es aus, als würde sie mit Timo Nölting viel mehr verbinden, als sie bisher zugegeben hatte. Lina hatte sich entschieden, es mit Entschuldigungen gar nicht erst zu versuchen.

»Wir würden gern wissen, wo Nölting sich aufhält«, sagte Hanisch um Fassung bemüht.

»Das geht mir auch so«, erwiderte Lina. »Ich habe keine Ahnung.«

»Sie sind sich also doch nähergekommen?«, hakte Hanisch nach. »Schön, kann passieren. Aber haben Sie eine Ahnung, wie das hier aussieht? Eine Polizistin geht mit einem Ökoterroristen ins Bett, befreit ganz nebenbei in bester Bonnie-und-Clyde-Manier ein paar leidende Tiere und nimmt dann an einem kannibalistischen Festmahl teil. Tausende von Menschen haben das jetzt gesehen. Natürlich werden viele von ihnen die Polizistin wiedererkennen. Warum haben Sie verschwiegen, dass Nölting dabei war?«

»Er war verändert. Verängstigt.«

»Verängstigt? Sind Sie da sicher?«

»Nein«, sagte Lina wahrheitsgemäß. »Ich weiß es nicht.«

»Schön, dass Sie auch schon darauf gekommen sind, dass er auch der Urheber dieses ganzen Wahnsinns sein könnte. Hat uns alle an der Nase herumgeführt.«

»Ich kann …«

Hanisch schnellte aus seinem Sessel hoch.

»Ist da noch etwas, das Sie uns verschweigen, Frau Andersen? Halten Sie uns zum Narren?«, fuhr er Lina an.

Sein Blick schien sie zu durchbohren.

Sie musste damit rechnen, dass er auch den Verrat von Dienstgeheimnissen zur Sprache bringen würde. Sie versuchte, in Emmerts Gesicht zu lesen, ob er Hanisch über ihre Freundschaft mit Che informiert hatte. Doch Emmerts Gesichtsausdruck schien zu sagen: »Ich kann nichts mehr für dich tun. Diese Suppe musst du allein auslöffeln.«

Lina durchwühlte ihre Tasche und legte das Foto, das Timo Nölting gemeinsam mit Sören Hanisch im traulichen Gespräch zeigte, auf den Tisch.

Emmert sah Hanisch völlig überrascht und verständnislos an.

Hanisch betrachtete das Foto und begann laut zu lachen.

»Was soll das denn, Frau Andersen? Was wollen Sie mit solchen ollen Kamellen?«

»Es zeigt einen Hauptverdächtigen, der in aller Ruhe mit Ihnen einen Kaffee trinkt«, erwiderte Lina.

»Eine alte BKA-Aufnahme«, sagte Hanisch. »Nölting war unser Informant. Eine Menge Informationen, aber genauso viel Müll. War der Typ Spitzel, der sich wichtig vorkam in seiner Doppelrolle. Was wollen Sie uns mit diesem Foto sagen, Frau Andersen?«

Sie sah kurz hinüber zu Sven und erkannte, dass der einigermaßen verunsichert war.

»Wir würden es zu schätzen wissen, wenn Sie uns sagen, wo Timo Nölting sich aufhält«, versuchte Hanisch es erneut. Lina nickte und wollte aufstehen, doch Hanisch war noch nicht fertig.

»Was Ihre Zukunft betrifft«, begann er und machte eine theatralische Pause, während er das Foto von sich und Nölting beiseiteschob.

»Was ist damit?«, sagte Lina. »Ich verfolge …«

»Gar nichts verfolgen Sie«, sagte Hanisch. »Hören Sie? Gar nichts. Schon morgen schieben Sie Dienst auf Ihrer Wache. Sie werden Parksünder aufschreiben, Besoffene in die Ambulanz kutschieren und Kindern auf ihrem Schulweg helfen. Dienstrechtlich haben wir Sie nur ausgeliehen. Ich denke, wir haben Ihre Fähigkeiten überschätzt, unsere Erwartungen an Sie waren überhöht. Ein Fehler, der sich korrigieren lässt.«

Das Wort »Erwartungen« hatte er gedehnt ausgesprochen und dabei Emmert angesehen. Er ging um seinen Schreibtisch herum, setzte sich und sagte: »Wir danken Ihnen für Ihr Engagement. Der Waffengebrauch in der Autowerkstatt in Altona wird selbstverständlich formaljuristisch korrekt untersucht. Auch ob Sie durch die Gefangenschaft gesundheitliche Schäden davongetragen haben. Halten Sie sich also bitte zur Verfügung.«

Mit der Handkante wischte er Krümel von einem Aktendeckel.

Emmert starrte schweigend auf seine Schuhspitzen.

Lina hatte sich gerade von ihrem Stuhl erhoben, als Mirko Lange ins Büro hereinstürmte. Mit einem Fax wedelnd sah er sich irritiert um, besann sich dann aber schnell.

»Die Techniker haben eine Tätowierung entdeckt.«

»Was für eine Tätowierung?«, herrschte Hanisch ihn an.

»Na ein Tattoo an dem Schulterstück, das der Irre auf dem Video in den Kochtopf geworfen hat.«

»Oh nein!«, stöhnte Emmert.

*

Lina stand auf der Straße und versuchte mehrmals hintereinander, Che am Handy zu erreichen. Doch es war dauernd besetzt.

Che musste sofort aus dem Museum verschwinden. Fehlte noch, dass er mit in den Schlamassel hineingezogen wurde. Schließlich hatte sie ihn als Polizisten ausgegeben. Als Praktikanten zwar, aber auch das war verboten. Hanisch würde keine Sekunde zögern, ihn wegen Amtsmissbrauchs anzuzeigen.

Lina wollte sich jetzt auf keinen Fall verkriechen. Na schön, sie hatte ein paar Informationen für sich behalten. Aber musste Hanisch deshalb so überzogen reagieren?

Sie stieg in die U-Bahn und setzte sich neben eine ältere Dame, die unaufhörlich mit sich selbst schimpfte.

Lina war aufgefallen, dass Hanisch trotz seines Machtgetues nervös wirkte. Sie war sich sogar fast sicher, Anzeichen von Panik in seinem Gesicht erkannt zu haben. Gab es in Wirklichkeit doch einen anderen Grund, aus dem er sie loswerden wollte?

Die U-Bahn hatte bereits die Station Landungsbrücken erreicht.

Che musste warten.

Mit dem Bus fuhr sie nach Övelgönne. Hier waren die Museumsschiffe vertäut. Vereinzelt werkelten Leute auf den alten Dampfschleppern, Fischewern und dem Eisbrecher »Stettin«.

Einige Touristen lugten in die Schiffsbäuche und setzten sich dann in das Wartehäuschen für die Hafenfähren.

Lina stieg die Treppen zu einem Restaurant hinauf und setzte sich ans Fenster mit Blick auf den ehemaligen Kühlturm, der jetzt ein feudales Altersheim beherbergte.

Der Boden unter ihr schwankte, als die Magneten der

Hafenfähre sich an den Eisenschienen des Anlegers festsaugten.

Nun war sie also draußen. Und durfte ihrem Kollegen Alex während einem ihrer nächsten gemeinsamen Streifendienste erzählen, welch große Abenteuer sie im Präsidium erlebt hatte.

Was hatte Timo Nölting mit alldem zu tun? War ihre Menschenkenntnis wirklich so schlecht? Unverzeihlich war und blieb, dass sie mit ihm im Bett gelandet war. Nichts, nicht einmal der Alkohol taugte als Entschuldigung.

Sie dachte nach. Nölting hatte ihr ein wenig aus seiner Kindheit erzählt.

Wohlhabende Eltern, glückliche Tage in einem Wochenendhaus direkt hinter dem Elbdeich. Bootstouren, Angeln, unbeschwerte Sommer. Dann jedoch die ständigen Streitereien zwischen seiner tablettenabhängigen Mutter und seinem Vater, der immer seltener zu Hause gewesen sei. Während dieser Zeit habe er seine »Experimente mit Tieren« veranstaltet, wie er es nannte. Er sei dann so entsetzt über sich selber gewesen, dass er sich – aus schlechtem Gewissen, Neugierde und dem Wunsch heraus, endlich etwas an dem Zustand, wie Tiere gehalten wurden, zu ändern – für die Tierschützerszene interessiert hätte. Irgendwann sei er aktiv geworden, weil darüber reden allein niemanden interessiere.

Sollte Nölting das etwa alles erfunden haben?

Lina rief die Kartenfunktion ihres Smartphones auf und suchte den Ort Sankt Margarethen, wo Timo als Kind die Wochenenden verbracht hatte. Einen Versuch war es immerhin wert.

Sie zahlte ihren Kaffee, ging ein Stück am Elbstrand

entlang und stieg die »Himmelsleiter« hinauf, die Treppenstufen, die zur Elbchaussee führten.

Oben angekommen hielt sie ein Taxi an. Der Fahrer tippte auf seinem Navi herum und meinte, bis Sankt Margarethen könne es gut und gern einen Fünfziger kosten.

Lina nickte und stieg ein.

»Haben Sie eine Adresse?«, fragte er. Lina verneinte und bat ihn, sie im Ortszentrum aussteigen zu lassen.

»Dorfstraße«, sagte der Taxifahrer. »Das Zentrum ist immer Dorfstraße.«

Nach einer knappen Stunde hielt der Taxifahrer neben einem verfallenen Wartehäuschen, in dem ein verwitterter Busfahrplan hing.

Sie fragte eine ältere Frau, die ihren Einkaufstrolley mühsam über die Straße zerrte, ob sie zufällig eine Familie Nölting kenne, die hier im Ort ein Wochenendhaus gehabt habe.

Die Frau sah sie skeptisch an und meinte dann, sie sei erst vor zehn Jahren hierhergezogen, und von einer Familie Nölting, nee, da habe sie noch nie von gehört.

Lina ging ins nächste offene Geschäft, eine Fleischerei, und stellte dieselbe Frage. Diesmal hatte sie Glück. Die Inhaberin des Geschäftes holte ihre Mutter herbei, eine alte Frau, die die Familie Nölting gekannt hatte. Sie trocknete sich die Hände an ihrer Schürze ab und beschrieb Lina den Weg.

»Ist zehn Minuten von hier, ein bisschen außerhalb.«

Lina ging die verlassene Dorfstraße entlang. Nur ein Mechaniker stand rauchend vor seiner Werkstatttür und grüßte, indem er salutierend seine Hand an die Stirn legte. Hinter ihm stand ein gewaltiger Mähdrescher.

Lina hasste diese verschlafenen Nester. Nein, in einem

solchen Ort zu leben und sich der bleiernen Schwere aus Tradition und Sonntagnachmittagsstillstand zu ergeben, das wäre nichts für sie. Andere liebten die Ruhe und die Abgeschiedenheit, jeder musste eben auf seine Art glücklich werden.

Sie ging auf dem Deich entlang. Alte Holzhäuser wechselten sich mit ein paar modernen Villen ab.

Tatsächlich gab es an der Gartenpforte eine Hausnummer, und auf dem Namensschild stand »Nölting«. Dass er das Haus seiner Eltern behalten hatte, davon hatte Timo ihr kein Wort gesagt.

Das Holzhaus war groß und dunkelrot gestrichen. Es hatte einen Wintergarten, und in dem mit Obstbäumen bepflanzten Garten standen zwei Schuppen für Gartenwerkzeug oder auch für ein Boot.

Das Haus wirkte verlassen. An einer Wand standen mehrere vom Wind zerzauste Müllsäcke.

Lina öffnete die Gartentür und rief laut: »Hallo!«

Eine Katze tauchte wie aus dem Nichts auf, beäugte Lina misstrauisch und verschwand auf leisen Pfoten ins Gebüsch.

Ob Nöltings Eltern noch lebten?

»Ist da jemand?«, rief sie noch einmal.

»Lina!«, hörte sie plötzlich seine Stimme, die aus einem der Schuppen kam. Die angelehnte Tür wurde aufgeschoben. Timo Nölting trug einen blauen Arbeitsanzug, der an einigen Stellen Farbflecke hatte.

»Was machst du hier?«, fragte er mit schneidender Stimme. »Und vor allem, wie hast du mich gefunden?«

»Dein Name steht an der Tür«, sagte Lina.

»Hast du deine Kollegen im Schlepptau?«, fragte er und stellte sich auf die Zehenspitzen. »Wie hast du mich gefunden? Nöltings gibt's wie Sand am Meer, und zwischen diesem Haus und mir existiert keine Verbindung. Es hat bis vor ein paar Wochen meiner Großtante gehört. Kennt Hanisch die Adresse?«

»Nein«, sagte Lina.

»Natürlich kennt er sie«, sagte Nölting. »Ihr sprecht euch doch ab. Da fährt niemand los, ohne dass die anderen Bescheid wissen wohin.«

»Willst du mir nicht ein paar Dinge erklären?«, fragte Lina.

Nölting stieß ein gekünsteltes Lachen aus. Erst jetzt, als er vor ihr stand, bemerkte sie, wie gehetzt er war. Seine Augen waren geschwollen, im Gesicht hatte er rote Flecken, und seine Gesten waren fahrig.

»Und du bleibst bei allem immer schön sauber, was?«, meinte er. »Die gute Fee mit der Neunmillimeter im Holster.«

»Stimmt«, sagte Lina und klopfte auf die Pistole, die Emmert ihr gegeben hatte. »Die gute Fee. Und wer bist du? Ein Höllenhund, der den Eingang zur Unterwelt bewacht?«

Nölting starrte für einen Moment geradeaus an Lina vorbei, als sehe er jemanden hinter ihr kommen, doch dann wandte er sich ihr wieder zu.

»Es können nicht alle schön sauber bleiben in diesem Leben. Es gibt Grautöne, Lina.«

»Erspar dir dein philosophisches Gerede.«

»Gibt's in deinem Leben etwa keine Lüge, Lina?«

»Wer steckt hinter den Morden?«, fragte Lina. »Wer ist der große Unbekannte?«

»Lass uns reingehen«, meinte er. »Ist offen.«

Lina drückte die Türklinke herunter und betrat eine dunkle Diele. Am Kleiderhaken hing ein abgetragener

Pelzmantel, daneben standen etliche Gehstöcke in einem Schirmständer.

Es roch muffig. Timo Nölting öffnete eine weitere Tür, hinter der sich das Wohnzimmer verbarg. Durchgetretene Teppichläufer, eine altertümliche Stehlampe, abgewetzte Sessel und ein Tisch, auf dem diverse Unterlagen ausgebreitet waren.

Eine Glastür trennte das Wohnzimmer vom Wintergarten, in dem Vasen mit vertrockneten Blumen und zwei Gartenstühle standen. Nölting öffnete die Glastür, ging voraus und zog zwei Vorhänge zu, die nur einen Spalt der Fensterfront freiließen.

Nachdem die Großtante verstorben war, musste das Haus längere Zeit unbewohnt gewesen sein. Dem Geruch nach war ihre Leiche wahrscheinlich erst Tage nach ihrem Tod gefunden worden. Lina kannte diesen Geruch nur zu gut, er war ihr im Streifendienst häufiger begegnet, als ihr lieb war.

Sie setzte sich auf einen der Gartenstühle.

Nölting bemühte sich immer noch, den Vorhang ganz vor die Fenster zu ziehen, doch in der Schiene hakte es.

Lina fischte eine Packung Zigaretten aus ihrer Tasche und steckte sich eine an.

Auch Nölting bediente sich. Seine Hände zitterten, als er die Zigarette anzündete. Er inhalierte tief.

»Ich will überleben, Lina. Ich will einfach nur überleben.«

»Der sicherste Platz wäre fürs Erste eine Zelle im Präsidium«, sagte Lina.

Nölting grinste schief.

»Das glaubst auch nur du. Du mit deinen Heile-Welt-Fantasien.«

»Hat einer meiner Kollegen was damit zu tun?«

»Es ist alles außer Kontrolle geraten, Lina. Alles nach und nach. Ich wusste, dass ich am Ende zwischen allen Stühlen sitzen würde.«

»Was soll das nebulöse Gerede? Wird das jetzt ein Heldenroman?«

»Hanisch hat mich an der langen Leine geführt.«

»Du willst mir doch nicht sagen, dass ein Dezernatsleiter hinter alldem steckt, oder? Hanisch ist auf der Suche nach dem Täter!«

»Klar, der saubere Herr Hanisch sucht den Täter«, meinte Nölting mehr zu sich selber.

»Kann es sein, dass du auf mehreren Hochzeiten getanzt hast?«

Anstelle einer Antwort spielte er nachdenklich mit Linas Einwegfeuerzeug.

»Ich könnte dich aus der Schusslinie nehmen«, sagte Lina, und ihr wurde im selben Moment klar, dass sie ihn damit nicht locken konnte.

»Ich brauche eine neue Identität«, sagte er.

»Es gibt das Zeugenschutzprogramm.«

Wieder grinste er schief, und in seinen Augen las Lina nackte Panik. Er schob sich eine Haarsträhne aus dem Gesicht.

»Eine Identität, die niemand kennt. Wirklich niemand. Um den Rest kümmere ich mich selbst.«

»Willst du, dass ich für dich zur Passbehörde gehe?«

»Ich will überleben, Lina.«

»Warum wurde ich in dieses Verlies geschleppt? Warum musste ich an diesem makabren Suppenessen teilnehmen? Was ist mit den Frauen? Welche Rolle spielst du in dieser Horrorgeschichte?«

»Es war wegen der Spuren«, sagte Nölting. »Er befürchtete, Spuren an dir hinterlassen zu haben, als er dich vor dem alten Mann gerettet hat. Und dann war da der Blitz.«

»Der Blitz?«

»Als er geschossen hat. Er wusste nicht, ob du sein Gesicht gesehen hast. Er wollte dich nicht töten. So ist er nicht. Er tötet nicht einfach so. Er musste dich mitnehmen, um herauszufinden, ob du ihn erkannt hast.«

»Wer ist er? Kenne ich ihn denn?«

Den roten Punkt, der auf Timo Nöltings Stirn tanzte, nahm sie zunächst nicht wahr. Nölting drehte sich zur Seite, und plötzlich sah sie den Fleck an der Wand. Er wanderte wieder auf Nöltings Stirn und zuckte über seiner Nasenwurzel.

Lina sprang auf, wollte sich auf ihn stürzen und ihn vom Sofa reißen. Im selben Moment, als der Schuss losging, stürzte Nölting zu Boden und starrte sie verdutzt an. Wie ein Käfer, der auf dem Rücken liegt, schoss es Lina durch den Kopf, und die Asseln fielen ihr ein.

Nölting sah verwirrt auf seine Hände.

Lina robbte zum Fenster und hob den Vorhang leicht an. Die Scheibe war unversehrt. Keine Splitter auf dem Boden, kein Durchschussloch.

»Verfluchte Scheiße!«, sagte Nölting.

»Mir ist niemand gefolgt«, zischte Lina, »das hätte ich bemerkt.«

»Du hast dein Handy mit. Das zu orten ist ein Klacks.«

Lina robbte weiter über den Fußboden hinüber zu der anderen Fensterfront und spähte vorsichtig hinaus.

»Ich geh jetzt mal raus«, meinte sie und stellte verwundert fest, dass sie die Pistole bereits aus dem Holster gerissen hatte.

»Hier kann ich nicht bleiben«, sagte Nölting und schüttelte seine strähnig herabfallenden Haare.

Lina zog ihr Handy aus der Tasche und rief den Notruf an. Als jemand abhob, berichtete sie knapp, während laufender Ermittlungen sei auf sie geschossen worden und dass sie dringend Hilfe benötige.

»Zwei Personen im Haus«, sagte sie knapp. »Der Schütze feuert vermutlich aus dem Garten.«

»Bleiben Sie in Deckung, die verfügbaren Kräfte sind unterwegs. Halten Sie die Verbindung.«

Lina drückte Nölting das Handy in die Hand und kroch durchs Wohnzimmer und den Flur bis zur Haustür. Auf den Knien öffnete sie die Tür einen Spalt weit. Niemand war zu sehen. Langsam schob sie sich hinaus. Nicht weit von ihr entfernt schnellte plötzlich ein Ast zurück. Sofort drückte sie sich flach an die Hauswand und schob sich seitlich weiter vor. Ihr Herz raste. Mit einer schnellen Bewegung spähte sie um die Hausecke hinüber zu den Schuppen und zog ihren Kopf blitzschnell zurück. Nichts regte sich. Die Tür des einen Schuppens stand offen. Bevor sie mit Nölting ins Haus gegangen war, hatte der sie allerdings geschlossen.

Warum war der Schuss nicht durchs Fenster gegangen? Wollte der Schütze sie hinauslocken?

Lina dachte fieberhaft nach. Sollte sie ins Haus zurückgehen und auf die Ankunft der Kollegen warten? Oder würde der Unbekannte wieder schießen, wenn er merkte, dass er sein Ziel verfehlt hatte? Sie hatte keine Ahnung, wie lange es hier auf dem Land dauerte, bis die Polizei kam.

Sie hockte sich hin und spähte noch einmal ganz vorsichtig um die Ecke. Die Schuppentür war nach wie vor offen. Im Gras davor lag etwas, jetzt erkannte sie, was es war, ein Arm, jemand streckte seinen Arm aus dem Schuppen. Er bewegte sich nicht. Daneben sah sie jetzt einen länglichen Gegenstand, möglicherweise ein Gewehr.

War das hier eine Falle?

Sie stützte ihre Waffe an der Hauswand ab und feuerte einen gezielten Schuss in den Arm. Er zuckte kurz auf und fiel dann schlaff zurück.

Mit vorgestreckter Waffe stürmte Lina auf den Schuppen zu, erreichte die Tür und kickte mit ihrem Fuß das Gewehr zur Seite. Es verfügte über eine Laserzielmarkierung.

Jemand lag dort auf der Seite mit dem Gesicht zum Boden. Aber Lina erkannte ihn sofort am Jackett. Vorsichtig hob sie seinen Kopf an, um das Gesicht zu sehen. Es war Sören Hanisch. Mitten in seiner Stirn klaffte ein Loch, aus dem ein dünnes Rinnsal Blut sickerte.

Wie kam der Dezernatsleiter hierher? Nölting!, dachte Lina. Sie rannte geduckt zurück zum Haus, als ein weiterer Schuss abgefeuert wurde.

Lina presste sich an die Hauswand und schob sich vor bis zur Ecke. Die Haustür war geöffnet. Da hörte sie Glas splittern. War Nölting in Panik durchs geschlossene Fenster gesprungen? Mit der Pistole im Anschlag betrat sie das Haus. Vom Flur aus konnte sie durchs Fenster des Wintergartens hinaussehen. Dort unten rannte jemand über den Rasen zum angrenzenden Wald.

»Timo?«, rief sie. »Timo?«

Sie ging ins Wohnzimmer.

Timo Nölting lag ausgestreckt auf dem Sofa, als hätte eine gewaltige Kraft ihn dort hingeschleudert. Seine Augen waren weit aufgerissen, ein Arm hing leblos vom Sofa herunter. Das linke Bein war seltsam verdreht. Aus seiner rechten Schläfe tropfte Blut. In der Hand hielt er eine Pistole.

»Waffe weg!«, schrie plötzlich eine Männerstimme. »Waffe auf den Boden! Hände hoch!«

Lina ging in die Knie und legte ihre Waffe ab.

»Greifen Sie in meine linke Tasche. Da steckt mein Dienstausweis«, sagte sie.

Sie spürte den Lauf einer Pistole im Rücken und die Hand, die in die Innentasche ihrer Jacke fuhr und den Dienstausweis herauszog.

»In Ordnung«, sagte der Polizist. »Sie können sich jetzt umdrehen.«

Neben ihm stand eine blonde Polizistin, die vor Aufregung ganz rot im Gesicht war.

»Ist noch jemand im Haus?«, fragte sie.

Lina schüttelte den Kopf. »Jemand ist gerade über den Rasen Richtung Wald und vermutlich weiter zum Deich geflohen. Könnte sein, dass Sie ihm auf der Straße begegnet sind.«

»Da war niemand«, sagte der Polizist.

Vier weitere Polizisten stürmten mit gezogenen Waffen herein.

»Zwei Tote«, sagte Lina. »Der andere ist mein Dezernatsleiter. Er liegt im Schuppen.«

Die blonde Polizistin schnappte nach Luft. Sie nickte einem Kollegen zu, und sie verließen zu zweit das Haus.

Eine gute halbe Stunde später traf auch Sven Emmert ein, hinter ihm her kamen der Tross der Rechtsmediziner und die Spurensicherung.

»Was ist passiert, Lina? Hast du geschossen?«

»Nur auf Hanischs Arm«, sagte Lina, zog mit Daumen

und Zeigefinger die Waffe aus dem Holster und reichte sie Emmert. Der tütete sie ein und gab den Beutel einem der Forensiker.

»Was macht Hanisch hier?«, fragte Emmert. »Woher hat er die Adresse?«

»Sag du es mir«, meinte Lina.

»Hanisch hat zu Fincke gesagt, er treffe sich mit einem Informanten«, sagte Emmert. »Und er ist allein losgefahren.«

Woher Lina von Timo Nöltings Aufenthaltsort gewusst habe, wollte Emmert wissen. »Und diesmal bitte keine Märchen.«

»Er hat mir von diesem Haus erzählt. Er ist hier mehr oder weniger aufgewachsen.«

Ein Notarzt trat auf Lina zu und meinte, er müsse sie jetzt »checken«.

»Nicht nötig«, sagte Lina.

»Ist Vorschrift«, sagte der Arzt und bat sie, ihre Jacke auszuziehen und den linken Ärmel hochzukrempeln. Dann legte er ein Blutdruckmessgerät an und prüfte mit einer Taschenlampe ihre Augenreflexe.

»Drogen hab ich auch keine genommen«, sagte Lina.

»Da kann ich nichts machen. Wenn Schusswaffen abgefeuert wurden, gehört das zum Prozedere«, sagte der Arzt. »Schwindelgefühl? Druck auf den Ohren? Knalltrauma?«

Lina schüttelte den Kopf.

»Hast du den Täter denn gesehen?«, fragte Emmert sie.

»Nur flüchtig und von Weitem«, antwortete sie.

»Gar nichts?«, beharrte er. »Größe, Gang, Körperhaltung? Kleidung, Schuhe? War er maskiert?«

»Als ich wieder ins Haus kam, war er schon draußen auf der Flucht Richtung Wald.«

Sie tippte sich an den Kopf und sagte an den Arzt gewandt: »Da ist nichts.«

»Manchmal kommt das erst später«, meinte der Arzt.

»Als ich mit Nölting im Wintergarten saß, habe ich plötzlich eine Laserzielmarkierung auf seiner Stirn gesehen. Für mich sieht es so aus, dass Hanisch Nölting erschießen wollte und dann von jemand anderem daran gehindert wurde.«

»Das passt doch nicht zusammen«, sagte Emmert. »Jemand verhindert den Mord an Nölting, und dann erschießt er ihn? Und wieso um Himmels willen sollte Hanisch Nölting umbringen? Er wollte ihn verhören.«

»Wenn *du* das sagst«, antwortete Lina. »Auch wenn es vielleicht so aussieht, Timo Nölting hat sich auf keinen Fall selbst erschossen. Ausgeschlossen.«

»Nölting hat die Waffe noch in der Hand. Wie wäre es damit? Hanisch spürt Nölting hier auf, Nölting erschießt Hanisch und bringt dann sich selber um. So könnte es gewesen sein«, sagte Emmert.

»Nölting wollte das überleben.«

»Was heißt *das*?«

»Nölting hatte Angst. Er war hier im Haus, als Hanisch draußen erschossen wurde. Bevor ich rausgegangen bin, um nachzusehen, wer da war, wollte er mir gerade erzählen, wie alles zusammenhängt.«

»Der große Unbekannte?«, fragte Emmert.

»Wenn Hanisch mit derselben Waffe erschossen wurde, mit der Nölting sich dann umbrachte, gibt es keinen Unbekannten. Was ist mit dem Gewehr im Gras neben Hanischs Leiche?«, fragte Lina. »Bringt man das mit, wenn man jemanden festnimmt? Mit einer Laserzielvorrichtung?«

»Da war kein Gewehr!«, sagte Emmert.

»Dann muss der Unbekannte das mitgenommen haben.«

»Er? Was ist das für eine krause Geschichte, Lina? Das sieht mir hier klassisch nach misslungener Festnahme aus. Als Nölting mitkriegt, dass Einsatzkräfte anrücken, jagt er sich eine Kugel in den Kopf. Außerdem haben die Buchungslisten der Fluggesellschaften bestätigt, dass Nölting in den Ländern war, wo die Knochenreste gefunden wurden. Passt alles zusammen. Eine runde Sache.«

Lina war klar, dass niemand ihr glauben würde. Denn niemand würde die Vermutung wagen, dass Sören Hanisch tief in der Sache drinsteckte. Die Weste des Dezernatsleiters durfte keinesfalls beschmutzt werden. Was galt angesichts der damit verbundenen Konsequenzen schon das Wort einer Streifenpolizistin, die für kurze Zeit in einer Sonderkommission aushelfen durfte?

Timo Nölting als vermeintlicher Täter, der sich in einem dramatischen Showdown selbst in den Kopf schießt. Ein gefundenes Fressen. Es war zum Kotzen. Und der wahre Täter würde nicht gefunden und vor allem auch gar nicht mehr gesucht werden.

Lina zog eine Zigarette aus der Packung und gab Emmert ein Zeichen, dass sie vor die Tür gehen würde. Er nickte und ging wieder ins Wohnzimmer, wo Timo Nöltings Leiche noch immer von den Rechtsmedizinern untersucht wurde. Ein zweites Team war mit Hanisch beschäftigt. Lina nahm ein paar hastige tiefe Züge und trat die Glut auf einer Gehwegplatte aus. Sicherheitshalber steckte sie die Kippe ein.

Sie war die einzige lebende Zeugin. Er musste sie nur töten, um sicher zu sein.

Lina dachte an die endlosen Befragungen und Verhöre,

die ihr nun bevorstanden. Die weiße Weste eines Dezernatsleiters gegen die Beteuerungen einer kleinen Streifenpolizistin.

Es rächte sich bitter, dass sie auf so törichte Weise in diesen Albtraum hineingeschlittert war, eine Mordermittlung mit einer Schnitzeljagd verwechselt hatte. Es war mit ihr durchgegangen. Wer auch immer der Unbekannte war, er hatte perfekte Arbeit geleistet, das musste man ihm lassen. Er war cleverer als sie und als der gesamte Polizeiapparat, den er an einem Ochsenring durch die Manege gezogen hatte.

Che hatte vollkommen recht, was ihre Naivität betraf …

Mein Gott, Che!, schoss es ihr durch den Kopf. Der saß wahrscheinlich immer noch im Keller des Museums und wühlte sich durch die verstaubten Baupläne, die aus den Schaffensperioden der Architekten übrig geblieben waren.

Sie beobachtete die Forensiker und Mediziner, die zwischen Haus, Schuppen und Grundstück hin- und hereilten. Vor der Gartentür standen neben mehreren Polizeiautos auch schon zwei Leichenwagen bereit. Die Fahrer in den dunkelgrauen Anzügen mit grünen Schlipsen standen rauchend und scherzend vor der geöffneten Klappe eines Wagens.

Ohne sich von Emmert oder sonst jemandem zu verabschieden, ging Lina los, marschierte hinauf zum Deich und dann einfach weiter geradeaus.

Ein Schiff mit Tankanlagen stampfte durch die Elbfluten, gefolgt von einem Segelschiff, das mit einem Hilfsdiesel Richtung Hamburger Hafen tuckerte.

Nachdem sie ein paar Kilometer weit gegangen und langsam wieder ein wenig ruhiger geworden war, winkte sie ein Taxi heran. Sie nannte dem Fahrer ihr Ziel. Im selben Moment meldete ihr Handy den Eingang einer Nachricht.

Die Nachricht des anonymen Absenders lautete: »Und raus bist du. Schade.«

50

Der Garten! Am helllichten Tag in diesem Garten stehen und Fakten schaffen. Unvergleichlich das Gefühl der Gefahr, das Risiko, entdeckt zu werden.

Er hätte es vorgezogen, den Dezernatsleiter nicht töten zu müssen, aber es war nicht mehr zu vermeiden gewesen. Hanisch hatte Andeutungen gemacht, sich vorgetastet. Dabei hatte er ihm eine so schöne Rolle in diesem Spiel zugedacht. Ein Vergnügen, auf das er nun verzichten musste.

Er dachte an Timo Nöltings Gesicht, als er vor ihm stand. Wie er sich in die Rückenlehne des Sofas gepresst, seine Hände in den Stoff gekrallt hatte. Timos Erleichterung, als er sich wie ein guter Freund neben ihn gesetzt, seinen Oberschenkel getätschelt und ihm Mut zugesprochen hatte.

»Alles wird gut.«

Gleichzeitig hatte er die Waffe hochgerissen, an Timos Schläfe gehalten und abgedrückt.

Es hieß, dass in solchen Fällen einige Bereiche im Gehirn trotz der Verletzungen weiterarbeiteten. Freilich konnte man sich nicht mehr bewegen und hatte keine Kontrolle mehr, spürte jedoch, wie man hinüberglitt.

Er hatte in Timos starre Augen geblickt und sich von ihm verabschiedet. Seine Stimme war der letzte Gruß aus dieser Welt.

Nölting war kurz davor gewesen, Lina Andersen seine Identität zu verraten. Jedes Wort ihres Gesprächs hatte er mitgehört. Und es war noch einmal gefährlich geworden, als Lina wieder zurück ins Haus stürmte. In letzter Sekunde hatte er sich das in der Stehlampe befestigte Mikrofon geschnappt und war durchs Fenster ins Freie gesprungen. Die Scherben waren heruntergeprasselt wie ein Gewitterregen.

»Ich hab dir eine Chance gegeben, Lina«, sagte er.

Nun also Lina Andersen. Er bedauerte den Gedanken, sich nach dem Tod der Polizistin neue Mitspieler suchen zu müssen.

Er strich zärtlich über die Kamera, öffnete das Akkufach und schob den schwarzen Block hinein. Dann nahm er das Tablett mit den Keksen und der Milch und öffnete mit dem Fuß die Tür.

»Die Mädchen haben Hunger«, sagte er.

51

Reisende zogen ihre Koffer durch die Wartehalle des Hauptbahnhofs. Viele Passanten schleppten ihre Einkaufstüten von der nahen Mönckebergstraße zu den U- und S-Bahnsteigen. Drei Männer in Cowboykluft stolzierten nebeneinander her durch die Wandelhalle. In ihren Coltgürteln steckten Schnapsflaschen.

Lina stocherte mit einem kleinen Schaschlikspieß lustlos in ihren Pommes frites herum und schob den Teller von sich weg. Che stellte seinen Getränkebecher ab und rieb sich nervös die Augen.

»Er lockt euch irgendwohin und beseitigt hinter sich alle Spuren«, sagte er.

»Und zwar absolut perfekt. Selbst Sven glaubt mir nicht.«

»Und du erinnerst dich an kein einziges Detail?«

»Nichts. Es ging alles zu schnell. Ich konnte ihn nur noch wegrennen sehen.«

»Der Typ überlässt nichts dem Zufall. Wie in seinen Videos. Immer wenn es spannend wird, wenn irgendwas Klitzekleines ins Bild rückt, mit dem man was anfangen könnte: Schnitt. Nichts. Außer Terrazzoboden.«

»Der auch zu nichts führt«, sagte Lina.

Ches Gesicht hellte sich auf.

»Falsch, Lina. Die Spur ist heiß.«

»Welcher Keller darf's denn diesmal sein?«

»Ich hab nur an der verkehrten Stelle gesucht. Es existiert ein Briefverkehr mit einem Herrn Toffolo.«

»Che, das ist keine Doktorarbeit. Uns läuft die Zeit davon.«

»Toffolo, ein Italiener, war als Arbeiter in Russland, Österreich und England und hat sich dann in Hamburg niedergelassen. Ihm gehörte die größte Terrazzofirma der Stadt.«

»Und du hast die Liste gefunden …«

»Nicht ganz. Die Firma Toffolo hat nicht nur das Rathaus, das Zivil- und das Strafjustizgebäude, sondern auch die Kunsthalle und das Museum für Kunst und Gewerbe mit Terrazzoböden ausgestattet. Aber wie das so ist mit italienischen Familien …«

»Nun komm schon«, drängte Lina.

»Das Heimweh ist groß, und wenn man hier in der Fremde in Lohn und Brot steht, dann kommen eben Familie und Freunde aus der Heimat. Einige sind geblieben und haben eigene Firmen gegründet. Es gab eine enge Zusammenarbeit zwischen Toffolo und einem anderen italienischen Familienunternehmen, das sich um die kleineren Bauten gekümmert hat.«

»Und?«

»Ich habe die Nachfahren dieser Familie ausfindig gemacht. Und am Telefon erfuhr ich, dass es eine Art Familienarchiv gibt.«

»Wenn das nicht mal wieder so eine Sackgasse ist.«

»Hast du eine bessere Idee?«, fragte Che.

*

Die Gegend hier am Stadtrand von Hamburg wirkte ausgestorben.

Sie standen vor einem Norderstedter Einfamilienhaus. Eine Frau öffnete ihnen die Tür. Sie sah mit ihren blonden Haaren und den blauen Augen ganz und gar nicht italienisch aus.

»Dürfte ich dann bitte Ihren Dienstausweis sehen?«, fragte sie, nachdem Lina sich und Che vorgestellt hatte.

Lina zückte ihren Ausweis, und die Frau entschuldigte sich sofort für ihr Misstrauen.

»In der Nachbarschaft wurde letzten Monat eine Frau überfallen, und ich bin allein im Haus«, fügte sie erklärend hinzu.

Sie führte Lina und Che in einen beheizten trockenen Kellerraum. Auf einem langen schmalen Tisch lagen stapelweise alte Fotoalben und Aktenordner.

»Sie dürfen gern hineinschauen«, meinte die Frau.

Lina klappte eines der Alben auf. Die Schwarz-Weiß-Fotos darin waren vermutlich um die Jahrhundertwende entstanden. Abgebildet waren schnauzbärtige italienische Bauarbeiter, die mit Schaufeln und Hacken auf Baustellen posierten. Auf manchen Fotos waren Richtkränze zu sehen, viele waren während der Arbeit entstanden. Sie zeigten die mit Staub bedeckten Männer, kniend auf dem Boden.

»Was suchen Sie denn eigentlich genau?«, erkundigte sich die Frau.

»So etwas wie ein Auftragsbuch oder ein Verzeichnis, in dem alle Baustellen aus jener Zeit aufgelistet sind«, antwortete Che.

»Oh je«, sagte die Frau, »so geordnet ist das hier leider nicht. Das müsste man aus den Briefen, Unterlagen und Rechnungen heraussuchen. Buchführungspapiere und Auftragseingänge von damals sind im Krieg verbrannt.«

Lina betrachtete die altmodischen Arbeitsgeräte, die an der Wand lehnten, Hacken, Schaufeln, Spaten, Geräte, mit denen größere Steine gehoben werden konnten. Auf drei weiteren Tischen verteilt lagen Maßbänder, Gitter zum Heraussieben unterschiedlicher Kieselgrößen, Schleifmaschinen und Steinhämmer.

Während Che einen Ordner mit Geschäftsbriefen öffnete, fragte die Frau, ob sie noch gebraucht werde, sie müsse sich um das Essen für die Kinder kümmern. Lina und Che sollten sich aber ruhig Zeit lassen.

»Vielen Dank«, sagte Lina. Sie warf Che einen Blick zu. Es wäre zu schön, endlich mal so etwas wie eine brauchbare Spur zu finden, die sie zu dem mysteriösen Gefängnis führen würde.

Lina sah sich weiter die alten Bilder an, die von erstaunlich guter Qualität und kaum vergilbt waren. Neben einem Foto, das Bauarbeiten an einem Tanzcafé auf der Reeperbahn zeigte, klebte eines der Baustelle der U-Bahn-Station Landungsbrücken.

Lina sah auf und entdeckte plötzlich ein gerahmtes Foto an der Wand, auf dem ein Schlachthof zu sehen war. Aufgenommen auf der Veddel, einem ehemaligen Industrievorort von Hamburg. Arbeiter standen in einer Halle, in der die Rinder kurz vor der Schlachtung, an Eisenringen befestigt, zusammengepfercht wurden. Ein Mann im Kittel umklammerte mit seiner Faust einen eisernen Ring und schielte lachend in die Kamera. Lina erkannte den Ring mit dem stilisierten Rosenornament sofort wieder. So ein Ring hing auch an der Wand des gruseligen Speisesaals, in dem sie mit den gefangenen Frauen an der Tafel gesessen hatte.

»Sieh dir das an!«, rief sie.

»Was?«, sagte Che, der sich schweren Herzens von seinem Ordner mit Geschäftsbriefen löste.

»Das ist es!«, sagte Lina und nahm das Bild von der Wand.

»Fleischfabrik am Niedergeorgswerder Deich«, las Che.

Ihr Handy gab einen Fanfarenstoß von sich.

»Morgen Protokoll aufnehmen«, simste Sven Emmert.

*

Lina wollte ein Taxi herbeiwinken, doch Che hatte bereits übers Smartphone einen in der Nähe geparkten Leihwagen gefunden, den man ad hoc anmieten konnte.

»Ches Car Service«, zog Lina ihn auf.

»Willst du Emmert nicht Bescheid geben? Wir fahren ja nur hin und sehen nach, ob das Fabrikgebäude dort noch existiert.«

Lina schwieg.

»Was ist mit Emmert? Soll ich ihn anrufen?«

»Der denkt, ich sitze gerade zu Hause und lecke meine Wunden. Hat mir zwei Tage Urlaub verordnet. Auf keinen Fall rufe ich den jetzt an.«

»Lina, wir müssen vorsichtig sein! Wir gehen keinesfalls da rein!«

Lina schwieg wieder. Che steuerte den Smart am Berliner Tor vorbei und überquerte die alten Elbbrücken.

»Du hast ja nicht mal eine Waffe«, sagte Che.

Lina schaltete das Navi ein. Che ignorierte die Ansagen und folgte der Beschilderung. Verwucherte, brachliegende Grundstücke säumten die Straße.

»Nicht gerade die Nobelgegend hier«, meinte er.

Er bog in eine Straße ein, die an Speditionen und Lagerhallen vorbei zu stillgelegten Fabriken, alten verfallenen Gemäuern und mit wildem Gestrüpp zugewachsenen Arealen führte.

»Wir fahren noch mal dran vorbei«, sagte Che und wendete.

Sie legten im Schritttempo denselben Weg zurück. Soweit sie es erkennen konnten, waren von dem ehemaligen Schlachthof nur drei Mauern erhalten geblieben. Der vordere Teil des heruntergekommenen Gebäudes sah vergleichsweise neu aus, er musste wohl nach dem Krieg hochgezogen worden sein.

»Guck mal dort«, sagte Lina und zeigte auf einen Stierkopf, der über dem Portal prangte. Ein Firmenschild darunter wies den Bau als Spedition aus mit dem Zusatz »Stückgut – Import – Export«.

»Sieht nicht so aus, als würde da noch gearbeitet«, sagte Lina.

Neben dem Gelände befand sich ein ehemaliges Autokino, von dem nur noch die Parkplätze und eine weiße Bretterwand übrig geblieben waren.

Als Che anhielt, sagte Lina: »Ich werde mir das mal aus der Nähe ansehen.«

Sie öffnete die Beifahrertür.

»He, halt! So war's nicht abgemacht!«, protestierte Che.

»Und was ist mit den Frauen?«, fragte sie. »Ich werfe nur einen Blick hinein und melde mich sofort.«

»Kommt überhaupt nicht infrage. Das ist viel zu gefährlich.«

»Deshalb bleibst du draußen, um notfalls Hilfe zu holen.«

»Das kann ich auch von drinnen«, erwiderte Che, fuhr an und parkte ein Stück weiter weg. Sie stiegen aus.

»Darf ich?«, fragte sie und hakte sich bei ihm ein. »Ein Pärchen auf der Suche nach einem Plätzchen, an dem es ungestört ist.«

»Du spinnst ja.«

Sie gingen langsam um das Gebäude herum. Der zu einer Spedition umgebaute frühere Schlachthof war offenbar um einen Anbau für Stückgut erweitert worden.

»Sieht aus, als würde es seit mindestens zwei Jahrzehnten leer stehen«, meinte Che. Dorniges Gestrüpp und Efeu überwucherten das Gebäude.

»Siehst du irgendwo den Eingang?«, fragte Lina.

Che zeigte auf eine Eisentür.

»Die wurde bestimmt ewig nicht geöffnet. Dürfte zugerostet sein«, sagte sie.

»Vielleicht gab's ja so was wie einen Personaleingang.«

Vor einer Mauer stapelten sich verrostete Eisenteile. Immer noch eingehakt gingen sie weiter, bis sie plötzlich vor einer Holztür standen.

Lina drückte die Klinke hinunter und rüttelte an der Tür. Sie ließ sich nicht öffnen.

»Wir rufen deine Kollegen an, die sollen sich das hier genauer ansehen«, sagte Che.

Wortlos zog Lina eine Eisenstange aus dem Schrotthaufen und setzte sie als Hebel an. Mit einem ohrenbetäubenden Quietschen gab die Tür nach.

»Voilà«, meinte Lina mit einem Anflug von Heiterkeit und zog ihr Schlüsselbund hervor, an dem eine LED-Lampe baumelte.

Sie betraten eine Lagerhalle. Wider Erwarten schlug ihnen keine muffige Luft entgegen.

In der Halle waren überall Drahtverhaue verteilt, in denen vermutlich hochwertige Güter zwischengelagert worden waren.

Aus einem riesigen Pappkarton quoll zugestaubtes Verpackungsmaterial. Che zog Paketbandreste, Paketaufkleber und schließlich den Teil einer Zeitung daraus hervor.

Er warf einen Blick auf die Titelseite. »Keine vier Wochen alt«, stellte er dann fest.

Mitten in der Halle stand ein alter Hubwagen ohne Räder.

»Es müsste doch irgendwo einen Zugang zu dem alten Teil des Gebäudes geben«, sagte Lina.

Che tastete das weiß getünchte Mauerwerk ab. Plötzlich hielt er inne und wies auf einen etwa zwei Meter langen Abschnitt, der sich vom Rest der Mauer abhob. Er war aus Ytong.

»Zugemauert«, sagte er. »Also muss hier ein Durchgang gewesen sein.«

Sie gingen zurück und inspizierten die Drahtverhaue in der Nähe des Eingangs. Lina leuchtete mit ihrer Taschenlampe hinein.

»Hier!«, sagte Che, der schon vor dem nächsten Gitter stand. »Ein neues Schloss.«

Lina eilte aus der Halle hinaus und holte die Eisenstange, mit der sie die Tür aufgehebelt hatte.

Es gelang ihnen, den Riegel vor dem Drahtverhau aufzubiegen. Che bückte sich und zog eine Klappe hoch.

»Der Hauptzugang wurde zugemauert und nur der Kellereingang offen gelassen. Lina, wir müssen Emmert anrufen.«

Sie antwortete nicht, sondern schüttelte ihre flackernde Taschenlampe und fluchte leise.

Vor ihnen führte eine Eisentreppe hinunter. Lina gab Che ein Zeichen, ihr zu folgen. Er vergewisserte sich kurz, ob er hier noch Netzempfang hatte, dann folgte er ihr.

Lina erkannte den Gang sofort wieder.

An den Wänden waren Rußflecken zu sehen, die die Kerzen in den Kandelabern hinterlassen hatten. Irgendwo musste es in den Saal abgehen, in dem der Psychopath seine bizarren Videos aufnahm, und von dort aus hinauf in den Flur, der zu den Zellen führte.

Lina lauschte in die Stille. Sie hörte entfernt ein Tropfen. Keine Schritte, keine Geräusche. Nichts als ihr Atem, der leise widerhallte. Oder war das nur Einbildung?

Sie ging vorsichtig weiter und tastete mit der rechten Hand an der Mauer entlang. Das Licht ihrer Taschenlampe flackerte bereits, sie würde nicht mehr lange durchhalten. Hinter sich hörte sie Che atmen.

Plötzlich standen sie auf glattem Untergrund.

»Nur einen Blick in den Saal, dann verschwinden wir«, flüsterte Lina.

Sie zeigte auf eine Tür, die man in dem immer schummriger werdenden Licht kaum erkannte.

Che nickte stumm.

Lina machte vorsichtig einen Schritt nach vorne. Jetzt nur nicht gegen einen herumliegenden Gegenstand stoßen oder stolpern. Sie knipste die Taschenlampe aus und drückte gegen die Tür. Mit einem ächzenden Geräusch gab sie nach. Dahinter war es stockfinster. Lina tastete sich an der Wand entlang. Es roch nach Essen.

Che tippte ihr auf die Schulter. »Raus hier!«, zischte er.

Er hatte recht, es war Zeit zu verschwinden.

Lina drehte sich um. Plötzlich schnarrten Lautsprecher los. Sie hörten den schrillen Pfeifton einer Rückkopplung. Instinktiv hielt Lina sich die Ohren zu. Die Boxen begannen jetzt zu brummen, und eine Stimme sagte vernehmlich: »So schnell wieder da, Lina? Herzlichen Glückwunsch!«

Lina erstarrte vor Schreck. Ein Knacken war zu hören.

Die Stimme!, dachte Lina. Ich kenne diese Stimme!

52

Sven Emmert sah sich suchend um. Nur drei der Sonderkommissionsmitglieder waren anwesend.

»Wo ist Fincke, wo ist Lange?«

»Recherchieren«, antwortete ein Kollege, der erst vor Kurzem als Verstärkung zu ihnen gestoßen war und dessen Namen er sich einfach nicht merken konnte. Sein Pistolenholster baumelte lose über seinem Holzfällerhemd. »Schon seit Stunden.«

»Und Frau Andersen? Hat sie sich gemeldet?«

Alle drei sahen ihn ausdruckslos an.

»Wer macht die Auswertung von Hanischs Computer?«, fragte Emmert.

Träge hob der mit dem Holzfällerhemd seinen Arm.

»Fast alles gesichert, wir kommen da im Moment nicht ran«, sagte er. »Professionelles Verschlüsselungssystem. Das braucht Zeit.«

»Was ist mit Hanischs Anrufen der letzten beiden Tage aus dem Präsidium?«

Der Kollege gab ihm eine Liste. Emmert überflog sie, griff zum Telefon und wählte eine interne Nummer.

»Wer von Ihnen hat gestern mit Sören Hanisch gesprochen?«, fragte er in den Hörer.

»Ich«, bekam er zur Antwort. »Irgendwas nicht in Ordnung?«

»Es war sein vorletzter Anruf. Was wollte er?«

»Handyortung. War wohl eilig.«

Emmert ließ sich die Nummer des Mobiltelefons durchgeben, dessen Standort überprüft werden sollte, bedankte sich, hängte ein und wandte sich an den Polizisten im Holzfällerhemd.

»Knacken Sie mit unseren Fachleuten die Verschlüsselung und finden Sie raus, was Hanisch zuletzt am Computer gemacht hat. Welche Dokumente hat er aufgerufen, welche Suchbegriffe eingegeben, E-Mails und so weiter.«

Der machte sich umgehend an die Arbeit. Er brachte den Computer zur Kriminaltechnik und stand eine knappe Stunde später wieder vor Emmerts Schreibtisch.

»War ein billiges Verschlüsselungsprogramm«, sagte er. »Hier sind die letzten 20 Dokumente, die er geöffnet hat, hier die letzten 40 Begriffe, die er bei Google eingegeben hat. Wollen Sie auch wissen, wer in dem Hotelbett in Lissabon ganz friedlich neben der ermordeten Prostituierten geschlafen hat?«

Emmert sah Hendriksen – der Name war ihm wieder eingefallen – entgeistert an.

»Soll das ein Witz sein?«

»Nö. Portugiesische Gründlichkeit.«

»Laut erstem Bericht wurde die Bettwäsche entfernt und damit jede Hoffnung auf brauchbare Spuren. Das Zimmer ist längst wieder frei. Warum kommen die portugiesischen Kollegen erst jetzt damit rüber?«

»Das ist schon richtig«, antwortete Hendriksen. »Aber es gibt Helferlein, die tragen die Beweise mit sich durch die Gegend. Unsere krabbelnden DNA-Helden.«

»Verflucht, was für Helferlein?«, fragte Emmert.

»Bettwanzen«, sagte Hendriksen und tippte mit dem Zeigefinger auf den Computerschirm.

»Wie bitte?«

»Die haben so 'nen amerikanischen Forensiker-Freak zu Besuch. Macht hier Sightseeing und absolviert nebenbei so was wie ein Praktikum.«

»Und der kann mit Bettwanzen reden oder was?«, fragte Emmert gereizt.

»Kann man so sagen. Wenn ich es richtig verstanden habe, sind Bettwanzen genügsame Insekten.«

»Um Himmels willen, nicht auch noch einen Biologievortrag!«

»Wollen Sie es nun wissen oder nicht?«

»Schön. Bettwanzen sind genügsam. Und?«

»Cimex lectularius, so heißen sie im Fachjargon.«

»Und wo sollen die plötzlich herkommen?«

»Aus Ritzen.«

»Und spazieren dann herum und werden von dem amerikanischen Praktikanten erwischt?«

»So ungefähr. Wenn sie sich einmal mit Blut vollgesogen haben, kommen sie monatelang ohne neue Tankfüllung aus.«

»Und dieser Freak hat in einer Wanze menschliches Blut gefunden?«

»In mehreren«, sagte Fincke. »Die haben vier DNA-Sequenzen geschickt. Eine davon war ein Treffer.«

»Und das sagen Sie erst jetzt?«

»Die Ergebnisse kamen eben gerade rein.«

»Also?«

Mit provozierender Ruhe schob Hendriksen den Bildschirm in Emmerts Blickrichtung und ging auf Enter.

Während Emmert ungläubig auf das Bild starrte, meinte Hendriksen: »Und noch was. Der Mann hatte mal eine eigene Kochsendung auf einem Privatsender. Die wurde abgesetzt, weil der da einen Riesenskandal vom Zaun gebrochen hat.«

»Warum wissen wir nichts davon?«

»Weil er da noch einen anderen Namen hatte. Hat später geheiratet und den Namen der Frau angenommen. Pahlberg. Er hieß damals Pahlberg.«

»Und woher wissen Sie das alles?«, fragte Emmert.

»Sören Hanischs Festplatte.«

Plötzlich erschien das Bild des Mannes auf dem Bildschirm.

»Ach du Scheiße!«, rief Emmert aus. Er riss das Handy aus seiner Tasche und wählte Linas Nummer. Die Mailbox antwortete.

»Scheiße!«, rief er noch einmal. »Das Handy ist aus, oder sie hat keinen Empfang.«

»Wir lassen eine Ortung laufen«, sagte Hendriksen und griff zum Telefonhörer.

In dem Moment steckte ein Uniformierter seinen Kopf durch die Tür.

»Warnecke. Unten aus der Pförtnerloge.«

»Werter Kollege Warnecke, wir haben jetzt wirklich wenig Zeit«, sagte Sven Emmert entnervt.

Warneckes Kopf verschwand, tauchte jedoch Sekunden später wieder auf.

»Aber da unten ist eine Frau!«

»Gut, eine Frau.«

»Sie will einen Mord gestehen.«

»Welchen Mord?«

»Den Mord an dieser Frau, deren Leiche wie eine Mahlzeit präsentiert wurde. Das hier ist doch die Sonderkommission, oder?«

53

Che war wie vom Erdboden verschluckt.

»Lina Andersen«, sagte die Stimme. »Hartnäckig und dumm.«

»Nicht ganz so dumm, wie Sie sehen«, erwiderte Lina.

»Hat es Ihnen Spaß gemacht, unser Essen?«

»Und was für eine Botschaft soll das Ganze sein?«, fragte Lina.

»Nennen wir es Leidenschaft. Eine kulinarische Leidenschaft.«

»Menschen töten und verspeisen? Das nennen Sie kulinarische Leidenschaft?«

»Meine Mädchen haben sich mir aufgedrängt. Und sie haben am Ende ihres Lebens noch sehr viel gelernt.«

»Warum diese Frauen?«

»Sie haben mich kritisiert. Oder sagen wir besser beschimpft. Sie haben sich die Mühe gemacht, Leserbriefe und E-Mails zu schreiben. Völlig selbstlos. Nur, um mir dabei zu helfen, meine Künste zu perfektionieren. Ich bin ihnen ausgesprochen dankbar dafür.«

»Welche Künste?«, fragte Lina. Sie musste Zeit gewinnen. Vielleicht fand Che einen Weg, Emmert zu alarmieren. Vielleicht hatte er ihn ja sogar schon erreicht.

»Meine Kochkünste. Wissen Sie, ich hatte sogar eine eigene Sendung im Fernsehen. Aber dann habe ich gemerkt, dass mir das große Publikum nicht liegt. Ich mag es lieber intim.«

»Deshalb die Videoshow auf YouTube?«

Mit einem Knacken wurde der Lautsprecher abgeschaltet. Ihr unsichtbarer Gesprächspartner musste jetzt irgendwo hinter der Anrichte versteckt sein.

»Ja. Meine eigene kleine Show«, hörte sie ihn schwärmerisch sagen. »Sie waren ja nur einmal dabei, Lina. Wir hatten wunderbare Abende. Glauben Sie mir, Lina.«

»Ja, Ihre eigene kleine Show«, wiederholte Lina. »Aber wozu das alles? Warum dieser Auftritt?«

»Es war mir ein besonderes Vergnügen. Ich war es meinen Kritikerinnen doch schuldig. Wo sie sich so sehr bemüht haben.«

»Helfen Sie mir, das zu verstehen? Sie haben Frauen, die Ihre Kochkünste nicht angemessen schätzten, einfach gekocht und gegessen?«

»Das ist zu simpel, Lina. Viel zu simpel.«

»Sie haben die Frauen ermordet.«

»Mädchen, Lina. Sie kamen als Frauen und wurden zu Mädchen.«

»Sie haben sie gequält, gedemütigt, betäubt!«

»Unsinn. Sie wissen gar nicht, was Sie da sagen, Lina. Sie haben keine Ahnung. Meine Mädchen haben noch einmal in ihrem Leben richtig schmecken dürfen. So wie früher, als sie noch klein und unverdorben waren. Als ihre Gaumen noch nicht mit Hamburgern und Tütensuppen verklebt waren. Lina, weißt du, wie eine Prise Pfeffer schmeckt, wenn man ein paar Wochen lang nur Wasser und Brot bekommen hat? Oder Oregano? Auf einer Zunge, die den Geschmack der Speisen feiern will, die bereit ist, meine Kunstwerke zu empfangen?«

»Sie haben ihnen Menschenfleisch serviert.«

»Lina, du verstehst das nicht.«

»Dann erklären Sie's mir. Wir haben ja Zeit.«

»Ist es denn nicht die ultimative und reinste Form der Vereinigung, wenn eine Mutter ihre Töchter mit ihrem eigenen Fleisch ernährt?«

»Nein. Ich finde, das ist pervers.«

»Du siehst das viel zu eindimensional. Du solltest dich nicht davor ekeln. Es kommt alles auf die Zubereitung an.«

Lina rang um Fassung und zwang sich, ruhig zu bleiben. Plötzlich sah sie wenige Meter vor sich auf dem Boden Ches Handy liegen. Sie erschrak. Also war es ihm nicht gelungen, zu entkommen und Hilfe zu holen. Er musste hier irgendwo sein. Wo war er nur?

Von der Anrichte her war jetzt ein Geräusch zu hören. Sie sah auf und erkannte zuerst ein Haarbüschel und dann den Mann, der sich langsam aufrichtete. Er nahm den Sprachverzerrer, den er sich vor den Mund gebunden hatte, ab.

»Max Kleeberg«, sagte Lina. »Der Interessenvertreter der Fleisch verarbeitenden Industrie. Wie passend.«

»Koch, Lina. Diätkoch, um genau zu sein. Sie können sich nicht vorstellen, wie verfettet die Damen hier ankommen.«

»Ankommen?«, fragte Lina.

»Nun, ich habe sie hierher eingeladen, und einen Shuttleservice gab es auch. Ich weiß, was sich gehört.«

»Mit Tierschutz hat das alles also gar nichts zu tun?«

»Ach ja, das Steckenpferd Ihres Kollegen Hanisch. Ein ehrgeiziger Kerl. Einer, der allen auf die Nerven geht.«

»Warum haben Sie die Frauen so zugerichtet?«

Max Kleeberg kicherte.

»Zugerichtet. Das ist doch eine Frage von Geschmack und Stil!«, sagte er. »Sie haben es sich verdient.«

»Und warum haben Ihre ersten Opfer …«

»Meine Gäste«, korrigierte Kleeberg sie streng.

»Also gut. Warum haben Ihre ersten Gäste es nur zu Knochenresten in Tupperdosen gebracht?«

»Nur nicht so zynisch, Lina.«

»Warum dieses aufwendige Drapieren der Leichen?«

»Weil ich das kann, Lina. Weil ich das kann.«

Lina spürte, dass irgendetwas nicht stimmte. Er wollte nicht verraten, warum er die Leichen wie Mahlzeiten drapiert und die Öffentlichkeit gesucht hatte.

»Wusste Hanisch von Ihrer Leidenschaft?«

»Ach, Hanisch. Der hat sich berauscht, der Gute. Berauscht an der Jagd nach bösen Tierschützern.«

»Täter zu verfolgen ist … war sein Job.«

»Für ihn war das alles nur Punktesammeln für seine Bewerbungsmappe. Weiter nichts. Es wurde langweilig, mit ihm zu spielen. Das verstehst du doch?«

»Haben Sie mich deshalb vor dem alten Mann gerettet, der seinen Enkel rächen wollte? Weil Sie mit mir *spielen* wollten?«

»Wissen Sie, dass man eine gute Bolognese über Stunden köcheln muss?«

Lina kauerte jetzt neben dem Tisch und ließ Kleeberg nicht aus den Augen. Er schien zu wissen, dass sie keine Waffe bei sich trug.

Mit langsamen Schritten kam er jetzt um die Anrichte

herum. In der Armbeuge hielt er eine Schrotflinte. Um die Hand hatte er einen Strick gewickelt, an dem er langsam zog und dann wieder locker ließ.

»Dein Freund Che, Lina. Chinesisches Fleisch wird eine Premiere sein. Ich muss Thai-Basilikum dazu besorgen.«

Er zog Ches Kopf in die Höhe. Ches Hände waren auf dem Rücken gefesselt.

»Ich werde herauskommen«, sagte Lina. Ihr wurde übel vor Entsetzen. »Einverstanden? Was wollen Sie?«

»Was ich will?«, wiederholte Kleeberg und zog erneut an dem Seil. »Ein gutes chinesisches Essen. Im Wok zubereitet. Was meinen Sie? Mit Koriander und Shiitakepilzen?«

Sie musste unbedingt Zeit gewinnen!

»Was ist mit Timo Nölting? Was hatte er damit zu tun? Warum haben Sie ihn hingerichtet?«

»Eine zusätzliche Versicherung. Wer meinen Spuren folgt, wird immer auf Nölting stoßen. Ich hab ihn sozusagen als Doppelgänger benutzt. Es lebt sich gut als Schatten. Ich bin ihm nachgereist, auf Schritt und Tritt gefolgt. Kein normaler Polizist wäre je auf mich gekommen. Aber du bist keine normale Polizistin, Lina. Du glaubst nicht, was du siehst. Was ist schiefgelaufen in deinem Leben? Woher kommt das Misstrauen?«

»Wer sind Sie? Ein Messias mit blutigen Händen? Ein Moralist?«

»Moral! Meine Großmutter hat früher die Hähne von den Hennen weggescheucht, wenn die auf ihnen saßen und ihnen in den Hinterkopf hackten. Ist das Moral, Lina?«

»Es gibt nichts, was die Morde an den Frauen rechtfertigt.«

»Mädchen, Lina. Meine Mädchen. Ich habe sie gemocht.«

»Es hilft auch nichts, wenn Sie sich über Ihre Opfer lustig machen.«

»Oh nein, Lina. Ich habe sie verehrt und geliebt. Genauso wie sie mich verehrt und geliebt haben.«

»Und jetzt werden Sie mir wieder weismachen wollen, dass sie freiwillig gekommen sind, oder?«

»Wenn sie erst mal eine Zeit lang bei mir waren … Nun, keine von ihnen hat es bereut.«

»Eine Mischung aus Angst und Stockholm-Syndrom. Sie sind doch nicht dumm, Kleeberg.«

»Die Menschen da draußen«, sagte Kleeberg. »Sie begreifen nichts. Sie ehren die Nahrungsmittel nicht. Sie schätzen das Leben nicht. Sie sind stumpfe Kretins. Sie wollen nicht wissen, was in den Schlachthöfen passiert und auf den Transporten.«

»Also doch ein Tierschützer?«

»Es geht um das Leben. Darum, dass man das Leben ehrt. Dankbar für die Geschenke ist, die es für jeden von uns bereithält. Aber dazu gehört Respekt, Lina. Respekt.«

»Und den haben Sie Ihren Opfern beigebracht?«

»Ich habe sie die Liebe gelehrt.«

»Was ist mit Timo Nölting? Haben Sie den auch die Liebe gelehrt?«

»Mein Schutzschild«, sagte Kleeberg, zupfte ein Petersilienbüschel aus einem Glas und kaute genüsslich darauf herum.

»Das macht grüne Zähne und einen frischen Atem«, sagte er. »Timo Nölting. Er hat für Hanisch den Spitzel gemacht. Am Ende kam er zu mir gekrochen. Man muss die Leute nur gewähren lassen. Und sie unauffällig in die richtige Richtung lenken.«

»Und die Richtung bestimmen Sie?«

»Lina, erkennst du es denn nicht? Das hier ist eine Kathedrale der Sinne! Des Geschmacks. Der Ehrfurcht. Ein Gotteshaus, in dem ich diese Frauen ihrer Befreiung zugeführt habe. Du ahnst nicht, wie sie hierherkommen. Mit ihren überflüssigen Pfunden, mit ihrer fettglänzenden Haut, mit all ihrem Trotz. Mit ihrer Wut. Mit dem Hass auf alle, die ihr Leben mit einer Idee verbinden. Ich konnte ihnen den Weg weisen.«

»Den Weg in den Tod.«

»Sie alle wollten diesen letzten Schritt.«

Lina wog verzweifelt ihre Fluchtmöglichkeiten ab. Ohne Waffe würde sie niemals bis zur Tür kommen. Sie sah zu den Scheinwerfern, die den Raum erhellten.

Von hinten näherte sich Kleeberg da plötzlich eine Gestalt wie ein Schatten. Lina stockte der Atem.

»Wir bringen es jetzt zu Ende«, sagte Kleeberg. »Vergiss nicht, Lina, auch ich habe mich geopfert.«

Ein Geist!, dachte Lina. Der Geist von Karen Kreft!

Die Frau, der sie hier schon einmal begegnet war, trat nun hinter Max Kleeberg. Ihre Haare standen struppig in alle Richtungen ab, ihr Blick war ausdruckslos. Sie ergriff ein Küchenmesser, das auf der Anrichte lag. Ein Lächeln huschte über ihr Gesicht. Sie hob das Messer in die Höhe.

»Ich habe verstanden«, sagte sie dann. »Endlich, endlich habe ich verstanden.«

Überrascht fuhr Max Kleeberg herum.

Es ging alles ganz schnell. Wie beiläufig ließ sie das Messer in Kleebergs Hals schnellen, zog es heraus und schüttelte es ein wenig ab. Als würde sie ein Handtuch ausschütteln.

Erst war es nur ein dünner roter Faden an Kleebergs Hals. Kleeberg legte seine Hand darüber, doch im nächsten

Augenblick quoll das Blut zwischen seinen Fingern hervor und sprudelte über seinen Handrücken. Er sank in die Knie. Er stieß ein kehliges Röcheln aus und versuchte, wieder aufzustehen. Doch er kippte zur Seite und brach wie in Zeitlupe zusammen. Er wollte noch etwas sagen, doch es kam nur ein Gurgeln aus seiner Kehle. Blut blubberte aus seinem Mund.

Che rappelte sich auf. Es gelang ihm, sich mit ein paar heftigen Kopfverrenkungen aus der Schlinge zu befreien.

Die Frau neben ihm führte das Messer an ihre Kehle.

»Nein!«, schrie Che und warf sich auf sie.

54

Sie hat mit ihren Fingernägeln einen Splitter aus der Verschalung gekratzt und durch eine Ritze damit den Riegel Millimeter um Millimeter zur Seite geschoben.«

Sven Emmert hob die Tüte mit dem Splitter hoch. Noch etwas war in der Tüte, etwas von der Größe einer Eincentmünze.

»Und was ist das?«, fragte Lina.

»Ihr Fingernagel. Die Frauen sind jetzt auf dem Weg ins Krankenhaus. Ein Psychologinnenteam ist bereits im Einsatz. Es ist unfassbar, was sich hier abgespielt hat. Ein mittelalterlicher Kerker ist nichts dagegen. Hinten gibt es eine Art Büro, von wo aus er die Frauen beobachtet hat. In jeder Zelle sind Kameras.«

»Hat er das nicht nur beobachtet, sondern obendrein gefilmt?«, fragte Lina.

»Ja, hat er. Er hat sich auch als Architekt versucht. Er

hat Modelle aus Legosteinen gebaut. Auch dieses Gebäude hat er darin verewigt.«

»Was ist mit der Küche?«

»Die ist aufgeräumt«, sagte Emmert. »Die Kollegen suchen nach menschlichem Blut. Auch Tupperdosen haben wir gefunden. Das hier ist ein einziges Horrorkabinett.«

Ein Sanitäter winkte Lina zu und zeigte auf die offene Tür des Krankenwagens. Lina kletterte in den Wagen und setzte sich neben Karen Kreft, die mit blutverkrusteten Fingern Figuren in die Luft zeichnete und ein Kinderlied sang.

Sie unterbrach sich, sah Lina mit flatterndem Blick an und sagte: »Ach, du bist das.«

»Ja, ich bin das. Ich heiße Lina.«

»Lina?«

»Ja. Sie fahren jetzt ins Krankenhaus.«

»Lina. Ich habe endlich verstanden. Endlich. Es hat so viele Wochen gedauert. Ich war ja so dumm, Lina.«

»Nein, Sie sind nicht dumm.«

»Aber Sie müssen mich zu ihm lassen, ja? Wir wollen uns vereinen. Lassen Sie mich zu ihm? Er will mir das weiße Kleid überziehen!«

»Ja sicher«, sagte Lina. »Schon bald.«

»Es darf aber nicht zu lange dauern, sonst verlieren wir uns. Lina. Sie können das nicht verstehen.«

»Nein, das kann vielleicht niemand verstehen«, sagte Lina.

Die Frau strahlte sie verklärt an. Lina berührte sie zum Abschied sanft an der Schulter. »Alles Gute«, murmelte sie und stieg aus dem Notarztwagen.

Che saß auf einer Mauer vor der Lagerhalle. Um seine Schultern wehte eine goldfarbene Aluminiumdecke. Wortlos setzte Lina sich neben ihn.

»Heißer Kakao«, sagte Sven Emmert, der sich ihnen von der Seite genähert hatte, und reichte ihnen beiden einen Becher.

»Kommt jetzt ein Vortrag über unverzeihliche Eigenmächtigkeiten?«, fragte Lina und trank einen Schluck.

»Das war knapp, Lina!«, antwortete Emmert nur. »Sehr, sehr knapp.«

»Irgendwas stimmt da nicht«, sagte Lina.

»Das hat Zeit bis morgen«, sagte Emmert und wies einen Beamten an, Che und Lina nach Hause zu bringen.

Lina stieg mit Che vor dem Altenstift aus.

»Du hast doch einen Platz für mich?«

»Muss das sein?«, fragte Che.

»Es muss«, sagte Lina. »Ich kann jetzt nicht allein sein.«

*

Gegen halb elf betraten sie das Präsidium. Laut Auskunft der Polizisten am Empfang wurden sie bereits im Konferenzraum erwartet.

»In einer Stunde ist die Pressekonferenz«, informierte Sven Emmert sie. »Notfalls müssen die warten. Also noch mal in groben Zügen. Ein paar Dinge habe ich noch nicht verstanden.«

Lina fühlte sich wie gerädert. Obwohl Ches Klappsofa bequem gewesen war, hatte sie die halbe Nacht wach gelegen und gegrübelt. Es war wie ein Schachbrett, auf dem neben den Schachfiguren auch ein paar Mühlesteine lagen.

»Etwas stimmt da ganz und gar nicht«, sagte Lina.

Che stöhnte auf.

»Bitte alles der Reihe nach«, sagte Sven Emmert. »Also. Max Kleeberg drapiert seine Opfer …«

»Aber warum verändert er …«, begann Lina, unterbrach sich dann und sagte: »Gut, dazu später.«

»Zu der Frage habe ich nachher noch was für euch«, sagte Sven Emmert. »Ist eine Überraschung. Inzwischen sehen wir jedenfalls etwas klarer, was die Rolle unseres Kollegen Hanisch in diesem Spiel betrifft.«

»Habe ich hier irgendetwas zu befürchten«, fragte Che dazwischen. »Dann hätte ich gerne meinen Anwalt dabei.« Er rutschte nervös auf seinem Stuhl herum.

»Keine Sorge. Wir sind Ihnen dankbar«, antwortete Emmert. »Sie haben doch niemanden umgebracht?«

Doch Che antwortete nicht. Er starrte voller Entsetzen und mit weit aufgerissenen Augen auf die Tatortfotos an der Pinnwand.

Möglich, dass er erst jetzt begreift, womit wir es hier zu tun hatten, dachte Lina.

»Also, wir haben uns heute Nacht einen ersten Überblick verschafft«, sagte Emmert.

Den blassen Gesichtern nach zu urteilen hatte keiner der anwesenden Ermittler in der Nacht ein Auge zugetan.

»Das dort ist Herr Kleinert von der Internen Ermittlung. Wie es aussieht, hat Kollege Hanisch seine eigene Party veranstaltet. Aber wie gesagt, alles der Reihe nach.«

Er nickte Thorsten Fincke zu, der sich räuspernd über sein Notebook beugte.

»Also unseren Ermittlungen nach ist Karen Kreft zwar mit den besten Absichten, aber ausgesprochen naiv in die Tierschützerszene hineingeraten. Sie wollte etwas tun, nachdem sie ein rumänisches Tierheim besucht hatte. Dort muss sie Nölting kennengelernt haben. Anzunehmen ist, dass Nölting sie auf den Supermarkt angesetzt hat.«

»Wieso ausgerechnet dieser Supermarkt?«, fragte Lina.

»Wir konnten Hanischs Passwort knacken und seine Festplatte auslesen, inklusive der gelöschten Dateien. Sicher ist, dass Nölting auf Hanischs Anweisung hin gehandelt hat. Warum es gerade diesen Supermarkt getroffen hat, war vermutlich Zufall. Kann sein, dass dort gerade eine Aushilfe gesucht wurde.«

Sven Emmert unterbrach sich und sah zu Kleinert von der Internen hinüber.

Kleinert hielt einen Ausdruck in der Hand und sagte: »Hanisch hat sich um die leitende Position bei einer Security-Firma für die Fleischindustrie beworben. Genauer gesagt wollte er diese Firma zu einer schlagkräftigen Truppe ausbauen. Indem er Anschläge durch Nölting und letztlich auch durch Karen Kreft initiiert hat, wollte er nicht nur die Notwendigkeit einer solchen Truppe deutlich machen, sondern auch und besonders seine eigene Befähigung.«

»Nicht schlecht«, sagte Lina. »Schließlich hätte er ihnen gleich die Täter servieren können.«

Kleinert ging nicht auf sie ein, sondern fuhr fort, Hanisch sei wegen grober Pflichtverletzung bei Ermittlungen gegen den Terror von Neonazis vom Bundeskriminalamt ins Hamburger Präsidium versetzt worden.

»Hat sich beim BKA nicht gerade mit Ruhm bekleckert. Wir haben ihm einige Dienstvergehen nachgewiesen, die zu dieser Versetzung geführt haben. Er hat dann alte Verbindungen weidlich genutzt, um sich erneut in Szene zu setzen.«

»Hanisch gibt also Straftaten in Auftrag, die aufzeigen sollen, wie wichtig solch eine Sicherheitsfirma für die Industrie wäre. Er selber will die Leitung dieser Truppe dadurch erreichen, dass er die Täter, die er selber angeheuert hat, später auf dem Silbertablett servieren wird. Verstehe ich das richtig?«, fragte Lina.

Sven Emmert nickte und meinte: »Seine Festplatte und die handschriftlichen Notizen, die wir in seinem Schreibtisch gefunden haben, sind eindeutig.«

»Der Plan ging nicht auf. Etwas lief schief. Karen Kreft versetzte Hackfleisch mit Mandelöl, eigentlich ein ziemlich harmloses Attentat, weil der Verzehr normalerweise nur eine heftige Magenverstimmung mit Durchfall zur Folge haben kann«, fügte Thorsten Fincke hinzu. »Leider aß von diesem Fleisch ausgerechnet ein kleiner Junge, der einen allergischen Schock erlitt und daran starb.«

Mirko Lange räusperte sich. »Bei dem Mann, der Frau Andersen erschießen wollte, handelt es sich um den Großvater des verstorbenen Jungen«, sagte er.

»Dieser Großvater wiederum wurde von Max Kleeberg erschossen«, ergänzte Emmert. »Doch dazu später. Karen Kreft streckt also das Fleisch mit Mandelöl und schreibt einen Erpresserbrief, mit dem sie einem bestimmten Zulieferer an den Kragen will.«

»Ein Betrieb, der schon mehrfach wegen Tierquälerei aufgefallen ist«, warf Lina ein. »Wird da eigentlich was unternommen?«

»Das bearbeitet eine andere Abteilung, aber ich habe schon eindringlich nachgehakt«, beteuerte Emmert. »Zurück zu Karen Kreft. Sie beginnt eine Liebesbeziehung mit Timo Nölting, der sie zu ein paar der Aktionen der Szene mitnimmt.«

Es war nur ein winziger Stich ins Herz, was Lina im selben Moment verblüffte. Sie bedachte Che mit einem Seitenblick. Ihm war deutlich anzusehen, wie sehr er den Augenblick herbeisehnte, in dem er das Präsidium verlassen konnte.

»Eine ziemlich seltsame Beziehung«, fuhr Emmert fort. »Auf Nöltings Initiative hin geht Karen Kreft mit dem Filialleiter des Supermarktes, Klaus Bader, ins Bett, um an weitere Informationen über Lieferanten zu kommen und so weiter.«

»Und das hat sie mitgemacht?«, fragte Lina zweifelnd.

»Es hat den Anschein, als wäre sie Nölting vollkommen verfallen gewesen«, meinte Thorsten Fincke.

»Aber wie ist Karen Kreft in Kleebergs Verlies gekommen?«, fragte Kleinert.

»Kleeberg«, sagte Emmert und sah zum Fenster hinaus. »Ein Jammer, dass wir den nicht lebend in die Finger bekommen haben.«

»Ich glaube nicht, dass der ausgepackt hätte«, sagte Lina.

»Ein klassischer Triebtäter, ein Psychopath, der die Macht über seine Opfer immer weiter steigern musste. Was haben wir bis jetzt dazu?«, fragte Emmert an Thorsten Fincke gewandt, der umgehend ein Dokument öffnete.

»Bis jetzt keine genaue Opferzahl«, sagte er dann.

»Das heißt, dass wir zu langsam waren, oder zu dumm, oder beides«, sagte Sven Emmert. »Hanischs Gefasel über Tierschutzterroristen. Zum Kotzen. Mit dem gescheiterten Fernsehkoch konnten wir Kleeberg nicht in Verbindung bringen, weil er damals noch anders hieß.«

Dann ergriff Thorsten Fincke mit gewohnt ausdrucksloser Miene wieder das Wort: »Es gibt eine Täter-Opfer-Beziehung. Max Kleeberg hatte eine Kochshow bei einem Privatsender. In dieser Show muss die Post abgegangen sein. Kleeberg hat die Zuschauer angegriffen und sich über sie lustig gemacht, weil sie trotz ihrer Geiz-ist-geil-Mentalität meinen würden, aus minderwertigen Zutaten etwas

Ordentliches kochen zu können. Die Reaktionen auf seine Publikumsbeschimpfungen waren sehr zahlreich und sehr zornig. Daraufhin wurde Kleebergs Show abgesetzt, und er flog achtkantig aus dem Sender.«

»Danach geht der auf Rachefeldzug und schnappt sich seine Kritikerinnen, soweit er sie aufgrund ihrer Postings im Netz ausfindig machen kann«, ergänzte Lina.

»Sieht ganz so aus«, sagte Sven Emmert. »Er hat sie aufgespürt. Auch zwei, die anonym gepostet hatten. Wie er an die Klarnamen gekommen ist, müssen wir noch rausfinden.«

»Und dann hat er sein psychopathisches Spiel mit ihnen getrieben«, warf Mirko Lange ein.

»Er hat sich zum Guru ausgerufen«, sagte Lina. »Ein Auserwählter, der die Frauen durch die Hölle schickt, der sie erst aushungern lässt und psychisch fertigmacht, um sie anschließend wiederaufzubauen.«

Lina spürte Emmerts prüfenden Blick auf sich ruhen. Er nickte und sagte: »Demnach, was wir an Spuren im Verlies bis jetzt auswerten konnten, ist es tatsächlich zu Kannibalismus gekommen. Die Frauen haben ein wahnsinniges Martyrium erlitten. Sie waren die meiste Zeit sozusagen in Isolationshaft, sind bei Wasser und Brot vollkommen abgemagert, und dazu kamen seine perversen Essensveranstaltungen. Die reinste Gehirnwäsche. Der pure Horror. Wie die psychische Verfassung der überlebenden Frauen jetzt ist, wissen wir nicht. Sicher ist, dass sie langfristig und intensiv therapeutisch begleitet werden müssen.«

»Ein vollkommen krankes Ego«, stöhnte Che, den Blick auf die Pinnwand mit den Fotos gerichtet.

»Genau. Krank«, sagte Emmert. »Er bildete sich ein, alles unter Kontrolle zu haben, und lebte seine abstrusen

Ideen von der Reinheit des Geschmacks und dem Reinwaschen der Seelen praktisch und mit aller Grausamkeit aus.«

»Die Frauen wurden rund um die Uhr überwacht. Kleeberg hatte einen perversen Spaß daran, sie abwechselnd zu belohnen und zu bestrafen. Wir haben ein sogenanntes Schuldbuch gefunden, in das er alles eingetragen hat«, sagte Thorsten Fincke.

»So weit ist mir alles klar. Aber warum geht er plötzlich an die Öffentlichkeit?«, fragte Lina nun erneut. »Jahrelang veranstaltet er alles geheim. Wieso verändert er plötzlich sein Vorgehen?«

»Möglich, dass es ihm nicht mehr gereicht hat, nur im Verborgenen zu wirken«, sagte Emmert.

»Er hat sich in alle Richtungen abgesichert«, sagte Fincke. »Hat immer damit gerechnet, dass man irgendwann auf ihn aufmerksam werden könnte. Für den Fall der Fälle reiste er Nölting nach und verteilte Spuren. Wir sind nur auf Nölting gekommen, der sich in den jeweiligen Ländern aufgehalten hat. Vielleicht wollte Kleeberg ja jetzt wissen, ob seine Rechnung aufgehen würde. Ich meine das mit der Ablenkung und mit Nölting. Er hätte uns diesen Typen als Täter auf dem Silbertablett serviert und einfach so weitermachen können mit seiner Horrorshow.«

»Das bleiben wohl leider alles Spekulationen«, meinte Emmert.

»Es würde zwar zu seinen Allmachtsfantasien passen, aber warum sollte er ein so großes Risiko eingehen?«, fragte Lina.

»Er hat sich an seiner Macht berauscht, seine Geltungssucht und seinen Kontrollwahn ausgelebt. Dazu kommt eine Art missionarisches Sendungsbewusstsein und vor allem die Lust zu töten«, sagte Kleinert. »Er hat sich sicher gefühlt. Unangreifbar.«

Sven Emmert wirkte gequält. »Wahrscheinlich war es zuerst vor allem die Rache an den Frauen, die es gewagt hatten, ihn zu kritisieren. Und dann hat es ihm immer mehr Spaß gemacht.«

»Macht«, meinte Che. »Die Puppen für sich tanzen lassen. Und dann Nölting. Tanzt auf allen Hochzeiten. Engagiert sich für den Tierschutz, für Hanisch und auch für Kleeberg. Kleeberg hatte sicher auch an Nölting seinen Spaß, weil Nölting ja wiederum glaubte, alle anderen in der Tasche zu haben.«

»Sieht so aus«, sagte Emmert. »Nölting nahm an den rituellen Mahlzeiten teil und stand Kleeberg organisatorisch zur Seite. Sicher hat Nölting auch mal die Frauen beaufsichtigt, wenn unser Möchtegernfernsehkoch unterwegs war. Das werden wir vielleicht irgendwann von den Frauen erfahren, wenn sie vernehmungsfähig sind. Was allerdings dauern kann.«

»Zurück zu Kleeberg. Könnt ihr beweisen, dass er in Lissabon zumindest eine Nacht in demselben Hotel verbracht hat wie Nölting und ich?«, fragte Lina.

»Nicht mal weit entfernt von eurem Zimmer«, antwortete Emmert. »Das haben uns die Bettwanzen verraten.«

»Und dann entführt Kleeberg mich und lässt mich wieder frei?«, fragte Lina. »Wieso? Warum dieses Risiko? Wenn er alles minutiös geplant hat, warum lässt er mich laufen?«

»Vielleicht mochte er dich«, warf Che ein. »Außerdem passt du nicht in sein Raster. Er hat nur diejenigen verfolgt und eingekerkert und umgebracht, die ihn kritisiert haben.«

Sven Emmert kratzte sich die Bartstoppeln.

»Er hat dich vor dem Mann gerettet, der seinen Enkel rächen wollte. Kann schon sein, dass er dich am Leben lassen wollte. Schließlich entscheidet er über den Tod seiner Opfer und folgerichtig auch über deren Leben. Nachdem er dich gerettet hat, muss er dich mitnehmen, da er befürchtet, du könntest ihn erkannt haben. Er hat an alles gedacht, sogar daran, dir die Kleidung wegzunehmen, weil darauf seine Spuren hätten sein können.«

»Doch schließlich kracht das Kartenhaus zusammen«, ergriff Fincke wieder das Wort.

»Wegen der Karrierepläne eines ehrgeizigen Dezernatsleiters«, ergänzte Emmert. »Hanisch gerät immer stärker unter Druck seitens seiner Arbeitgeber in spe. Also beschließt er, Nölting als Haupttäter ans Messer zu liefern. Da Nölting aber natürlich nicht über seine Informantentätigkeit und über seine Aktionen in der Tierschützerszene reden soll, muss Hanisch ihn umbringen. Doch damit ist wiederum Max Kleeberg nicht einverstanden. Also erschießt Kleeberg sie beide, Hanisch und Nölting, und er kann sicher sein, dass wir Lina abziehen werden. Drei Fliegen mit einer Klappe. So glaubt Kleeberg, seine Spuren zu verwischen.«

Lina erhob sich von ihrem Stuhl und ging zur Pinnwand. Sie nahm das Foto der Frau in die Hand, von der sie geglaubt hatte, dass sie Karen Kreft sei.

»Was soll dieses Verwechslungsspiel?«, fragte sie. »Warum legt er die ermordete Frau in die Wohnung von Karen Kreft und nimmt Karen Kreft mit in sein Verlies?«

»Damit kommen wir zu der Überraschung, die ich euch angekündigt habe«, sagte Emmert.

Auf ein Zeichen hin schob Mirko Lange einen riesigen

Flachbildschirm heran und platzierte ihn so, dass alle freie Sicht darauf hatten.

»Wir bekamen gestern Besuch«, begann Emmert. »Und zwar Besuch, der uns als Gastgeschenk ein Geständnis mitgebracht hat.«

Mirko Lange betätigte die Fernbedienung.

»Hanna Bader? Die Ehefrau des Filialleiters im Supermarkt?«, fragte Lina erstaunt. »Was hat denn die damit zu tun?«

Man konnte deutlich erkennen, wie unsicher und nervös Hanna Bader war.

»Sie wollen ein Geständnis ablegen? Was für ein Geständnis?«, war Emmert zu hören.

»Karen Kreft«, sagte Hanna Bader. »Ich habe sie getötet.«

»Sie haben was?«

»Eigentlich war es Totschlag. Oder ein Unfall.«

»Karen Kreft?«

»Mein Mann hat mich mit der betrogen. Ich wollte sie nur zur Rede stellen. Plötzlich hatte ich ein Messer in der Hand. Ich weiß gar nicht, wo das hergekommen ist. Es muss in der Wohnung gelegen haben.«

»Und damit haben Sie Karen Kreft getötet?«

Hanna Bader zupfte ein Papiertaschentuch aus ihrer Handtasche.

»Es war eher ein Unfall. Wir haben uns gestritten.«

»Wie haben Sie Frau Kreft denn getötet?«, sagte Emmert.

»Na, mit dem Messer. Zugestochen. Zweimal.«

In ihrer Stimme lag Trotz, und auch eine Spur von Bewunderung und zugleich Erschrecken über sich selbst.

»Sie hatte was mit meinem Mann.«

»Kam das öfter vor? Ich meine, dass Ihr Mann Affären hatte?«

»Ich habe sie getötet. Haben Sie das denn nicht gehört? Sie müssen das zu Protokoll nehmen!«

»Wie ist das genau vor sich gegangen?«, wiederholte Sven Emmert, der zu wissen schien, dass er jetzt vorsichtig sein musste. Er bemühte sich, verständnisvoll zu klingen.

»Erst haben wir uns nur unterhalten. Sie, in Ihrem Alter, habe ich ihr gesagt, mit so einem geilen alten Bock. Das gehe mich nichts an, hat sie geantwortet.«

Hanna Baders Blick wanderte zum Fenster hinaus und verharrte dort. Dann schien sie sich wieder darauf zu besinnen, wo sie war, und wandte sich nach vorn.

»Es würde meinem Mann ganz guttun, sich mal mit einer jungen Frau zu vergnügen. Das hat sie gesagt. So war die. Dabei hat sie ihn nur für ihre Zwecke gebraucht. Aber Männer sind ja so dumm.«

»Zwecke?«, fragte Sven Emmert.

»Die hat ihm doch Löcher in den Bauch gefragt. Das hat mir eine Verkäuferin erzählt. Und sie hat doch das Hackfleisch vergiftet. Wo sollte das denn sonst herkommen?«

»Und dann ist es zum Streit gekommen?«

Hanna Bader sah misstrauisch in die Kamera.

»Ich hab das Messer genommen und zugestoßen. Und das war's.«

»Einen Moment bitte«, sagte Emmert. Man hörte, wie er den Raum verließ. Als er zurückkam, legte er vier Tatortfotos auf den Tisch.

»Waren Sie das?«

Hanna Bader kniff die Augen zusammen und beugte sich über die Fotos. Ihr grauste sichtlich vor dem, was sie sah, und sie schob die Bilder von sich weg.

Dann schüttelte sie den Kopf.

»Das … das war ich nicht … Ich meine, mit den verbrannten Händen und dem Gesicht und so. Aber ich habe sie erstochen. Dabei war das Messer gar nicht so lang.«

»Kann es sein, dass sie noch lebte, als Sie weggingen?«

»Sie hat noch geatmet, als ich weg bin, ganz schwach. Aber das viele Blut ...«

Da gab Emmert Lange mit einer Geste zu verstehen, die Aufnahme zu stoppen.

»Der Rest ist unwichtig«, sagte er in die Runde am Tisch.

»Also hat Hanna Bader Karen Kreft lediglich schwer verletzt«, sagte Lina. »Max Kleeberg hat sie aus der Wohnung geschleppt. Dann hat er eine Frau aus seinem Verlies, die schon tot war, an Karen Krefts Stelle zurück in die Wohnung gebracht und sie so bestialisch zugerichtet, wie wir sie aufgefunden haben. Das Ganze wird immer abstruser.«

»Er hat das Opfer unkenntlich gemacht, denn wir sollten glauben, Karen Kreft gefunden zu haben«, sagte Emmert.

»Aber warum? Warum tut er das bloß?«, fragte Lina. »Was soll das?«

»Vielleicht werden wir das nie erfahren«, sagte Emmert.

»Vielleicht weil er die Frau schützen wollte«, sagte Che. »Hanna Bader. Vielleicht wollte er ihr helfen.«

»Du meinst, er lenkt die Spur ganz bewusst auf sich, auf den großen Unbekannten? Eine Inszenierung, um Hanna Bader zu decken?«, fragte Lina.

»Ja.«

Emmert legte nachdenklich seine Stirn in Falten.

»Wir können sie fragen«, sagte er. »Hanna Bader hat die Nacht in einer unserer Zellen verbracht. Sie sitzt draußen.«

Ein Beamter führte Hanna Bader in den Konferenzraum. Emmert hatte die Pinnwand mit den Tatortbildern verhängt.

Irritiert sah die Frau um sich. Sie wirkte energisch. Entschlossen, ihre Tat zu rechtfertigen. Eine, die glaubte, das Richtige getan zu haben.

»Kannten Sie Max Kleeberg?«, fragte Emmert, nachdem Mirko Lange seinen Stuhl für sie geräumt hatte.

Die Frau hatte offensichtlich Mühe, sich zu konzentrieren. Wahrscheinlich war sie in Gedanken ihre Rechtfertigungsrede wieder und wieder durchgegangen.

»Frau Bader, kannten Sie Max Kleeberg?«

»Wer soll das denn sein?«, fragte sie ein wenig spitz.

Kommentarlos legte Emmert ihr einige Fotos vor die Nase, auf denen Timo Nölting, Sören Hanisch, Max Kleeberg und drei weitere, nicht in den Fall verwickelte Personen abgebildet waren.

Hanna Bader breitete die Fotos wie einen Fächer vor sich aus. Lina sah, wie ihre Finger über den Bildern schwebten. Dann schob sie eines von sich weg.

»Die da drauf kenne ich nicht«, sagte sie und nahm sich das nächste Bild vor.

Lina meinte ein kurzes Zögern wahrzunehmen, als Hanna Bader ein Foto von Max Kleeberg studierte. Doch dann schob sie auch dieses von sich weg.

»Kenne ich nicht. Wer soll denn das alles sein?«

»Ist schon gut«, sagte Emmert und warf Lina einen vielsagenden Blick zu.

»Haben Sie sich die Fotos auch ganz genau angesehen?«, fragte Lina sie freundlich.

Wieder dieser entschlossene Blick.

»Aber ja doch. Ich kenne diese Leute nicht.«

Lina stand auf, zog das Foto von Kleeberg aus dem Stapel und zeigte darauf.

»Bei dem hier haben Sie gezögert«, sagte sie.

»Wieso sollte ich da gezögert haben?«

»Vielleicht erinnert er Sie ja an jemanden? Gibt es Ähnlichkeiten mit jemandem, den Sie kennen?«

Hanna Bader sah sie verwundert an und wandte ihren Blick dann noch einmal dem Foto zu. Plötzlich begann sie, mit ihrem Zeigefinger Kleebergs Konturen darauf nachzuzeichnen.

»Nee, das kann doch nicht sein. Oder ...?«

»Sie müssen uns das sagen, Frau Bader, es ist sehr wichtig. Was kann nicht sein?«, fragte Emmert.

»Nach all den Jahren.«

»Was meinen Sie damit, *nach all den Jahren*?«

»Na ja ...«, begann sie zögerlich. »Er sieht aus wie der kleine Max. Aber der hieß anders. Der hat mich so geliebt. Der hatte das vorher ja nicht kennengelernt.«

»Welcher Max?«, sagte Emmert. »Nun lassen Sie sich bitte nicht alles aus der Nase ziehen. Wir müssen es wissen.«

»Pahlberg«, antwortete Hanna Bader. »Max Pahlberg. Der war als Pflegekind bei mir. Übergangsweise. Als Zwölfjähriger.«

Ein Lächeln huschte über ihr Gesicht.

»Der ist mir nicht von der Seite gewichen. War immer bei mir in der Küche. Hat mitgekocht. Mein Gott, der Junge kam spindeldürr und fast verhungert zu uns. Er ist dann etwas später adoptiert worden. Max Pahlberg.«

»Sind Sie sicher? Und Sie haben ihn nie im Supermarkt gesehen?«

»Nach all den Jahren hätte ich ihn doch gar nicht wiedererkannt. Ganz bestimmt nicht.«

Noch einmal strich sie gerührt über das Foto.

»Wir kennen ihn unter dem Namen Kleeberg«, sagte Lina.

»Mein Gott, wie gern stand der mit mir am Herd. Oder am Tisch. Hat Gemüse geputzt und mir Geschichten erzählt. Das waren gute Zeiten damals. Wie geht's ihm denn? Ist er Koch geworden?«

55

Bei unserem letzten Betriebsausflug sind wir nur bis Marseille gekommen«, sagte Che.

»Ja, wir machen Fortschritte«, sagte Lina und lehnte sich in ihrem Sitz zurück. »Bist du sicher, dass diese Fenster sich nicht öffnen lassen?«, fragte sie.

»In einem Flugzeug?«

»Ich würde sehr gern ein paar Dinge rauswerfen.«

»Ich hab gehört, auf Kreta soll es Mülleimer geben«, sagte Che.

»Wir fliegen«, murmelte sie und schaute durch das Flugzeugfenster hinaus auf die Wolkendecke unter ihnen. In zwei Stunden würden sie in Heraklion landen.

»Dann hat Kleeberg seine Taten nur deshalb offenbart, um seine ehemalige Pflegemutter zu schützen«, sagte Che. »Unglaublich.«

»Ja, zumal bei einer solch monströsen und kranken Psyche.«

»Große Überwindung wird ihn das nicht gekostet haben«, sagte Che. »Wahrscheinlich hat er es genossen, dem Publikum zu zeigen, was in ihm steckt.«

»Sicher. Und auch Rache steckt dahinter. Die Frauen zu verfolgen und zu quälen, die mit seinen Kochkünsten nicht einverstanden waren. Wie grauenhaft.«

»Aber Hass und Rachsucht allein reichten da nicht.«

Eine Stewardess fuhr mit ihrem Wägelchen durch den Gang und versorgte Lina und Che mit Getränken und Knabbergebäck.

»Du hast mich noch gar nicht gefragt, was ich gebucht habe«, sagte Lina.

»Ich nehme mal an, du hast eine Pension gefunden, die auf einer Verkehrsinsel liegt«, sagte Che.

»So ungefähr«, sagte Lina. »Aber so ganz bringe ich das alles noch nicht zusammen. Nur um von Hanna Bader abzulenken, lenkt er alle Aufmerksamkeit auf sich und seine Untaten? Er muss seine Pflegemutter wohl sehr geliebt haben.«

»Mach dir nichts vor«, sagte Che. »Er hat Spaß an diesem Spiel gefunden. Dazu die Schmach, weil er als Fernsehkoch versagt hatte. Ablehnung, die er schon als Kind erfahren hat. Laut Angaben in der Akte des Jugendamts wurde er seinen Eltern weggenommen, weil sie ihn misshandelt und schwer vernachlässigt haben. Er wäre bei ihnen fast verhungert.«

»Glaubst du, er hat deshalb die Frauen hungern lassen?«, fragte Lina.

»Keine Ahnung«, antwortete Che. »Aber die Macht, über Leben und Tod zu entscheiden, das war für ihn sicher der Super-Kick.«

»Die Frauen, die wir aus dem Verlies befreien konnten, kommen durch«, meinte Lina.

»Aber wie? Kann man nach so etwas *durchkommen*?«

»Ich weiß es nicht.«

Lina sah wieder aus dem Fenster. Die Wolken waren verschwunden, und sie konnte das Meer sehen. Die Sicht war überwältigend klar. Sonnenfunken blitzten über die blaue Weite unter ihr, und sie meinte sogar, die Schaumkronen der einzelnen Wellen voneinander unterscheiden zu können.

»Die Farben. Sie sind ganz anders hier«, sagte Che. »Das hatte ich schon fast vergessen.«

»Nun frag schon«, sagte Lina.

»Was denn?«

»Was ich uns für die Woche auf Kreta gebucht habe.«

»Na schön, welche Hauptstraße ist es? Oder ist es eine Unterkunft in einer Tankstelle?«

»Keine Straße. Es soll doch Urlaub werden«, sagte Lina.

»Du willst einen ruhigen, beschaulichen Urlaub mit Blick aufs Meer und so?«

»Mit Blick aufs Meer *und so*«, sagte sie.

»Ich denke, du brauchst Bewegung um dich herum. Straßen, viele herumwuselnde Menschen, das Knattern von Motoren. Lina, ist irgendwas mit dir? Alles okay?«

»Ich freue mich so.«

»Das macht mir Angst.«

»Es wird super«, sagte sie.

»Was ist es, Lina? Nun sag schon!«

»Wir wohnen direkt gegenüber vom Fähranleger in Heraklion.«

Danke

»Schreiben ist leicht. Man muss nur die falschen Wörter weglassen«, sagte Mark Twain.

Mark Twain zu glauben mag leicht sein. Seinen Rat jedoch in die Tat umzusetzen …

Damit es überhaupt gelingen kann, ist Hilfe vonnöten. Besonders dann, wenn die Romanfiguren durch Abgründe waten, die man lieber mit netten Worten lackiert hätte.

Thriller schreiben ist keine Teamarbeit. Aber ohne Unterstützung und konstruktive Kritik klappt solch ein Ritt durch unbekanntes Gebiet einfach nicht.

Genau für diese Unterstützung möchte ich mich von ganzem Herzen bedanken.

Allen voran bei Alexander Liu, der das Manuskript gründlich gelesen hat und mir mit wertvollen Ratschlägen zur Seite stand.

Und besonders bei den unermüdlichen Mitstreiterinnen: bei meinen Agentinnen Bettina und Anja Keil, bei der so sorgfältigen und sensiblen Lektorin Karin Ballauff und bei Barbara Heinzius vom Goldmann Verlag.

Vielen, vielen Dank für all die wunderbaren Anregungen.

Es ist eine Zusammenarbeit, die man sich als Autor meist nur erträumen kann.

Danke auch für Deine Komplizinnenschaft, Anna! Nur so konnte ich dieses Ding drehen.

Michael Koglin

Michael Koglin

wurde 1955 geboren und lebt als freier Journalist und Schriftsteller in Hamburg. Neben Kriminalromanen hat er Kurzgeschichten, Kinder- und Sachbücher sowie zahlreiche Drehbücher und Theaterstücke verfasst. Er wurde mehrfach mit Literaturpreisen ausgezeichnet. Sehr erfolgreich ist seine Serie um den Hamburger Kommissar Mangold, die mit dem Band »Bluttaufe« startete, und die Reihe um die junge Polizistin Lina Andersen, die mit »Seelensplitter« begonnen hat.
Mehr Informationen zum Autor unter www.michael-koglin.de

Mehr von Michael Koglin

Bluttaufe. Thriller (Auch als E-Book erhältlich.)
Blutengel. Thriller (Als E-Book erhältlich.)
Blutteufel. Thriller (Als E-Book erhältlich.)
Seelensplitter. Thriller (Auch als E-Book erhältlich.)

GOLDMANN
Lesen erleben